公众人文素养读本 | 总主编 奚爱国

钟怡阳◎编著

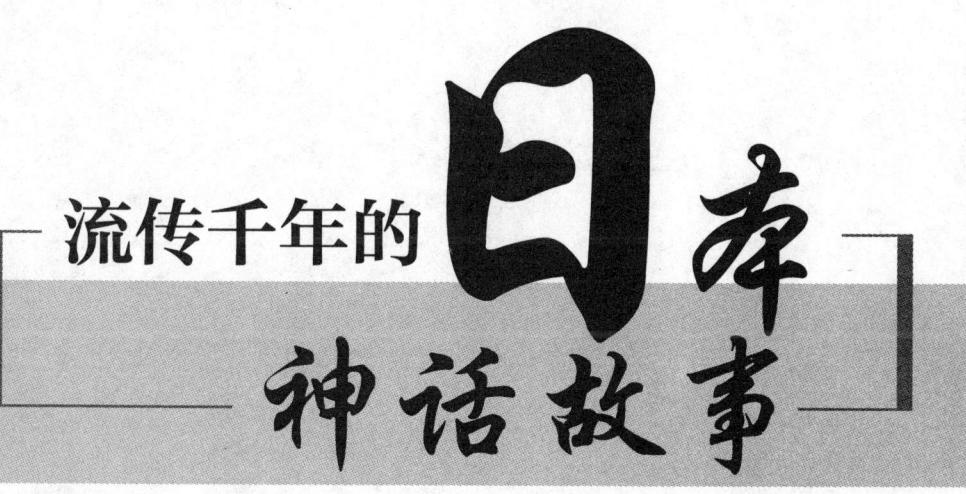

流传千年的日本神话故事

给你最美丽的日本神话与传说
带你深入体验日本文化精髓

南京大学出版社

前　言

　　民族的起源，与之在形成过程中所流传下来的各种神话、传说，已经成为现在世界上各个国家解读自身的重要内容。

　　遥远的世纪，亘古的先民，在日本的文化之流中，澎湃着各种原始的想象，而想象力的背后，则渗透着这个民族鲜活的生命力。

　　那些古老的故事如一首树型的诗，随着时间的流逝，诗歌的枝叶或许会有差别，但是，那种根深叶茂的激情却不会变更，永远存在。

　　日本鹿儿岛的黑岛流传有这样一句话："讲述那古老的传说，了解那未知的过去，我们不能不倾听啊！"而倾听那些古老传说的目的，不仅在于了解日本遥远的过去，更重要的应该是解读日本的现在。

　　日本作家河合隼雄在其著作《日本人的传说与心灵》中写道："面对激烈的现代化和国际化冲击，日本人也开始有意识或无意识地从这些古老的源远流长的民间故事中，找回属于日本人自己的心灵。"日本本来没有神话的概念，是通过欧洲神话研究引进来的。而日本神话，也主要根据《古事记》和《日本书记》两本书研究得来。

　　阅读过日本那些丰富多彩的神话或传说，我们会发现，不仅仅可以有河合隼雄式的心理学解读，还包括了宗教、历史、政治、民俗、文学等等诸多方面的文化。这也是本书创作的初衷之一。

　　在这些流传至今的日本神话传说中，有些是日本民族所独有；有些跟世界上其他民族的神话或传说，也有着不同程度的相似性。这一方面证明了民族间交流和学习的存在，另一方面说明了人类形成和发展中的某些共同性。

　　本书所精选的近七十个故事，就包括了以上所说的各个方面。

　　编者根据这些故事的主题大致分为了历史人文篇、道德内省篇、风土民情篇、爱情奇缘篇四个部分，以方便读者的阅读和理解。

　　历史人文篇，主要是日本远古的神话和有关历史事件、历史人物的传说。这里，日本对民族形成的想象，对历史人物或历史事件的解读可见一斑。如《速须佐之男命大闹高天原》《加贺骚动》《百合若传奇》等。

　　道德内省篇，主要是跟一些社会道德和为人准则有关。比如《老年人的智慧》

就以传奇的故事告诉人们,要重视老年人的智慧和能力;《博雅与蝉丸》是说做人要守信;《青门洞》重在说明凡事只有不断坚持,才能获得成功;《火男》则告诫人们不要太过贪心。

　　风土民情篇,主要跟日本各地风土民情的形成有关,很多颇具独特性,离奇有趣。如《北海道的小人族》中那些娇小可爱的小人族;《仙台的"福神"》中傻里傻气却能给他关注的店家带来生意的四郎;《安寿与厨子王》中母亲和子女凄惨分离,各自飘零,终于相见,却因为误会而被母亲活活打死的安寿;《八郎太郎》中因暴喝河水而变成巨龙的离奇经历。

　　爱情奇缘篇,主要是一些中日爱情的美丽传说,以及其他证明爱情不可思议的力量的传奇。如《龙伯与凤子》中来自中国富有责任感的龙伯和美丽热情的日本女子凤子,彼此爱慕并且乐于为人民奉献;《山茶花》中日本勤劳朴实的年轻人小春太郎,被他自己精心培育的山茶花所变的女孩阿茶所青睐;《微笑的头颅》讲述了一对青年男女,情投意合而私订终身,却因男子父亲的门第观念,不能终成眷属的爱情悲剧。无奈,女子选择心甘情愿地死在男子家中,以求这种方式与心上人相守,乃至人头落地,仍然面带微笑。

　　希望读者能够喜欢这些精彩缤纷的故事。

目 录

前言 1

历史人文篇

黄泉国 2
山幸彦 5
速须佐之男命大闹高天原 8
斩蛇 11
扩丰国土 14
葡萄牙的火绳枪 17
净琉璃姬物语 20
加贺骚动 23
见沼田圃 25
百合若传奇 28
失耳的芳一 31
役小角 35
千岁松 38
江之岛 42

道德内省篇

道成寺 48
黑百合 51
筑波山 54
老年人的智慧 57
博雅与蝉丸 60
不守信的樵夫 63
木精故事二则 66

没有手的女孩 ………………………………………………… 70
不用吃饭的妻子 ……………………………………………… 73
大国主神与白兔 ……………………………………………… 76
黑猫复仇记 …………………………………………………… 79
烧炭的富翁 …………………………………………………… 82
丑女阿岩 ……………………………………………………… 85
青门洞 ………………………………………………………… 88
灵犬 …………………………………………………………… 91
义狐 …………………………………………………………… 95
妖刀 …………………………………………………………… 99
火男 …………………………………………………………… 102
阿菊 …………………………………………………………… 105
琴郎 …………………………………………………………… 108

风土民情篇

猿桥 …………………………………………………………… 112
萤姬 …………………………………………………………… 115
鬼婆婆 ………………………………………………………… 118
竹姬 …………………………………………………………… 121
狸猫祭 ………………………………………………………… 125
稻生平太郎 …………………………………………………… 128
美丽的田泽湖 ………………………………………………… 131
飞骅国的木匠 ………………………………………………… 134
安寿与厨子王 ………………………………………………… 137
北海道的小人族 ……………………………………………… 140
"分福"的茶壶 ………………………………………………… 143
辘轳首怪谈 …………………………………………………… 146
八郎太郎 ……………………………………………………… 149
浦岛太郎 ……………………………………………………… 152
狸猫大战 ……………………………………………………… 155
力太郎 ………………………………………………………… 159
桃太郎 ………………………………………………………… 162

正太郎 ·· 165
五妖鬼 ·· 169

爱情奇缘篇
石姑娘 ·· 172
仙鹤奇缘 ·· 175
楠木雕人 ·· 178
阿根与杜鹃 ·· 181
微笑的头颅 ·· 184
阿樵与阿伊努 ·· 188
龙伯与凤子 ·· 191
樱花女神 ·· 194
山茶花 ·· 197
花神 ·· 200
娟娘 ·· 203

历史人文篇

黄泉国

日本神世家族的男神伊邪那岐命的妻子是伊邪那美命,在她生产孩子火神的时候,因为温度太高,身体大面积严重烧伤。

心疼妻子的伊邪那岐命寸步不离地照顾着她,从各地找来药草进行医治,或是为妻子做各种她喜欢吃的饭食。但是,伊邪那美命的身体不但没有恢复,还逐渐恶化。在生下儿子不到一周,她就离开人世,到了地下的黄泉国。

妻子不幸去世,丈夫伊邪那岐命非常伤心。他想起妻子活着时的幸福时光,两人新婚之后的恩爱甜蜜,顿时泪流满面,痛不欲生。看着床上幼小的儿子火神,伊邪那岐命抱怨妻子不该为了生孩子,却丢了自己的性命。因为伊邪那岐命的心中,心爱的妻子只有一个,独一无二,而孩子却可以有很多。

想起以后没有爱妻陪伴的日子,是多么的寂寞和难熬,伊邪那岐命越哭越伤心,泪如雨下。

就在伊邪那岐命哭泣之时,他诚挚而晶莹的泪水汇聚起来,化作了伊邪那岐命的另一个孩子泣泽女神。望着新生女儿娇嫩的脸庞,他做出了决定。

伊邪那岐命决定收起伤悲和泪水,不顾身体的疲惫,将妻子的尸骨收好,埋葬在出云国和伯耆国交界的比婆山下,希望这个水草丰美的地方可以让妻子的灵魂超脱。

　　回到自己家中的伊邪那岐命,看到儿子火神,脑海里不断浮现妻子被烧伤后奄奄一息的情景。然后像是发疯似的伊邪那岐命,突然举起宝剑向着儿子劈了过去。

　　火神还没有发出任何声音,他幼小的脑袋就被父亲砍了下来。火神脖颈处的鲜血四处飞溅,那些黏在剑身的血滴落在地,转眼间又变化成八位不同的神。在此同时,伊邪那岐命惊讶地发现,火神的身体各个部分,也随即变成了另外八位不同的神。

　　这件事情之后,伊邪那岐命虽然也为杀害亲生儿子的举动后悔,但是随着时光的飞逝,使他更加难忘的不是对儿子死的愧疚,而是对妻子不能生还的思念。

　　终于有一天,思念妻子的伊邪那岐命,不能再忍受夫妻分离的痛苦,于是就打听出来黄泉国的所在,去寻找自己的妻子。

　　来到黄泉国的石门之外,他大声地呼喊着妻子的名字"伊邪那美命",并不顾一切地捶打着石门。

　　等了一会儿,只见黄泉国的石门渐渐打开,这时伊邪那岐命看到,自己日思夜想的妻子伊邪那美命从石门里走了出来,穿着她生前最喜欢的衣服,梳着她生前最好看的发髻。

　　看到丈夫就在门外,伊邪那美命对丈夫微微一笑。

　　见妻子还是那样迷人,伊邪那岐命觉得他们之间生与死的距离消失了。他对微笑着的妻子说:"我们说过,要一起开创国土,幸福地一起生活。现在,这一切还没有实现,你怎么可以独自一人来到这呢?我天天想念着你,请你跟我一起回到人间吧!"

　　伊邪那美命听到丈夫的话,眼里也涌现出了泪水。她望着丈夫深情的眼神说:"我又何尝不是天天思念你?我一直盼望着你能够早日来到这里,将我接出。可是,现在我已对这里的环境很习惯了,不太可能有机会回到人间。"

　　哽咽了一会儿,伊邪那美命继续说道:"既然你这次诚心见我,希望我可以跟你一起返回。我就试着找黄泉国的其他神商量,看看还有没有可以回到人间的办法。"

　　"不过,我要你答应我,我回去找众神商量的这段时间,你一定不能偷看。"

　　伊邪那岐命重重地点头答应。

　　伊邪那美命说完,转身回到屋内的大殿。

　　谁知,伊邪那岐命在门外左等右等,一直没有等到妻子出来。焦急的他就将头上的木梳作为火把点燃,独自来到大殿查看。令他没有想到的是,他刚好看到的妻子是全身溃烂的模样,而且腥臭之味阵阵扑鼻。伊邪那岐命见此,非常反感,再也无法看下去,就奔跑着逃了出去。

伊邪那美命发现自己丈夫违背约定,看到自己的模样,骤然大怒,派出黄泉国的女鬼追捕。

伊邪那岐命得知身后女鬼在追,便拼命奔跑。几次眼看就要被女鬼追上的时候,聪明的伊邪那岐命拿出随身物品,变为吸引女鬼的食物,成功地躲过追击。

伊邪那美命听到女鬼失败的消息,于是派出黄泉国的大军前去追捕伊邪那岐命,然而多亏摘到比良阪山坡处的桃子,伊邪那岐命又躲过了妻子的大军。

大军也失败后,伊邪那美命决定亲自追杀伊邪那岐命,但是又被伊邪那岐命故意放在通往比良阪唯一之道上的石头阻挡。

伊邪那岐命回到家中,再也不敢想黄泉国的妻子。

小知识

伊邪那岐命,又称日本神话中的父神;伊邪那美命,又称日本神话中的母神。二者本来是兄妹关系,后结为夫妻,日本神话中的诸神都是由伊邪那岐命和伊邪那美命所生。可以说,伊邪那美命既是日本开国时孕育生命的女神,也是死后主宰冥国的女神,她同时代表着生面与负面两种形象。

山幸彦

　　天照大神的曾孙有一对兄弟,哥哥名叫海幸彦,最擅长到海里钓鱼,弟弟名叫山幸彦,最擅长是到山野打猎。

　　一天,山幸彦对海幸彦说,希望可以拿着哥哥的钓钩出海钓鱼。看到弟弟渴望的神情,海幸彦就答应了山幸彦的请求。

　　山幸彦拿着海幸彦平时用的钓钩,心想平时哥哥每次钓鱼都会有所收获,自己用他的钓钩也一定能够钓到好多鱼。山幸彦没有想到的是,鱼没钓到,钓钩却被鱼带走了。

　　山幸彦懊恼沮丧地回到家里,告诉哥哥所发生的事情。海幸彦听到自己钓钩被弄丢了,非常生气,无论弟弟怎么向他道歉都不肯原谅。

　　海幸彦打断弟弟的话说:"我只想要回我的钓钩,你不要再解释了。"

　　山幸彦无奈地再次来到之前垂钓的海边,面对茫茫大海,他不知道该如何去找回哥哥的鱼钩。就在这时,一个满头白发的老人出现在山幸彦的面前,关切地询问。山幸彦便把事情告诉了老人。

　　老人听后,微笑着说这件事很好解决。同时,老人马上从衣服里掏出了一个漂

亮的竹笼,并交代山幸彦乘着竹笼漂流过海,他就会来到海神龙宫,那里自然有人会帮忙他。

着急的山幸彦听了,马上按照老人的话去做。很快,山幸彦来到了海底龙宫。正当山幸彦感到口渴之时,海神之女丰玉姬的侍女出现了。山幸彦请求她给自己一点水喝,山幸彦根据老人交代,当对方不留神时,故意将出发之前含在口中的玉吐入水缸,黏在了缸底,让玉无法取出。

发现情况的侍女无奈,便将水缸捧给丰玉姬看。

丰玉姬看到这样的奇事,非常疑惑,便命侍女带山幸彦来相见。

山幸彦来到丰玉姬的面前,丰玉姬立刻对这样英俊潇洒的男子一见钟情。高兴之余,丰玉姬将心仪男人的姓名和奇遇告诉了自己的父亲。

听说了此事而出门查看的海神,不免吃惊,发现来者原来是天照大神的皇太子,于是急忙招待山幸彦进入皇宫。海神得知山幸彦还没有结婚,而且女儿同山幸彦两人相见后彼此都有好感,他就直接让他们举行了盛大的婚礼仪式。

山幸彦意外来到美丽舒适的海底皇宫,并与温柔秀丽的龙女结为夫妻,就忘记了自己来到龙宫的目的,直到过了三年幸福婚姻生活之后。

这天,山幸彦一早起床,想起了三年前答应哥哥寻找鱼钩的事情,长叹不已。丰玉姬得知丈夫忧郁的原因,就将丈夫烦恼之事告诉自己的父亲。

海神听说这件事,立刻召集海内所有的鱼,逐一询问后,得到了鱼钩的下落。那天山幸彦钓鱼时,一只鱼贪吃鱼饵,却不巧被鱼饵卡在喉咙,虽然顺利逃生,但怎么也无法将渔钩取出,日日疼痛。原来,海幸彦使用的这个鱼钩是施过魔法的。海神命人将渔钩从鱼嘴里取了出来。

山幸彦拿到鱼钩后,兴奋地打算回家探望哥哥。回家之前,海神叮嘱自己的女婿,在将渔钩还给哥哥之后,一定要记得默念咒语:"笨钓钩!蠢钓钩!"并告诫着山幸彦,若海幸彦不甘穷困,攻打山幸彦的时候,山幸彦只需拿出海神赠送的两颗宝珠,就可以顺利战胜哥哥。

山幸彦听从海神的话,回到家里后,果然战胜了自私的哥哥,让哥哥成为自己的臣下,统治起陆地之国。

丰玉姬在丈夫走后,发觉自己怀有身孕,于是就在丈夫回家安定后,也来到陆地,准备生产。

丰玉姬在海边的陆地之上,给自己建造了一间待产的屋子。在即将生孩子的前一天,丰玉姬来到丈夫的面前,对他说:

"我们结婚三年多以来,非常恩爱,希望这样幸福甜蜜的生活能够永远继续您知道我不属于人类,在我生产孩子的时候,请务必尊重我的意愿,不要好奇偷看我生产的模样。"山幸彦深情地看着丰玉姬,满口答应。

到了丰玉姬即将产下孩子的那一刻,一直守在妻子门外的山幸彦突然抑制不住自己的好奇心,偷偷地看了妻子,没想到竟然看到原本丰满迷人的妻子是一头巨大的鲨鱼。

丰玉姬立即发现自己丈夫的行为。她生下孩子之后,就把孩子留下,告别丈夫,回到了龙宫。

山幸彦非常后悔自己没有遵守答应妻子的诺言,但是无力挽回妻子离去的决定。他只好悉心呵护自己的孩子,希望以此弥补自己的错误。

丰玉姬回到龙宫,非常想念自己只见过一面的孩子,但想到已经不能跟丈夫重新团聚,就恳请自己年轻的妹妹前去照顾自己的孩子。丰玉姬的妹妹玉依姬答应了姐姐的请求,来到大陆和山幸彦一起照顾孩子。

山幸彦和丰玉姬的孩子长大之后,就是日本第一代神武天皇。

小知识

该传说所在的宫崎市日南海岸青岛,海拔6公尺,四周不到1公里。整座岛屿长满亚热带植物。据说,山幸彦骑坐的鲨鱼在农历十二月十七日夜晚回来,在该岛登陆。因此,这一岛屿也就成了圣岛,曾经有一段时间不准一般人登临。江户时代中期以后,这里才开放。

速须佐之男命大闹高天原

天照大御神、月读命和速须佐之男命是男神伊邪那岐命的三个孩子，被他分别派往高天原、夜国和大海行使统治和治理权。

速须佐之男命来到治理之地大海，日日伤心，无所事事。这样的状态从速须佐之男命还是男孩时，一直持续到颔下胡须很长的时候，导致当地各种灾难频发，民不聊生。

于是伊邪那岐命便招来儿子速须佐之男命，问明原因，才知道儿子非常思念母亲，一心想到母亲所在的根之坚州国。伊邪那岐命一听，非常生气，下令将速须佐之男命逐出了负责治理的国土。速须佐之男命便向父亲请求，可以在临走之前，到姐姐天照大御神那里辞别。伊邪那岐命答应了他的要求。

而天照大御神听说自己的弟弟前来，便感觉不妙，以为弟弟此次前来是为了争夺自己的国土。想到这里，天照大御神把自己装扮成男子的模样，准备好迎战的各种必备武器，等待弟弟的到来。

很快，速须佐之男命就来到了天照大御神的面前。天照大御神故作镇静地询问弟弟为什么来到自己的领地。速须佐之男命拱手回答，自己只是想与姐姐告别，并将父亲责备的事情一一告知。天照大御神不相信弟弟所说，便要他证明给自己看。

速须佐之男命便建议道，自己和姐姐一起到祖先之神灵牌前起誓，用彼此随身配饰生养孩子。如果谁生下的是女孩,就说明没有心怀恶意;反之,则相反。

速须佐之男命和姐姐天照大御神互换了随身饰物,来到天安省,对立两岸。只见天照大御神将自己弟弟腰间佩带的长剑,折为三段,放入河水,洗净后,用嘴嚼碎后,变成了三个女孩。速须佐之男命手托姐姐身上的玉串,用姐姐同样的方法,变出了五个男孩。

天照大御神看到结果,就相信了弟弟的话。

得到姐姐的信任,速须佐之男命非常高兴。他来到姐姐开垦的田地里,四处奔跑,无所顾忌,不但毁坏了部分良田,还将很多已经收获的粮食糟蹋。天照大御神觉得弟弟即使做错了事,也不是故意的,并没有怪罪弟弟。

然而速须佐之男命玩闹起来,便没有了节制。这次,他爬上一户人家的屋顶,透过屋顶敞开的洞,将自己得到的一匹被剥去皮毛的马扔了进去。那时屋里刚好有一个女孩,她正认真地编织,头顶落下一个血淋淋的活物,当即吓死。

其他众神知道此事,非常生气,决定将此处的统治神天照大御神抓起来,问个明白。

天照大御神得知弟弟闯了大祸,非常害怕,就躲在高天原的天岩屋,并将石门紧闭。这样一来,顿时天地一片黑暗,再也没有丝毫光明。

众神聚集到天安河畔,招来最有智慧的思金神,想出擒拿天照大御神的对策。思金神低头默想了一会儿后,对众神说出自己的办法,众神一听,无不拍手称好。

首先,思金神施用法术,伸出右手,向漆黑的空中做出召唤的手势,瞬间,只听鸡鸣处处,而且越来越近。不一会儿,众神便看到这些鸡落满了各处,长鸣不已。思金神伸出右手食指,轻轻地指向了天照大御神所藏的天岩石屋,这些鸡便聚集到屋前,争相鸣叫。

然后,思金神来到天安省,轻易地从河底取出很多坚硬的岩石。之后,他让其他神帮忙,才拿到天金山上的铁矿石。一切准备完毕后,他找来冶炼锻造最有名的天津麻罗,用这些岩石和铁矿造出很多的长矛。

思金神还找来相关的诸神准备好祭祀和舞蹈用的物品。

最后,请了一位名叫天宇受卖命的神在天岩石屋面前,伴着此起彼伏的鸡鸣,狂舞起来,众神看到无不哄然大笑。天照大御神在石屋之内,渐渐听到外面热闹哄笑的声音,非常疑惑,不知道到底怎么回事。没过多久,她就抑制不住自己的好奇心,将石门拉开一条细缝向外观看。

天照大御神看到屋外一片热闹的景象,大为好奇,便向舞蹈的神询问。舞的正高兴的神回答说,外面来了一位非常尊贵的客人,也是一位天神。天照大御神信以为真，就出门观看，不料她才刚走出石门，就被藏在外面门后的天手力男身一把抓住，挣脱不得。

走出石屋的天照大御神被众神成功抓住，随即天地间重新阳光普照，一片光明，高天原也恢复如初。为了防止天照大御神重新藏到石屋里面，众神就在天岩石屋的门口挂上了一根稻草绳。

之后众神商议，既然这次的罪魁祸首是速须佐之男命，就必须对他进行财物的处罚和相关的惩治。

于是速须佐之男命被罚交出无数的物品作为赔偿，并且满脸的长须被剪，手脚指甲全部被拔。之后，速须佐之男命就被逐出了高天原。

小知识

古代日本人认为，众神的世界高高在上，他们将自己居住的世界称为"苇原中国"，而把神居住的天庭称为"高天原"。天地刚刚形成的时候，出现于高天原的神，名叫"天御中主神"。其名字的意义就是支配天庭中心，亦表示世界神圣的中心在天上。

斩　蛇

　　日本神世家族的第七代男神伊邪那岐命之子速须佐之男命，因为在姐姐天照大御神的领地高天原闯下大祸，惹怒众神，而被予以财物和身体的双重惩罚，并被逐出了高天原天界。

　　怀着身体疼痛的速须佐之男命，无奈地离开了高天原。这天他来到了出云国的境内。速须佐之男命站在该地肥河的上游，望着匆匆流淌的河水，思考自己以后的去向。

　　就在这时，一双竹制的小木棍飘流到速须佐之男命面前。他定神一看，认出是人类吃饭时所用的筷子。速须佐之男命心想，如果顺着筷子飘来的方向往回走，应该可以找到人家。

　　想到这里，正在忧愁往后去向的速须佐之男命，就朝判定的方向走去。这时候的他，经过连日来的休养，身体已经恢复。他走得很快，没过多久，果然看到了人影。

　　速须佐之男命看到一对老年的夫妇围着一个年轻女孩，三人伤心地哭成了一团。看到这个的情景，速须佐之男命向前询问老人家的身份和遭遇。

　　听到有人询问，老人抬起满是泪水的脸，连声叹气，并断断续续地告诉速须佐之男命，他是山神大山津见神之子，奉命统治眼前这片名叫足名椎的土地。旁边的两个人分别是他的妻子和小女儿。

老人先后生养有八个女儿，个个模样俊丽，心灵手巧。一家人相互理解，彼此相爱，幸福地生活在一起。然而不幸的事竟然接二连三地发生。离足名椎不远，有个地方名叫高志。不知道从何时开始，有一个妖怪占领了那里。这个妖怪长相非常可怕：红红的眼睛大如酸浆果子，全身长有八颗头颅、八条尾巴，体长可连接八个山谷外加八个山冈。

让老人没有想到的是，这个妖怪竟然看上了自己家的女儿，并在八年前的这一天，将他的大女儿吞进肚里。以后每年，均是如此。

最后，老人心疼地看着自己那美丽娇弱的小女儿，对速须佐之男命说：

"眼看我最后一个可怜的女儿，也要被这可恶的妖怪吃掉，作为父母的我们，怎么可能不心痛啊！"

速须佐之男命听后，义愤填膺，当场答应老人家，一定会帮助他们制伏妖怪。

老人看到速须佐之男命无所畏惧的神情，转悲为喜，对速须佐之男命说，如果他能够让自己的女儿逃出妖怪的魔爪，只要速须佐之男命同意，就愿意把女儿嫁给他。

速须佐之男命仔细看了一眼那个泪如雨下的女孩清秀可爱的样子，满口答应，并对老人说明了自己的真实身份。老人全家一听，非常高兴。

于是速须佐之男命开始准备对付那妖怪的工作。他来到老人可爱的女儿面前，温柔地劝她不要伤心，并告诉她，自己准备变化成一把木梳，让她插在自己头发上，避免妖怪发现。这小姑娘含笑答应。

然后速须佐之男命要老人和妻子一起酿出香飘四溢、烈性十足的好酒，并在家门外筑起一座高大结实的篱笆墙。速须佐之男命令说，造好的篱笆墙上要留出八个巨大的洞来，每一个洞前搭出一个放酒坛的木架，木架上放置酒坛，酒坛内装满已经酿好的酒。老人和妻子也欣然答应。

晚上来到，那只妖怪也出现了。它很快嗅到弥漫在空气中的酒香，来到篱笆墙外。妖怪看到有这么多的酒坛大为欣喜。它连忙将八个巨大的头伸进酒中，疯狂地畅饮起来。不一会儿，只见这只妖怪不敌烈性的酒力，挣扎着摇摇晃晃，栽倒在地。

看到这里，速须佐之男命急忙出现，拔出腰间佩带的宝剑，从容地将妖怪的八颗脑袋砍了下来。然后，速须佐之男命又拿起剑，将妖怪巨大的身子斩断成数段。最后他来到妖怪的尾巴处，准备将这些粗大的尾巴全部切掉。

就在他顺利切下三条尾巴，要切下一条时，速须佐之男命意外地看到，自己锋利的宝剑竟然被弹了出来。他小心地拨开蛇尾，见一把精美的利剑藏在里面。

最后，速须佐之男命终于将妖怪杀死，老人一家欢喜地跑出来，对他道谢。

老人看到速须佐之男命这么勇猛，就连忙说要将自己唯一的小女儿托付给速须佐之男命。速须佐之男命本来对眼前这个美丽的女孩就有爱慕之心，听到老人这一番话，连连点头，表示答应。

速须佐之男命和女孩结过婚后，协同妻子云游各地。

据传，速须佐之男命将斩妖怪时所得的那把剑，转手赠送给了自己的姐姐天照大御神。这把剑后来被称作草剃之剑，是日本三大神器之一。

小知识

速须佐之男命，须佐是其名，"之男"是个尊称，又尊名建速须佐之男命，命也是一种尊称。日本神话中最早的大神伊邪那岐命三子女中的最幼者，另两位就是日本最高神天照大神（天照大御神）和月读（月读命）。速须佐之男命全名为素盏鸣尊，乱暴之神，因其狂暴的性格而被视为破坏神。他斩杀了八歧大蛇，成为神话中的英雄。现在日本又用该神话故事开发出了同名的一款游戏。

扩丰国土

速须佐之男命被贬逐出天界之后,遇见了山神大山津见神之子,不但成功地打败作恶的八头八尾怪,还跟这个老人唯一的小女儿结成夫妇。婚后,速须佐之男命在妻子家中生活,面对温柔贤惠的妻子,他感到幸福极了。

没过多久,速须佐之男命决定告别岳父母,带着新婚的妻子,四处云游。

某天,速须佐之男命和妻子来到了须贺。只见那里芳草处处,天高云淡,风景非常优美,两人顿然神清气爽。

速须佐之男命对身边的妻子说:"我已经打听过,这里目前还没有神统治。如果你愿意的话,我打算在这建造一座我们新婚的宫殿。以后,我们就可以在这片美丽的土地上安居下来。"

妻子一听,非常赞同。

于是速须佐之男命开始动工修建宫殿,并带着妻子一起庆贺宫殿的开土动工。这天的阳光非常灿烂,四处散播着该地特有的香味。就在开土的一刹那,速须佐之男命惊奇地看到,有一股紫红色的彩云自地面升起。彩云在太阳光线的照耀下,瑰丽无比。

随着彩云的慢慢升腾,渐渐地飘到蔚蓝的天空,停留了很长时间才逐渐散开。于是速须佐之男就将此处命名为"出云国"。

速须佐之男命决定建造的宫殿非常巨大,所以工程进度也非常慢。

动工后的第二天上午,速须佐之男命自己爬到附近的一座高山上,希望可以俯瞰自己选定国土的全貌。到了山顶,速须佐之男命惊讶地发现,出云国非常狭小,远远望去,就如一根细长的衣带。这时他才发觉自己和妻子只注意此处风景的出色,却忽略了地域的局限。

速须佐之男命心想:"既然这样,总不能重新再找一块地方吧?"

就在速须佐之男命郁闷之时,他无意识地向山下一处海边眺望,意外地发现在朝鲜半岛的南端,有一块向外突出的土地。他欣喜地自语道:"如果可以把这块土地拖到出云国,土地不就扩增很多吗?"

于是速须佐之男命就拿起身边携带的一把大锄头,聚集全身的力气,对着那角突出的土地抡了过去。只听"轰隆!"一声巨响,速须佐之男命已经把这角土地与朝鲜半岛截然分开。

速须佐之男命随即从身上解下三条很粗的绳索,做成圈套,看准那块突出土地的三个位置,扔了过去。

看到这角陆地已经被自己的绳索牢牢捆绑,速须佐之男命将三条放置在肩膀上的绳索用力拉起。尽管他身体非常强壮,力气也很大,但经过一段时间的用力,他也累得气喘吁吁。

最后只见他咬紧牙关,站稳脚跟,终于将这块朝鲜半岛南端角落的陆地重新跟出云国的土地连在一起。(据说,如今日本出云国的小津港到杵筑的御崎,有一段长长的海岸线,就是速须佐之男命的杰作。)

为了防止这块好不容易得来的陆地再度飘走,速须佐之男命来到海水的下面,用重锤夯入许多粗大的树桩,并找来许多绳索,将国土的各个角都固定在了木桩之上。(据说,这些粗大的木桩就化成出云国和石见国之间的高山,后人命名为"三瓶山"。而那些固定的绳索,就是杵筑御崎的海滨。)

一切都忙完后,速须佐之男命看着眼前扩增的出云国,开心地笑着。妻子得知此事,在速须佐之男命的指引下,看到扩充后的出云国,对丈夫的能力赞不绝口。

过了一段时间,速须佐之男命再次俯瞰自己的国土,那种不满足感再度出现。他向出云国的四周眺望,又有了意外的发现。在出云国的北面,有个隐岐岛。隐岐岛上同样有一处向南突出的荒地,速须佐之男命马上有扩充的打算。

这一次,速须佐之男命比照上次的方法,很快就把这块土地拉到了出云国。

之后,速须佐之男命继续从其他地方寻找可以得到的陆地,积少成多,让出云国的土地面积增加了许多。

因为这些土地大多是荒地,植被很少,所以国土尽管看起来广阔许多,但仍然非常单调冷清。

一次偶然的机会,速须佐之男命渡海来到了朝鲜国,发现那里有很多金山与银山,但自己所带的船只有限,并没有带多少回来。

为了可以造出更多的木船渡海到朝鲜国,装载大量的金银财宝,速须佐之男命回到出云国,开始自己的种树计划。

速须佐之男命托起自己长长的胡须,对着风向,轻轻一吹,只见密雨似的胡须落满了大地,化成一棵棵茂盛的杉树,茁壮而整齐。

随后,他又从自己的前胸部分拔下一撮撮的胸毛,对风吹去,这些胸毛落地化成浓密的桧树。这之后,速须佐之男命从自己的腰间拔出无数的体毛,瞬间变成了一片片的罗汉松树。最后,速须佐之男命又把手伸向了自己的双眉,落下的眉毛变成美丽的楠树。

这时,遥遥看去,扩增后的出云国到处都是绿树成荫,鸟语呢喃。

小知识

　　日本位于欧亚大陆以东、太平洋西部,由数千个岛屿组成,包括北海道、本州、四国、九州四个大岛和其他6800多个小岛屿。众列岛呈弧形。日本东部和南部为一望无际的太平洋,西临日本海、东海,北接鄂霍次克海,隔海分别和朝鲜、韩国、中国、俄罗斯、菲律宾等国相望。日本的总面积为377835平方公里,其中土地面积374744平方公里,水域面积3091平方公里,领海面积310000平方公里。日本是世界上填海造陆最多的国家,填海造陆的面积多达16000平方公里。

葡萄牙的火绳枪

战国时代天文十二年八月二十五日那一天,受台风影响,一艘大船飘到了前之滨海岸。前之滨海岸本属于日本鹿儿岛县,位于种子岛的南方。

这艘漂流大船的船主是中国明朝有名的倭寇首脑,名叫王直,船员中有葡萄牙人、中国人、琉球人等,多达百人。因为这艘船航行所凭靠的是草席,遭遇台风之后,只能沿岸航行。

听说有一艘外国的轮船漂流到了自己村子的附近,前之滨的村长就带着村民赶到了现场。但是彼此语言不通,无法直接用语言沟通,后来这个村长就和王直用笔进行交谈。王直告诉村长,自己的船被台风吹坏了,想找到地方修理一下。村长就建议王直将船行至西之表。

行使了大约两天的路程,这艘船来到了西之表。西之表本是一个小岛,该岛的岛主是时尧。时尧接见了王直,并安排船上的人住进了岛上的慈远寺。

因为船身被台风吹撞得厉害,完全修补好前后需要大半年的时间。船上的人在慈远寺居住期间,葡萄牙人曾在当地人面前,进行火绳枪的表演。

一个葡萄牙人拿着火绳枪,抬头看见不远处山坡的树枝上有一只鸟,只听一声枪响,中枪的鸟就从树枝上掉了下来。这时的枪还只是用来打猎,多用于打鸟。因为这种火绳枪的子弹很轻,射击时的声响不大。时尧见到火绳枪的这种威力,非常惊奇。

　　时尧心想，如果自己可以拥有很多这样的枪支，将非常有益处。于是他拿出一大笔金子，跟带枪的葡萄牙人购买了两把火绳枪，并拿给家臣研究。

　　一时间，岛上的人都对这种奇特的火绳枪产生兴趣，也希望可以知道铸造枪的方法。

　　有一天，筱河小四郎被岛主选中，学习火绳枪的火药配置；而之前被岛主特别邀请教授岛民锻造兵器的美浓国人八板金兵卫，则被命令负责制造火绳枪的枪身。金兵卫生有一个独生女儿，名叫若狭，这年十七岁，从小跟筱河小四郎订下婚约。岛主命令船员一行人住在慈远寺之后，若狭也被安排到慈远寺照顾他们。

　　金兵卫虽然是当地有名的刀匠，但是对造枪一窍不通，而筱河小四郎也是对所谓的火药配置不懂。金兵卫原本以为以前再难铸成的刀刃，自己都可以很快造出，最多不超过三天。这次却非常意外，尽管心里非常急，但过了十多天，金兵卫仍然没有研究出相关的配置方法。

　　不过，皇天不负苦心人，经过反复观察和认真研究，大约一个月的时间，金兵卫成功地摸索出了枪身的制造方法。但是问题又出现了，金兵卫头痛的是怎样才能把造好的枪底接合在一起。从早到晚，金兵卫拿着岛主给自己参考研究的火绳枪反复观察，却弄不懂如何将两块僵硬的枪身合为一体。

　　眼看马上就可以成功地制造出一模一样的火绳枪，就因为不能将其连接在一起，这让一向自信骄傲的金兵卫大伤脑筋。后来有人告诉他，如果想知道这火绳枪是怎么制造的，不妨询问带枪来的葡萄牙人。金兵卫听了，觉得非常有道理，但是自己跟来到岛上的葡萄牙人不熟悉，况且彼此语言也不相通，这该怎么办呢？

　　正当金兵卫为造枪的事情苦思时，他美丽的女儿若狭从慈远寺回家探望。若狭一看到父亲，就讲述自己在慈远寺的所见所闻，并提到了两个葡萄牙人所带的火绳枪。

　　金兵卫并没有心思倾听女儿的话，一连几天费心制造枪支的他非常疲惫。就在他想打断女儿连绵不绝的话时，他看到女儿美丽的容貌，突然想到如果自己的女儿可以跟岛上的一个葡萄牙人结为夫妇的话，应该很容易得到制造枪的办法。

　　若狭听到父亲要她嫁给葡萄牙人，立即回绝了父亲，并告诉父亲自己从小就和筱河小四郎订下了婚约，自己是真心喜欢他，绝对不可能嫁给其他男人。

　　金兵卫了解自己的女儿是个非常孝顺的孩子，于是便说："如果这次岛主吩咐的造枪事情失败，自己作为一代名匠，肯定没有再活下来的勇气。"若狭闻言，无奈地哭着答应了父亲的要求。

经由岛主的引荐和介绍,很快地,若狭与岛上一个年轻的葡萄牙人结婚。在破损的船被修好的大半年之后,若狭跟着自己的丈夫一起乘船回到葡萄牙。这过程中,若狭跟丈夫学会了葡萄牙语,并告诉丈夫自己父亲的烦恼,而她的丈夫则答应会帮助她的父亲顺利制造出火绳枪。

时间过去了一年,这个葡萄牙人如约回到了西之表岛。他从葡萄牙带来造枪的工匠,没过多久,金兵卫就了解了自己之前没有成功的原因,原来只要可以造出接合枪身的螺丝,火绳枪就圆满完成。

岛主对金兵卫的成功非常满意,重重地赏赐了他。

若狭跟着丈夫来到葡萄牙之后,才发觉原来丈夫已有了妻子,并且还有一个孩子。她跟随丈夫在葡萄牙生活一年,并不怎么幸福,且非常思念故乡。于是在她主动要求下,她最后回到了西之表岛一个人生活,直到终老。

小知识

根据葡萄牙商人所作《东洋遍历记》的记载,天文二十年时,日本后国就有三万把火绳枪,而全国共计约有三十万把。一五七五年的"长筱和战"中,织田信长以三千把火绳枪击败百战百胜的武田骑兵队。

净琉璃姬物语

古代日本的三河国，住着一个名叫兼高的富人。

在别人的眼里，兼高拥有一大片肥沃的领地，妻子贤惠温柔，他应该感到非常满足了，但是兼高并不这样想。原来兼高跟妻子结婚好几年，一直想有个孩子，却始终未能如愿。于是兼高和妻子到处求医问药，仍然没有效果。兼高为了此事非常烦恼。

这一天，兼高的妻子听说凤来寺的药师佛可以治疗女人不孕症，非常高兴地告诉丈夫。凤来寺是三河国最大的寺院，很早以前有人传说，那里来了一位药师佛，是东方琉璃净土教的教主。兼高得知，也很欣喜，带着妻子前去凤来寺。

两人来到凤来寺，对药师佛说明来意，药师佛听后，告诉他们只需全心闭居于寺院，斋戒整整二十一天，神明自然被祈求者的诚信感动，顺利达成所愿。兼高和妻子大为欣喜，马上命家人送来衣物及日常用品，按照药师佛吩咐行动，安心斋戒，诚信求子。

斋戒期满之后的第二天，妻子惊异地感觉自己有了怀孕的症状，兼高赶快派仆人请来医生，经医生检查后，医生满脸笑容向兼高道贺。兼高非常开心，重重地赏赐了这位医生，并马上派人给凤来寺捐献大量的财物。一家人喜气洋洋，亲戚好友知道后，也都为兼高终于得子感到喜悦。

兼高妻子怀胎十月,顺利生下一个女孩,为了感谢药师佛,也希望女儿将来一切美满,便取名为净琉璃姬。

就在净琉璃姬出生的同一年,日本发生了历史上有名的"平治之乱"。这次动乱过程中,源氏家族有了重大的变故。已经退位的天皇控制的政权与当朝天皇控制的朝廷势力产生了重大的矛盾,冲突不断,同时,各自政权内部势力的斗争也在增加。

各种势力冲突加剧,矛盾不断升级,一一五九年的"平治之乱"爆发。动乱的结果是,源氏家族势力被平氏家族的势力压制,源氏家族的人几乎被全部消灭。这也就形成了日本的武士社会。

在这次动乱中,源氏家族的三个孩子侥幸逃脱厄运,其中一个就是源义经。源义经九岁的时候,因为生活所迫,他可怜的母亲改嫁给京城一个有钱的商人。母亲改嫁之后,源义经被送往京都的左京鞍马寺。十六岁,源义经不能忍受寺院单调的生活,就向寺院住持禀告心意,希望可以出去做自己喜欢的事情。住持答应了源义经的要求,并嘱咐他好好照顾自己,如果有任何困难,随时都可以回到寺里。源义经含泪答应。

出了寺院,源义经才知道寺外的世界大得超乎他的想象。但是到哪里去好呢?这时,源义经想到自己父亲生前有一个好朋友,名叫藤原秀衡,住在离此很远的奥州平泉,于是他打算先去那里看看。

决定之后,源义经带着住持所赠予的盘缠,以及美好的期待向奥州的方向上路。

一一七四年,源义经路过三河国。这天,不停赶路的源义经又累又饿,打开行囊,发现里面已经空空如也。就在源义经发愁时,看到前面有个高大的宅邸,于是他向那户宅邸的人家询问,是否可以给自己一些食物充饥。

这家的主人正是兼高。此时,他的女儿净琉璃姬已经成为亭亭玉立的漂亮姑娘,追求者众多。

兼高家的仆人听到有人敲门,便开门查看,看到源义经长相潇洒不俗,再观其谈吐也非常高雅,就向主人禀报。兼高看着这个赶路的年轻人确实出众,当即热情地招呼源义经来到家里。

净琉璃姬也听说了此事,跟在母亲的身后偷偷地观察来客,产生了爱慕之意。一直打算为女儿寻得如意郎君的兼高,和源义经交谈之后,更是对他非常欣赏。做父亲的兼高,很快看出女儿对这个眼前男子的爱慕,他就吩咐女儿出来与源义经见面。净琉璃姬在父亲的要求下,弹奏自己最喜欢的名曲《想夫恋》给源义经。

源义经看到净琉璃姬温柔美丽的样子,又得知她才艺非常出众,也暗暗喜欢。为了回报净琉璃姬的精彩表演,他拿出母亲留给自己的珍贵宝笛,和净琉璃姬一起演奏。两人琴笛互送爱意,虽然从未相识,但默契十足。兼高和妻子在一旁观看,暗自高兴。

演奏结束之后,兼高看到源义经望着女儿几乎迷醉的样子,就对他直截了当地提出结婚之事。源义经一听,惊讶之余,更是百般愿意。

一见钟情的净琉璃姬和源义经,第二天便举行了盛大的婚礼。婚礼当天,很多人纷纷前来祝福。净琉璃姬的父母看到两人甜蜜地结为夫妇,相爱互敬,满意地感叹自己心头的大事终于有了完美的解决。

结婚之后,净琉璃姬和丈夫日日相伴,弹琴奏笛,鱼水缠绵,羡煞旁人。

大约三年后,源义经对妻子诉说先前的打算,希望继续赶往奥州,这样自己也可以有一番作为。净琉璃姬一听,心底暗自伤心着,她甚至不愿意跟丈夫有任何分别。但是善解人意的她还是答应了丈夫的请求。

分别的前一夜,两人相拥直至天亮。源义经看到妻子伤心的样子,就留下自己的笛子,并郑重地对净琉璃姬发誓:"安定之后,我就会想办法,立即与你联系,并把你接到身边来,长相厮守。请相信我。"来到门外,净琉璃姬泪眼蒙眬地看着丈夫,那背影越来越小,直至消失。

一一八〇年,源义经的哥哥源赖朝发动起义,地点选在伊豆。源义经得知哥哥举兵的消息,就离开奥州平泉,前往伊豆寻找自己的哥哥,想帮助他成就大事。找到哥哥之后,源义经全力协助,带领大军先后打过好几次胜仗,声名远播。

一一八三年,源义经带领军队讨伐自己的堂兄源义仲,路过三和河国的净琉璃姬家。源义经带着惭愧和兴奋的心情飞奔到净琉璃姬家,进入屋子,看到的却是兼高夫妇憔悴痛苦的面容。源义经这时才知道这近十年来发生的事情。

源义经一心想有番成就,好能给爱妻净琉璃姬带来幸福快乐。但是,他没有考虑到妻子的思念之苦。源义经走后,净琉璃姬日日盼着他能够早日出现在自己面前,但是始终音信全无。半年前,净琉璃姬实在无法忍受声名鹊起的丈夫仍然不来联系自己,于是某个深夜,她等家人都入睡后,便伤心绝望地独自来到河边,投河自杀。

得知自己十年未曾谋面的妻子竟然死去,心痛的源义经为她树立了一千根的卒塔婆,作为纪念。

加贺骚动

　　传藏生于元禄直五年（西元1702年），是前田家的子孙。

　　据说有一次，他的父亲跟随加贺藩主狩猎，不知立了什么大功，传藏得以进城来服侍藩主的小儿子——吉治。

　　传藏长得很英俊，而且聪明伶俐。所以当他来到藩主家中伺候吉治之后，没多久就赢得了吉治的恩宠。

　　亨保八年五月，吉治做了加贺藩的第六代藩主，并改名为吉德。改朝换代后的君主，总是会不相信前朝的旧臣，而想提拔培养跟随和听从自己的家臣。吉德也是如此。在吉德上任之后，他就开始大力提拔他最宠爱的传藏。传藏刚开始只是一般的藩士，没过几年，他就掌握了藩国的财政大权。

　　再说吉德。他后来有了三个儿子，分别叫做宗辰、重熙和势之助，都是他的三个侧室所生。

　　其中，吉德有个侧室叫做阿贞，长相非常漂亮，也是他最宠爱的一个侧室。阿贞本来是传藏介绍给吉德认识的，她生的儿子势之助，按年龄应该是排第二的，但是因为比较晚向幕府呈报户口，所以排到了第三。

　　阿贞是个很有野心的女人，她非常想让自己的儿子能成为藩主的继承人。于是她开始极力讨好传藏。

　　传藏知道她的用意后，就劝说阿贞："既然作为藩主的儿子，肯定是衣食无忧，荣华富贵享用不尽的，那么又何必在乎是不是能够成为藩主呢？"不过，阿贞还是坚持自己的想法不为所动。

　　传藏作为吉德的重臣，要负责各种经济上的事情，比如改革旧的经济体制，收拾上代藩主留下的经济问题等，这样的过程中不免会触及上代旧臣的利益。这些前朝旧臣，私下非常痛恨传藏，希望能够有一天把他给赶下台。所以这也就是吉德时期，藩内斗争比较激烈的原因之一。

　　在延享二年（一七四五年）的时候，吉德病逝。宗辰位为长子，顺理成章地成为加贺藩的第七代藩主。

　　宗辰成为新的藩主之后，也想重用自己的家臣，就开始想办法除去传藏。

　　延享三年，宗辰以"盗用公款"的罪名，将传藏绳之以法，命传藏蛰居起来。

　　同年十二月，宗辰突然死亡。死亡原因众说纷纭，很多人都相信是传藏暗地里派人毒死了宗辰。

　　延享四年，吉德的次子重熙继位。重熙成为加贺藩的第八代藩主。

　　延享五年，传藏被改判流放到藩内的流刑地五个山。五个山专门收容那些重罪囚犯的小屋子，俗称"御缩小屋"。这个屋子大小有十平方米左右，终日不见太阳，只留有一个小洞作为送饭的地方。

　　据说，传藏在这里待了大约半年后，也就是延享五年，用看顾他的臣下偷偷所携带的短刀，自杀而亡。

　　再说在江户加贺藩内。有人发觉老侍女很可疑，种种迹象显示她似乎想要毒杀宗辰的生母净珠。后来经过调查拷问，才知道是阿贞在搞鬼。

　　江户的宅邸派使者到藩内通报此事。加贺藩的大臣依藩主旨意审问阿贞。阿贞一开始矢口否认。后来审问他的官员将她推入蛇窟，施以众蛇撕咬的极刑，阿贞无法忍受，才终于说出了实情。

　　阿贞承认她和传藏的确有私情，但是绝对没有对净珠心生毒杀之念。

　　传藏死了之后，阿贞和那个被拷问的老仕女一起被判了死罪。而她的儿子势之助，也在宝历九年（西元一七五九年），死在牢狱之内。

　　至于传藏和跟随他的那些人，也被重熙一一铲除。

小知识

　　传藏是日本江户时代最有名的家老之一，治理成绩非常突出，但是却因为卷入了加贺的派系斗争，终于以身殉"藩"。

见沼田圃

现在的日本埼玉县的埼玉市，古时曾有一片非常大的沼泽地，即见沼田圃。

见沼田圃的沼泽地非常广大，各种动植物都生活在那里。据说，龙是沼泽里的首领，同时也成为附近村民的保护神，受到人们的祭拜和尊崇。

江户时代的中期，日本第八代将军德川吉宗，为了扩大全国的可耕作土地面积，下令将见沼田圃改造开垦，作为稻田使用。

负责开垦的人是日本一名老土木工程师。这个人出身于农民，有很多的土木开采和实作经验。凭着自己扎实的土木知识和实地经验，这个人一步步升职，并在德川吉宗掌权的这一年被任命为幕府的大臣，拥有了尊贵的身份。

接到德川吉宗的改造命令时，这个老工程师已经年近七十岁。他率领其他参加改造的人来到见沼田圃，这里四野茫茫，一望无际。老工程师看到这片见沼田圃如此辽远，就下令立即投身改造。

根据以往的改造经验，老工程师决定首先需要做的是，将百年的堤坝八丁堤摧毁，这样他才能迅速有效地排除沼泽内的水。

为此，这位老工程师就制定了尽快拆毁八丁堤的方案。这天众人在老工程师的安排下，有的负责挖掘河堤的根基，有的负责搬运河堤上堆砌的石块，很快地，这拥有百年历史的堤坝就坍塌为平地了。众人在堤坝坍塌的那一刻,齐声欢呼。

但是随着堤坝的消失,原本沼泽里的生物也面临死亡的命运。之前这里有良好的生物系统,各种鱼虾等数量众多。随着水源的减少,鱼虾的数量也迅速降低。

看到突如其来的灾难,守护这里的龙神非常生气。为了阻止人类对沼泽地的继续破坏,龙神用尽了各种办法。于是老工程师在改造过程中遭遇了各式各样的怪事。

一天,几个负责搬运石块的工人突然跌倒,导致巨大的石块砸伤了其中两个人的腿,且伤势非常严重;又有一天,前一天还好好的工人们竟然集体生病,导致没有人可以继续工作;还有一天晚上,工人忙了一天,吃过晚饭后,正在休息的房屋外面聊天时,突然发现房子自己着火了,火势迅速蔓延。

尽管如此,老工程师仍然带领工人们排除一切困难,坚持改造见沼田圃成为农田的行动。

一切阻止的行为都没有效果,龙神无奈之下,就化作一个年轻美丽的女孩,来到老工程师居住的地方。晚上,这个女孩哭得很伤心,对老工程师说:

"我从以前就很喜欢这里,各种鸟儿和鱼类生活在沼泽里面,生机勃勃。但是,自从您来到这里之后,拆除堤坝,使丰沛的湿地化为干枯的泥土,到处都是鱼虾们死去的尸体,多可怜啊!您能不能停止这种行为,让这些生命可以继续存活?"

老工程师看到眼前这个伤心的小女孩,觉得她的身份有些奇怪,这附近荒无人烟,自己在这里这么久也从来没有见过她。但是听了她的话,又不无感触地回道:"这些我也看到了。但是,我也是没有办法啊。现在国家的土地根本不能养育那么多的人。现在如果不能将这片肥沃的沼泽地改造为农田,给那么多挨饿的农民耕种,不知道又会有多少人死于饥饿呀!"

女孩听后,理解地反问道:"您说的有些道理。但是因为这样,就不顾其他生物的死活吗?"

老工程师听到这里,也流下了眼泪:"暂时是没有办法。不过,我打算在将这片沼泽变为可以种植的稻田后,就在这里开辟河道,种植树木,让这里重新披上绿色的衣服。我想很快这里仍然会是粮食和各种动植物共存的乐园。"

女孩听到老人的解释,顿时消失了。老工程师觉得一切跟做梦一样,只是心里更加坚定早日完成使命的信念。

两年时间转眼即逝,老工程师和工人们克服各种艰难险阻,终于在这一天成功了。将这片沼泽改造之后,一千两百多公顷的土地出现,而且土壤非常肥沃。

德川吉宗得知老工程师用这么短的时间造出了这么多的良田,大为高兴,立即赏赐那些参与改造的人,并当面感谢这位有勇气、有毅力的老人。

很多面临饥饿威胁的人分得了土地,得到土地的第二年,见沼田圃上改造的土地获得巨大的丰收,附近村民都感谢着老工程师给他们带来了美好生活。

时过境迁,老工程师的功绩更多显示在他的环境保护观念和行动方面。如今,见沼田圃一带非常繁荣,地形也因城市化的建设有了很大的变化,自然环境也变得相当美丽。

小知识

如今,见沼田圃的很多地方都被建成了公园,大片的绿地生长良好。特别是因为有很多的农林和山林,国家都禁止开发。据说,这里的绿地一直是东京首都地区最大的绿化带。

百合若传奇

嵯峨天皇时代的西九州,海盗活动非常猖獗。为了平定这里的混乱局面,朝廷决定选派当时重臣左大臣的儿子百合若,担负此次讨伐的大任。

百合若制造的硬弓非常有名,同时硬弓也是他最喜欢、最擅长用的兵器。得到朝廷的命令,百合若非常兴奋,他一直希望自己可以有机会接受重任。于是他马上行动,不但特意造出一张巨型的硬弓,还特别制作出一支匹配的大型利箭。

一切准备就绪后,百合若带领自己的军队,乘着朝廷安排的大型海船,浩浩荡荡地开进西九州。因为准备充足,百合若指挥得当,兵士们也英勇杀敌,原以为至少要五年的时间才能平定征战,没想到三年不到就提前结束。

大军胜利返回之日,百合若所带领的兵士都非常高兴。看到部下在这次行动的表现如此出色,百合若也格外喜悦。于是他爽快地宣布,大军在返回家乡前可以好好放松一下。

就这样按照百合若的命令,军队在系岛半岛附近的玄界岛靠岸登陆。大家选择了一处环境优美的地方,搭了帐幕,摆好酒宴,开始尽情狂欢着。

百合若那天心情极佳,虽然肩膀上的箭伤还隐隐作痛,但他仍然畅饮部下大将递来的敬酒,只觉得没过多久,自己就神志不清了。

百合若没有想到,就在他酒醉之后,有人打起了他的主意。

这次大军里面,有一对兄弟,是别府的贞澄和贞贯。两人看到百合若喝醉之后,就私下商量,想代替他带领大军返回,这样就可得到原本属于百合若的赏赐。

两人商量好后,偷偷把不省人事的百合若抬到一处隐秘的地方,藏了起来。等了一段时间,两人才来到众兵士前,声泪俱下地说百合若肩膀上的伤口意外恶化,现在已经离开人世了。两人还欺骗众人说,百合若在断气之前,嘱咐他们两个带领大军返回京城,并把他的遗体掩埋在这风景秀美的岛上。

兵士们觉得这两个大将的话有很多疑点,但是地位低微,都不敢轻易说出自己的意见。看到兵士们没有任何异议,这对密谋独揽军功的兄弟暗自高兴。假装怀着百合若死去的巨大伤痛,他们做出不得不引领军队的样子,伤心无奈地返回了京城。

回到京城之后,这两个人按照商量好的说法,向朝廷禀报了百合若死亡的消息,顺利地得到了丰厚的奖赏。之后,他们把百合若的战甲和兵器送往百合若的家里,并故作难过痛苦的表情。百合若的妻子春日姬,得到丈夫死去的噩耗,几乎快要昏死过去。聪明的她听着来人的讲述,虽然心生诸多疑惑,但是看到来人伤心的样子,她便不再多想,只得接受现实。

丈夫的死讯让春日姬整日沉郁欲绝,泪水涟涟。家人看到春日姬终日这样痛苦,就劝说她把百合若生前所用的物品和豢养的动物捐给寺院,以便他早日升至极乐世界。

春日姬觉得有道理,深爱丈夫的她就将丈夫作战的兵器、铠甲、骏马,以及丈夫在家精心训练的猎犬和老鹰,都一起送给附近一座有名的寺院。奇怪的是,有一只名为"绿丸"的老鹰,在春日姬回家之后,也跟着飞了回来,前后多次送给寺院,仍是成功地回到了家里,仿佛不愿意跟这一家人分开一样。

这天,春日姬来到院子,绿丸马上飞落在她的脚边。春日姬以为绿丸是饿了,就命令仆人在它面前放了一些食物。谁知道,这绿丸当即叼着食物向西方飞去。

绿丸一刻不停,一连飞了三天三夜,终于来到了百合若的身边。

再说百合若酒醉之后,一直沉睡了三天还没有醒来。绿丸来到之前,百合若终于睁开了眼睛,发现自己一个人躺在这座荒岛上,还不知道到底发生了什么事。正在惊讶的时候,绿丸飞到他的面前,让早已感到非常饥饿的他万分高兴。

填饱肚子后,他咬破自己的手指,在岛上找来宽大的叶子,写上发生在自己身上的事,绑在绿丸的羽毛下。绿丸则朝着回家的方向飞去。

春日姬看到绿丸带来的东西,终于弄明白了丈夫的遭遇,并急忙让绿丸带给丈夫写字的物品,以便自己可以将事情禀告朝廷,早日为丈夫澄清冤屈。

春日姬一心着急丈夫的生死,忘记了绿丸虽然忠心,却为了主人的事情一直没有吃过东西。绿丸带着春日姬所交付的东西,立即赶回玄界岛,就在即将来到百合若身边时,却累死掉落在海水里。

百合若苦苦等待,也没有发现有人前来营救自己。无聊至极,来到海边眺望,刚好发现绿丸的尸体,并得到了妻子透露的隐情,知道发生在自己身上事情的前因后果。

更凑巧的是,正当百合若着急地想回到京城报仇时,一艘渔船遭遇风浪,漂流到这里来。百合若告诉船上人自己的遭遇,并跟他们一起乘船回了京城。

回到京城之后,百合若心想,现在朝廷还不知道自己还活着,必须等到时机成熟时自己才能出现和报仇。于是百合若隐姓埋名,一直等到宫内举行射箭比赛的时候。比赛内容规定,京城之内所有愿意尝试的人都可以报名参加。百合若就这样混在人群里面,等待时机。

那天,别府兄弟奉命做射箭比赛的裁判,和一名朝廷要员在席上观看比赛。比赛进行中,百合若故意大声呵斥那些上台射箭之人,而且还故意扰乱气氛。

射箭比赛的举行,让贞贯本来很得意,自己可以和哥哥好好炫耀一番。没想到比赛中,一个蓬头垢面的人竟然如此扰乱。他来到百合若的面前,要他上台射箭,并声明如果不能让众人满意,将当场处死。

百合若很轻松地拉断了十张大弓,并且还将一张从没有打开的巨弓拉满,众人拍手叫好。

贞贯非常惊奇,询问百合若的名字。百合若大声一喝,怒声道:"你们现在这么风光,怎么这么快就忘记了这一切是谁给的?你们一定以为,那个百合若早就在荒岛被野兽啃噬了吧?"

别府兄弟大吃一惊,吓得当场从台上滚了下来。

百合若顺利地向朝廷澄清发生在自己身上的事情,最后也终究得到朝廷的大力嘉奖。

别府兄弟自知作恶不浅,一直跪求百合若的饶恕。百合若看到他们,想到自己遭受这么多磨难,气愤难耐,于是建议朝廷将两人流放到玄界岛,永远不能回到陆地。

小知识

如今的玄界岛上已经有人居住,大约七百人左右。岛内的小鹰神社就是祭祀绿丸的神社。每年有近万名游客到这里游玩。

失耳的芳一

坛之浦海边,有一座名叫阿弥陀的寺院。

相传,这座寺院的修建是为了安抚平家一族的亡灵。

阿弥陀寺院的附近,曾经住着一个名叫芳一的盲人和尚。芳一从小就擅长弹奏琵琶,而且琴艺非常精湛。也有当地人传言,芳一可能是琵琶之神蝉丸法师或者其弟子源博雅的投胎转世。特别是当芳一当众弹起《平安物语》这段曲子时,在场听众都纷纷潸然泪下。

在芳一的听众里面,最能听懂他的当属阿弥陀寺的住持。因此,住持就主动邀请芳一住进了寺院,以便芳一可以衣食无忧地安心弹奏琵琶。芳一弹奏的《平家物

语》，也是住持最喜欢听的。平常，芳一有空就会弹奏起《平安物语》：

　　邸园精舍钟声
　　诉说诸行无常
　　娑罗双树花色
　　道尽胜者必衰
　　骄奢者不长久
　　只因春夜如梦
　　威猛者终灭亡
　　如风中之尘土

　　住持经常听得如醉如痴。

　　这天夜里，天气分外闷热。住持带领小和尚外出去做法事，只剩芳一一个人守在寺院。

　　芳一等了很久，住持还是没有回来。于是，他就坐在面对后院的窄廊下面即兴弹起了自己心爱的琵琶。

　　没多久，芳一听到有脚步声从后门传来，越来越近，直到芳一身边才停止。

　　接着芳一就听到一句"芳一！"的低沉呼唤，但很明显不是住持或者其他寺院的人，声音听起来很陌生。

　　芳一很吃惊地问道："请问——是哪位？我眼睛看不见……"

　　只听对方答道："我是奉主人之命前来。我家主人身份高贵。这次他为了观赏坛之浦的合战遗迹，带了很多随从来到赤间关，住在该寺的附近。主人刚才有幸听到您演奏的《平安物语》，很是欣赏，特意派我过来请您过去。"

　　听到这里，芳一更是惊奇了。他看不到对方是什么样的装扮，但是从刚才的声音中，猜想应该是全副武装的兵士之类，或者京城里贵族的贴身侍从。芳一此刻既担心自己的安全，又害怕住持回来之后找不到自己会着急，但是对方的口吻恭敬，也不好拒绝。思前想后，芳一还是决定跟随来人前往。

　　来人带领芳一来到了一座豪门宅邸。

　　根据平时的经验，芳一判断此处应该是阿弥陀寺院的山门，怎么还会有宅院在这里呢？芳一暗想。这时，芳一听到来人向里面叫道："开门！"随即，里面立刻传出了开纸门、格子纸窗、板门的声音。

　　跟着来人进入后，芳一又听到点燃灯火的声音，以及女人下摆摩擦地面、点薰香的声响。

接着,芳一感觉到一双柔软细嫩的手拉着自己,带领他穿过庭院,又爬上楼梯,越过长长的走廊,经过数不清的榻榻米房间,最后来到一个仿佛是大厅的地方。

芳一来到这里,可以感觉大厅里聚集了很多人。四周不时有窃窃私语声传来,有男有女。芳一感觉奇怪的是,他们竟然使用的都是宫廷用语。

那双温柔的手示意芳一坐下来,芳一感觉到他坐的是那种带毛皮坐垫的凳子。接着,芳一听到一个威严的老妇人说:

"我们都想听你弹唱《平家物语》,你可以开始了。"

芳一答道:"《平家物语》有两百多首,不知道从哪一首开始呢?"

对方毫不犹豫地说:"《坛之浦》!"

芳一点了点头。他抱起琵琶,就开始弹唱。芳一如平时一样,只需从拨动琵琶那一刻起,他就可以马上来到那个血雨腥风、乱箭俱发的赤间关海面。战士的厮杀、战场的骚乱,在芳一的琵琶声中,令人感觉身临奇境,难以抗拒。

周围不时传来惊叹。"果然是名不虚传的琵琶法师!""京城也找不到这样的名手啊!""嗯!就是好!""好像又回到当时了。"

当芳一专心弹着,到了"祖母身怀三种神器并怀抱年幼的天皇跳进河中"这一段时,四周骤然寂静无声,随即传来一阵阵的啜泣声。

芳一这时注意到,周围的啜泣声不止,后来又变成了悲叹声、抽泣声、呻吟声和痛苦声。

当芳一终于弹奏完这一曲,周围寂然无声。

过了一会儿,方才的老妇才说道:

"果然是名手啊!殿下也听得入迷了。日后一定会给你奖赏。但是,你明晚必须接着来弹,连续六晚。而且,殿下这次是微服出巡,所以,你一定要将今晚所发生的事情保密。"

果然,第二天同一时间,那个来寺院召唤芳一的人都会前来,迎接芳一去表演。

再说芳一跟来人去弹琵琶的晚上,后来住持回来之后,看不到芳一,觉得应该也不会有事,就令小和尚等芳一回来。芳一整晚都在弹唱琵琶,白天就显得非常疲惫。如此几天,小和尚察觉有异,把芳一的事情告诉了住持,住持连忙命令寺院其他人仔细观察芳一的行踪。

到了这一天的晚上。寺院的仆人看到芳一一个人快步从后门出去了,就提着灯笼跟在他的身后。这天是雨夜,风也很大,没跟多久,仆人的灯笼就熄灭了。但是,仆人奇怪地看到,芳一这样的盲人,却比他这样的正常人走的还要快。没多久,芳一就消失在仆人的视线内。仆人只好返回寺院。

令仆人没有想到的是,他回到寺院后,就隐隐约约听到芳一那熟悉的琵琶声。他循声寻找,竟然在寺院后山的坟场发现了芳一。芳一坐在漆黑的树林里,专心地弹唱着《坛之浦》曲。

仆人大惊。他上前硬将芳一拉回了寺院,并向住持报告了事情的原委。

芳一这才跟住持交代了这几天他所遭遇的事情。

住持听后,沉吟了许久。最后,他对芳一说道:"你知道你每晚是在对谁弹唱吗?"

芳一迟疑着说,"好像是高贵的殿下和其他一些宫廷里面的人。"

住持神情严肃,说:"你还不知道吧!你去的那个地方就是我们寺院的后山树林,那里是你所弹《平安物语》一曲的男主角——平安一族的坟场啊!"

芳一脸上顿时没有了血色。

住持继续道:"一旦照他们所说,连续弹六个晚上,你恐怕要跟他们一样了。很有可能没有六个晚上,你的精气就会被耗尽,肉体也跟着死亡。"

说完,住持命芳一脱掉全身衣物,让其他和尚在芳一的身体上写满《般若心经》。

住持对芳一交代:"芳一,你要听好。只有这个办法可以救你自己。今晚你还跟往常一样,等对方前来。无论发生什么事,都不要动。只要能平安度过今晚,以后就没事了。"

当天晚上,芳一照住持吩咐去做。他赤裸着写满经文的身体坐在窄廊之下,手上弹着琵琶。

来召唤他的人到了。无论来人怎么叫芳一的名字,芳一都纹丝不动。

来人奇怪的是怎么也找不到芳一,而且只看到芳一的耳朵和琵琶。原来,住持忘了在这些地方也写上经文。

来人心想既然找不到芳一,拿芳一的这双耳朵回去也算有了交代。

芳一只感到自己的双耳处一阵异常疼痛,但是不敢动弹,也不敢叫出声来。

直到天亮,住持赶到,才发现芳一身上布满血迹。

听芳一讲过夜里所发生的一切,住持向芳一道歉,但是他庆幸地告诉芳一他已经得救,以后不会再被这些鬼灵所骚扰。

从此以后,芳一静心在寺院里生活。

芳一虽然本身是盲人,耳朵也没有了,但是他却更加勤奋地练习自己的琴艺,以致誉满天下,无人不晓。

役小角

役小角，据传是日本的修验道始祖。

役小角从小就自己学习佛法。他经常在心里想象，自己能够乘着五彩祥云，轻松自如地飞过村落，飞越河川与高山，一直飞到那些神仙们居住的地方。到达神仙们聚居之处，役小角还接着想象，自己得到了那些终年修行的得道大仙们的热情欢迎，并被神仙们传授修行之法，吸收灵气，脱胎换骨。

尽管这样的想象，在旁人看来，不过是做白日梦。役小角却始终坚持，他自信自己的诚意终有一天会感动神仙，得偿所愿。

所以役小角一直坚持在洞窟内居住，以便让自己可以更加接近神仙。这样一住就是三十年。他不穿常人衣物，只学原始古人穿那些葛藤所编的蔽体之物；他不吃一般人所食的五谷杂粮或是肉类，每天只需摘食一些松针嫩叶。除此之外，役小角坚持每天在清泉中洗澡，希望可以以这种方式让自己早日清除尘世的污秽，具备仙人的基本素质。

后来，持之以恒的役小角终于得到一本名为《孔雀经》的咒语之术，以及其他一些神仙法术。这时的役小角，不但真的实现了自己腾云驾雾的夙愿，还能够凭借自己的法术驾驭一些妖鬼。

一次，役小角打算在葛城山和金峰山之间架起一座石桥。

葛城山本来和金峰山相隔很远，大约有三十公里左右。两山之间的地面，不是巍峨的高山，就是湍流的溪谷，根本不可能彼此相通。于是，役小角决定在两个高山之间的上空架起一座石桥，这样也就可以方便自己与其他仙人顺利来往。

事情决定后，役小角开始吩咐那些可以使唤的妖鬼去架桥。

役小角本来以为凭靠这些妖鬼的能力，石桥应该很快就可以建成。一直等了大半年的时间，也没有人向他禀告这件事情的进展。

役小角再次来到众妖鬼施工的地方，发现大白天里这些妖鬼都无所事事，彼此闲聊，耗费时间，没有一个认真工作。

看到妖鬼这样应付自己，役小角非常生气。他来到妖鬼们的面前，厉声呵斥他们为什么迟迟不能将石桥之事竣工。

这些妖鬼回答道："您可能有所不知。在这里，一言主神是众山之主。我们这些妖鬼必须听从一言主神的吩咐。但是，这个一言主神白天不出现，只是夜晚出来。我们害怕被他知道责备，就只好夜晚出来动工，以待主神随时差遣。"

追问原因，妖鬼们告诉役小角，因为一言主神长相奇丑，总会被其他神仙耻笑，也就不在白天露面。

役小角听到这里，不由得大怒。心想这个丑陋的山神，就为了自己的容貌，不让自己的石桥计划完成。于是，役小角命令这些妖鬼，一定要把一言主神叫出来。役小角还补充说："既然一言主神耽误了石桥的进展，就务必要帮助妖鬼，大家一起合力，早日建成石桥。"

一言主神得知此事，根本就不把役小角的话放在心上。他告诉妖鬼，自己肯定不会在白天出门，更不会帮别人建什么奇怪的石桥。

役小角知道一言主神的态度后，勃然大怒。他施展法术，很快一言主神就被拖了出来。役小角看到一言主神的样子，更为气愤了。他把一言主神绑在葛城深山里的一棵百年老树上，一言主神大骂役小角，但是却不能为自己解脱。

一言主神无奈，就运用自己所习的咒语之术，附在天皇的一个宠臣身上。

这个被天皇恩宠的大臣，本来就是一个非常能够颠倒是非的小人。这次，他中了一言主神的咒语，就立即向天皇进献谗言，说役小角做了多少坏事，甚至想要消灭朝廷，自己做上天皇宝座的位置。

天皇一听此言，自然非常恼怒。他就命令大军，无论如何一定要把役小角抓住。

这支大军尽管在战场上英勇无比，战无不胜，但是却怎么也奈何不了会各种法术的役小角。

而那个向天皇说役小角坏话的大臣,继续想出一个可以制伏役小角的办法。他命人先把役小角的母亲抓起来,并向役小角放话说:"如果不前来就范,一定会把这个可怜的老妇人杀死。"

役小角非常尊敬和爱戴自己的母亲。得知母亲因为自己被抓并且可能为此丢掉性命后,役小角只好前去认罪。

天皇看到役小角承认了自己的罪行,于是下令将他流放到蛮荒的伊豆岛。

来到伊豆岛的役小角,继续潜心修炼自己的法术。他白天安然地接受天皇对自己的惩罚;晚上则偷偷地飞到富士山上修行。

三年之后,役小角终于被释放。

小知识

役小角是日本的修验道始祖,声望很高,史料记载于《续日本纪》。该书是创作于平安初期的史书,是奈良时代的基本史料。根据记载,役小角住在奈良县葛城山,会咒术,受弟子韩国连足诬告,在文武天皇三年被流放于伊豆岛。

千岁松

奈良时代,京城里面有个贵族男子,名叫藤原丰光。

这一年,藤原丰光奉命到远方的陆奥国做国司。藤原丰光的妻子在多年前因病去世,家里只有一个女儿,名叫阿古耶姬,长相美貌。藤原丰光想到这次赴任,可能要多年之后才能返回故乡,于是便带着女儿一起上路。

来到陆奥国,藤原丰光和女儿来到千岁山山脚的平清水,这里风景秀丽,远离闹市,于是就成为他们定居的最佳选择。

阿古耶姬来到这里之后,因为每天的生活都很平淡,加上没有朋友,父亲公务繁忙,就开始怀念起京城繁华热闹的生活。

因为从小学习古筝,阿古耶姬弹奏技巧非常娴熟。无聊之时,她总是弹奏着古筝,在优美熟悉的乐曲里寻找安慰和寄托。

这天晚上,阿古耶姬像平时一样,怀念在京城有许多的朋友可以做伴的日子,边回忆边弹奏,一个人沉醉其中。突然,一阵优美的笛声传到她的耳边,而且那笛声时而婉转,时而豪放,似乎正是为了配合她的演奏。

阿古耶姬从自己的情绪里惊醒,抬头一看,只见不远处,自家后院的篱笆墙外站着一个青年男子,气宇轩昂,仪表不凡,手握横笛,专心致志。奇怪的是,这个男子演奏以后,就随即消失了。

第二天的晚上,这个男子依然出现。阿古耶姬惊奇,仔细观察,觉得这个男子的装扮并不是当地之人,但是他究竟是谁?又为什么会到自己家门口演奏,并应和着自己的古筝?阿古耶姬心里冒出一连串的问题。

以后的日子,男子每天晚上都会出现在阿古耶姬的视线,专心地合奏,跟约定好的一样。终于一天晚上,抑制不住自己好奇心的阿古耶姬来到男子的面前,询问身份。

这个男子看到美丽的阿古耶姬,面带微笑地回答:"我叫左右卫门太郎。"

但是,当阿古耶姬问起男子的身世时,他便故意含混,始终不愿透露。

阿古耶姬心想,可能他有自己的秘密和苦衷,于是便不勉强对方。

至此,两人算是一见钟情,二见倾心。此后的每天晚上,阿古耶姬和男子约定了见面的时间和地点,弹琴说话,异常甜蜜。

一次,阿古耶姬的父亲藤原丰光忙完公务回家,见女儿未在屋内,找来找去,来到了后院。藤原丰光惊讶地看见女儿正在后院的黑暗之中专心弹奏,上前询问,一向乖巧听话的阿古耶姬就害羞地向父亲道出了实情,并吐露出对这个左右卫门太郎的爱慕之情。

藤原丰光觉得这个男子的行为非常可疑,因为自己过于繁忙,就告诫女儿,婚姻大事要认真对待,并要求女儿不要再跟那名男子见面,女儿默默答应。

阿古耶姬虽然答应了父亲不再与左右卫门太郎见面,但是一到晚上,她就偷偷地来到后院,继续与左右卫门太郎交往。并且在不久之后的一个深夜,两人私自结成了夫妇。

于是,阿古耶姬瞒着父亲和左右卫门太郎结为夫妻,两人在晚上并肩演奏,促膝谈心,如漆似胶。虽然心里担心被父亲发现,阿古耶姬还是满足于和丈夫的相处,并小心翼翼地隐瞒着两人的行为。

原本可以这样一直相处下去,让阿古耶姬没有想到的是,一天晚上,左右卫门太郎把阿古耶姬叫来眼前,抱在怀里,似乎依依不舍的样子。阿古耶姬正觉得奇怪,却听到丈夫说:

"以前你问我的身世,我一直不敢告诉你。现在,我想对你坦白。我不属于人类,本来是附近千岁山山顶上的一棵千年老松,因为日日吸收天地精华,成为精灵,孤零零地生活在这深山里面。直到你来到这里,我听到你优美的琴声,很感动。为了可以经常听到你的演奏,我便化身为男子的模样接近你。"

阿古耶姬虽然有怀疑过丈夫的身世，但听到对方说自己是精灵，还是大吃一惊。

对方继续说道："没有想到能够演奏出这样美丽乐曲的人，长得竟然如此美丽，而且心地善良、温柔可爱。我情不自禁地爱上了你，并希望可以一直陪伴着你。我觉得我们相处的日子非常幸福。但是，现在我要抱歉地告诉你，我可能不能再继续跟你在一起生活了。"

阿古耶姬更加惊讶了，她抱紧了男子，着急地说："你是什么意思？我不要你离开我。"

男子伤心地说："你可能不知道，现在千岁山上的很多树木都被砍掉了。明天就轮到我，听说是为了造一座石桥。"

停顿了一下，男子无奈地继续道："我已经没有太多的时间，只是想拜托你，如果可以的话，希望你明天可以拉我一下。"

阿古耶姬还没弄清楚男子的话，只见一阵轻烟升起，丈夫就不见了。

伤心欲绝的阿古耶姬回到屋里，一夜无眠。

第二天，阿古耶姬很早就起床。她匆匆地来到附近的千岁山山路上，拼命地向山顶爬去。因为山势非常陡峭，加上一夜没有休息，阿古耶姬累得气喘吁吁，但是她仍然一刻不停地爬着，直至大汗淋漓地来到山顶。

这时，阿古耶姬看到一群人正在合力搬运着一棵非常巨大的松树，当即明白丈夫所说的话，肝肠寸断。这些人早已把松树砍倒在地，听说花费了几十个人的力量和整整一个晚上的时间。

当这些人抬着松树来到阿古耶姬的面前，无论怎样用力拉，绑在松树上的绳子还是丝毫未动。阿古耶姬想起昨晚丈夫交代的"拉我一下"的事情，也明白了丈夫的心意，对这些人说，自己或许可以帮上他们的忙。

这些人听到阿古耶姬的话，都以为她是在开玩笑，看着阿古耶姬认真的样子，想到松木一动也不动的怪事，众人将手中的绳子交给阿古耶姬，纷纷退下。

阿古耶姬泪流满面地来到松树跟前，在心里对其默默祝福，并把自己的爱恋一一倾诉，并向松树做出告别的手势。然后，阿古耶姬轻轻地拉起了手中的绳子，绳子竟然就跟着移动起来。

事后，阿古耶姬向父亲说明发生在自己和松树精之间的故事，并下定决心要和其永远相守。

不顾父亲的反对，阿古耶姬来到了千岁山，在那根千年老松树埋在山上的树根处，盖起了一间草屋，并重新种植了一棵松树。然后，阿古耶姬就一直居住在这里，直至死去。

阿古耶姬死后,为了祭奠这对恋人,人们将阿古耶姬的尸体埋在她亲手种植的松树下,并将这棵松树命名为"阿古耶姬"。

小知识

因为阿古耶姬刻骨铭心的爱情与千岁山有关,后人又把这棵松树叫做"千岁松"。现在,日语中的"千岁松"一词,还有表示男女感情"无论海枯石烂永远不变"的意思。

江 之 岛

古早以前，日本神奈川县镰仓市的深泽一带，有处非常大的湖泊，方圆四十里左右。

据说，在这湖泊中，住有一条有五个头的龙。这条五头龙性格暴虐，经常四处为非作歹，不是引起山崩地裂，就是唤来大水淹没农田和房屋，要不然便是喷火让农作物烧个精光，或让瘟疫流行蔓延。

令附近村民更为恐惧的是，这条五头龙最喜欢吞噬小孩子。其中有个村落名为津村，该村长家十六个孩子，全丧生在五头龙手下。

村民担心五头龙的破坏，又苦于没有抵抗能力或逃避的办法，最后派人跟五头龙达成协议，答应定期准备年轻女孩作为礼物送上，以便五头龙不再对整个村子施加灾难。

钦明天皇十三年（五五二年）四月十二日，深泽附近海岸突然发生异变。某天，天摇地动，大海呼啸，狂潮奔涌，此异变现象长达十天之久。

二十三日辰时，骚动才逐渐平息，海面升起一阵浓雾，浓雾彼方遥遥传来美妙乐音，四面香气芬馥，有位仙女乘着五彩云，左右各跟随一个女童，自天而降，同时，海面也出现个小岛。这正是现在的江之岛，天女则为江岛神社内的弁财天女神。

五头龙得知此事后，非常好奇，赶到江之岛时，正巧目睹了仙女娇美的容貌。

自此，五头龙对仙女一见钟情，回到湖泊后，终日梦断魂牵，甚至为此废寝忘食，形体消瘦。

某天，五头龙无法忍住自己对仙女的爱慕之情。它来到江之岛，向仙女倾诉自己的爱慕之意，并向仙女求婚，希望她与自己结为连理。

仙女听到这里，不禁大怒："我怎么可能嫁给你？姑且不论你的长相，你如此残忍，经常对附近的村落肆意侵害，害了那么多人遭受痛苦，我绝对不可能答应你的要求。"

五头龙听到仙女的回答，不禁失望难过，他连忙发誓会痛改前非。以后，每逢干旱的季节，五头龙就会主动施展法术，呼风唤雨，普降甘霖，滋润干旱的农作物。等到秋季台风入侵，五头龙又会以自己庞大的身躯来抵抗海啸。而且，五头龙还经常帮助村落里面的贫弱之人。

这样十余年过去了，仙女看到五头龙的行为，感动不已，也终于答应与五头龙成婚。

岁月流逝，五头龙逐渐衰老，临死前，它向仙女说："感谢你跟我生活在一起这么久，让我可以成为对别人有用的人。我死之后，会化作高山，希望因此可以永远保护你和那些善良的村民生活幸福。"

五头龙说完，就拖着衰弱的身躯，渡海来到江之岛的对岸。只见五头龙气息微弱，但神情庄严。它用尽最后一丝气力，化身为一座巍峨的高山，俯视和呵护着江之岛上的妻子以及附近的村民。

时代往后推，时值江户时代前期。庆长十五年（一六一〇）生于伊势的杉山和一，本为藤堂藩某家臣长男，小时候因病失明，自认不能胜任，便主动把将户主地位让给妹婿，一个人前往江户学习针灸。

杉山和一踏上了拜师学习针灸之路。因为是盲人，加上对路线不清楚，自然经历了不少曲折和艰辛。但是杉山和一并没有因此改变自己的意志，反而更加坚定了自己的信念。

大约前后有一年的时间，杉山和一成功地寻访到针灸大师山濑琢一，拜其门下开始学习针灸。

针灸本是一门细致的学问，跟随山濑琢一学习的其他人都学习比较快，不久便得到了针灸之术的要领。但是杉山和一却无论怎么努力，始终无法习得这项技艺。杉山和一不但天生手拙，而且忘性非常大，经常把针扎错地方。师父教他的技艺要领，过了一天他什么也记不起来。

时间一长,山濑琢一也对杉山和一失去了信心,决定将他赶出师门。

杉山和一无奈,只得返回家乡。在返回归乡的路上,杉山和一感到自己的志愿成为泡影,而作为盲人,回到家中也不能像正常人做出一番成就。他想到,离开家之前自己把家中担子交与妹婿,就是为了避免成为无用之人。事到如今,时光飞逝,却仍是回到原处,杉山和一感到痛不欲生。

杉山和一郁闷地走着,不知不觉来到了江之岛。岛上奇花异草散发出阵阵花香,让他心情好了不少。这时,他想起弁财天女神的传说,于是抱着最后的希望,向弁财天女神祈愿。杉山和一为了表示自己祈愿的诚意,连续七天不吃不喝。

到了第八天,拖着饥饿和疲惫身子的杉山和一无力地摸索着下山,不料途中绊到一块大石头,立刻摔倒而昏迷不醒。

不知过了多久,杉山突然感觉一阵类似针扎的痛楚,回过神来时,盲目的他竟看到眼前站着弁财天女神。这时,他又感到一阵刺痛,伸手摸索,发现指尖前有个细竹筒,里头装满尖锐东西。他又用手指触摸,才恍然大悟竹筒里装的原来是松叶。这时,杉山和一脑中闪过亮光。

如果先把针灸时用的针放在竹管内,就不用担心会扎错地方了。他心头大喜,连忙感谢仙女的启示和帮助。

意外得到学习针灸的技巧,杉山和一不顾饥饿和劳顿,继续前去学习针灸。

这次,他来到了京都,拜当时有名的江丰明为师。后来,杉山和一得知,江丰明的父亲曾经是山濑琢一的师父,祖父则是丰臣秀吉官医的徒弟,不禁更加欣喜,用心学习针灸之术。多年之后,杉山和一将自己钻研这两派针灸融会贯通,发明了独一无二的管针法。

学成针灸的杉山和一回到江户,并自己开了一家针灸医馆。因为杉山和一针灸的技术娴熟,而且疗效极快,当时的人都争相前来就诊。杉山和一很快声名大噪。

后来,杉山和一的针灸之术传到当时五代将军纲吉的耳里。纲吉有腰痛宿疾,怀着把死马当活马医的心情,他召唤杉山和一进城为自己治疗。

杉山和一来到纲吉将军所住之处,弄清楚病因后,便开始针灸治疗。很快地,纲吉将军的腰已没有任何疼痛感。

多年的腰病终于痊愈,纲吉将军大喜,问杉山和一:"你想要什么奖赏?不用客气,老实说来。"

杉山想了一会儿,才回说:"我只希望至少有只眼睛。"

对这要求,将军也无法马上作答。沉思许久,终于下令:"好,没问题,就给你一只眼睛。"

原来将军赐给杉山和一位于"本所一目"的约一千九百坪宅地,并任杉山和一为关东总检校。所谓"检校",就是盲人的最高官职,管辖范围不仅包括针灸,还有三弦、筝曲、评曲,以及按摩。

杉山和一在"本所一目"开设了一家"杉山流针治导引训练所",是当时全球首创的眼疾训练治疗学校。

小知识

五头龙化身的山就是现在日本藤泽市的片濑山,龙口处名为"龙之口"。这座山附近的村民都称这座山为"龙口山",并在山脚下建立了祭祀五头龙的龙口明神社,神体即是五头龙的木雕像。目前每隔六十年,这里仍然会举行一次祭祀典礼。祭祀当天,当地人会抬着五头龙形的神轿,乘船渡海到江之岛,希望五头龙和她美丽的妻子可以重温旧梦。

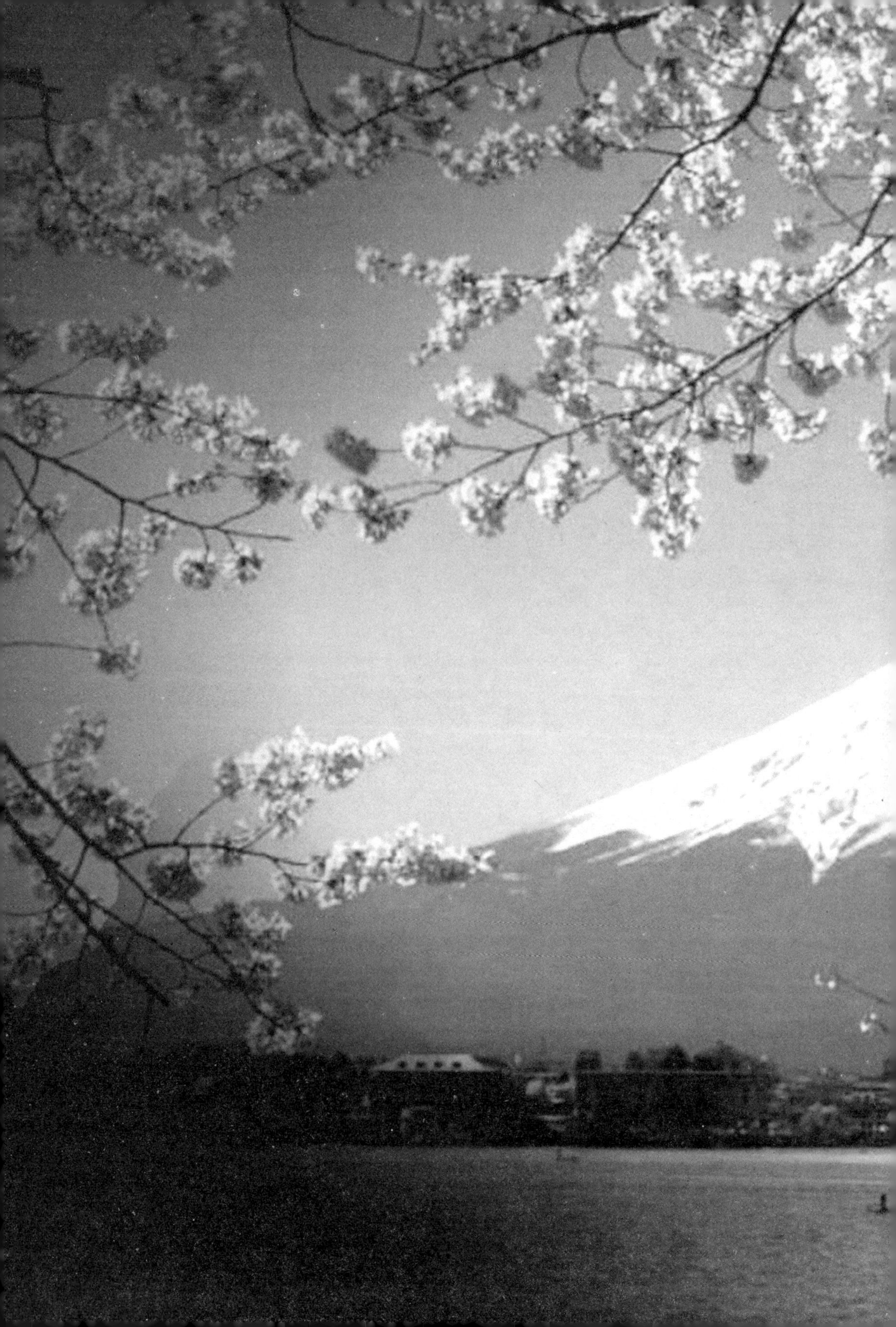

道德內省篇

道 成 寺

古代的纪伊国,曾经有一位富人,名叫庄司。庄司很有钱,但为人热情,慷慨大方。庄司的家庭和睦而幸福,特别是有了自己的独生女清姬之后。

离纪伊国不是特别远的奥州白河,住有一个年轻的和尚名叫安珍。安珍每年都要前去纪伊国参拜,晚上寄宿的地方就是庄司家。

安珍容貌非常英俊,加上修养很好,每次来到庄司家里借宿,渐渐赢得庄司的女儿清姬的倾慕。

有一天,庄司和女儿吃过晚饭之后聊天。偶然提及安珍,随口说如果让自己心爱的女儿和安珍这样的出色男子结为夫妻,也是不错的选择。清姬听后,暗生欢喜,对父亲的话信以为真。以后不能跟安珍见面的日子,她就更加思念。

这年安珍二十岁,清姬十七岁。安珍跟往年一样,来到庄司家借宿,以便前去参拜佛祖。

清姬得知安珍到来的消息,心里跟吃了蜜糖一样。她穿上自己最漂亮的衣服,戴上父亲刚给她买的精美首饰,躲在暗处偷看自己的心上人。透过窗户,清姬看到屋子内的安珍,依然那样英俊非凡,谈吐高雅,而且新添了几分男子汉的气概。

这天晚上,清姬来到安珍的住处,向眼前这位自己思念不已的男子倾吐了爱慕之意。清姬是个直率而单纯的女孩,她早已不能抑制自己的怀春之苦,加上之前父亲的那句戏言,她以为安珍也是很爱慕自己的。没等安珍开口,她又直截了当地问道:"你觉得什么时候可以跟我结婚?"

安珍听到清姬的这一番话,非常慌张。尽管他跟庄司家已经很熟,却从未见过清姬小姊的面。今晚初次见到她的安珍,并没有对方那样浓烈的感情。况且,安珍一心修行,虽然欣赏对方的美貌,但还是把修行看得最重要。所以,安珍到目前为止,从来没有想过要跟清姬结为夫妻这样的事。

安珍诚实地回答清姬说:"我为了早期修成正果,坚持每年到这里参拜。等我参拜完回来再谈这件事情好吗?"

第二天早上,安珍收拾好行李动身到参拜的地方。清姬一再嘱咐安珍,要他参拜的事情结束之后,一定要赶快返回。安珍答应说,最多两三天之后,他就会返回。

清姬天天到门外等候安珍回来,但是日子一天天过去,她也没有看到安珍的影子。焦急的清姬四处打听安珍的下落,好些从参拜的地方返回的和尚都说看见安珍已经继续往前赶路了。清姬不相信安珍会违背自己的诺言,就发疯般地前往追赶。

不知追赶了多久,这一天,清姬真的追上了一直前行的安珍。

清姬以为安珍看到自己经过这么长时间来等待和追赶他,会非常感动。谁知安珍看到清姬的招呼,竟然说不认识她。

清姬心底无边的爱恋和思念一下子就变成了对安珍的愤恨。她神色凶狠地质问安珍,跟女鬼一般。安珍见到清姬这个样子,吓得转身就逃。安珍跑到日高川的岸边,趁机坐船来到了对岸的日高寺。

日高寺内有很多的僧兵,见跑来的安珍描述自己的遭遇,他们都不相信。安珍苦苦哀求,众人答应帮他躲过清姬的追赶。当时,寺院里正在修补钟楼,刚卸下的吊钟放在地上。僧兵们就把安珍放在偌大的钟内,并将钟吊在了寺院的大殿上。

追赶安珍的清姬,来到了日高川的岸边,正值水流湍急的时候,河面上没有一艘船。急着要追赶安珍的清姬竟然变成了一条巨蛇,一会儿就游到了对岸。

但是,变成巨蛇的清姬再也不能还原成人形。她吐着火焰,移动着爬向寺院的石阶,寻找着日高寺的角角落落。那些僧兵看到这个情景,也吓得一动也不动。

终于,清姬把注意力集中在了大殿的吊钟。她巧妙地爬上了吊钟,愤怒地撕咬着钟顶端的龙头。清姬把自己的身体卷了七层,吐出巨大的火焰,将吊钟烧的里外通红。安珍也很快被活活热死在里面。

之后,僧侣看见巨蛇流出了带血的泪水,头也不回地爬向了附近的海湾,并死在那里。

三天之后，日高寺的住持在夜里做了一个奇怪的梦。在梦里，他看到两条缠绕在一起的蛇，其中一条向住持哭诉：

"我就是三天前来到寺院的安珍。我遇上了一个恶女。现在我被她活活烧死了，在地狱被迫与她结成夫妇，没有办法再修炼成佛。希望您能帮我好好超度，完成我的夙愿。"

日高寺的住持梦醒之后，觉得这件事非常蹊跷。第二天，他就命令寺院的僧兵全部来为安珍举行盛大的法事，诵经超度安珍以及那条巨蛇。

当天夜里，安珍真的向住持托梦说，自己已经摆脱了恶女的纠缠，感谢住持的超度。

自此之后，日高寺就改名为了"道成寺"，以此重新宣扬佛法，普度众生。

小知识

与道成寺有关的《道成寺缘起》绘卷是道成寺寺宝，也是日本国宝，共两卷，长约四十米，应永三十四年创作完成。在这幅绘卷当中，清姬与安珍的名字还没有出现，只是用"僧"、"女"的泛称代替。到江户时代，根据这一传说改编的净琉璃、歌舞伎中，清姬与安珍的名字才定下来。

黑百合

佐佐成政，性格直率，是织田信长家臣中最勇猛、最忠诚的一位。

佐佐成政跟随织田信长，历经曾经发生在福井县的朝仓之役、爱知县的长筱合战和石山本愿寺的农民武装起义，不断建立功勋。在天正九年，也就是一五八一年的时候，佐佐成政升职为富山县的守护大名。

天正十年，本能寺之变爆发。丰臣秀吉为自己死去的主君报仇，首先讨伐了明智光秀，并且逐渐掌握了主君的实权。

佐佐成政得知此事之后，担心丰臣秀吉会进而威胁信长的势力。为此，在信长去世后，他就跟信长的儿子一起去拜托德川家康，希望在自己攻打秀吉时，德川家康能够助自己一臂之力。

天正十二年，佐佐成政在爱知县的长久手，跟丰臣秀吉展开激战。他不知道，德川家康为了自己的利益，私下与丰田秀吉缔结了和约。而且，在此之前，织田信长的另外一个家臣前田利家，为了自己的前途考量，已经投奔了丰臣秀吉。

佐佐成政得知前田利家背叛自己主君的消息，非常生气，也向前田利家开战，奇袭了末森城。

战斗过程中，佐佐成政前往静冈县催促德川家康组织队伍，唯一的一条路得经过立山。但是即使他经过立山的千难万险，终于见到德川家康时，却被对方一口拒绝了。

佐佐成政从立山无功而返，身心疲惫不堪。谁知他刚回到家中，又得知在自己离开家的这一段时间，一向宠爱的小妾早百合跟自己的家臣发生了私情。这时的佐佐成政脑子一片混乱，根本就没有办法让自己冷静下来。加上他本来心情就不好，佐佐成政就把自己在战争前后的愤怒转嫁到了早百合的身上。

佐佐成政回家后，就立即亲手杀死了那位被指控跟早百合有私情的家臣，并且，还把早百合绑在神通川河畔的树上，一刀一刀将早百合折磨致死。就连早百合的亲人也无一幸免，全部被斩首示众。

但是，早百合并不因自己的丑事而内疚，她无论怎样解释，都没有任何人相信。她绝望地看着自己的丈夫，那个被失败冲昏了头脑的男人，临刑前大声呼喊道："我发誓没有做过任何对不起你的事情，而平白遭受这样的酷刑，必将死不瞑目。我会在死后化为黑百合，当立山开满黑百合的时候，也必定是你佐佐成政一家灭亡的日子。"

原来，早百合是当年佐佐成政刚到富山县赴任时偶然遇见的女子，佐佐成政对她一见钟情，随即就上门求亲，纳其为妾，宠爱有加。

就在佐佐成政通过立山，前往德川家康驻地的时候，早百合怀了身孕。作为佐佐成政妻子的那个女人，却一直没有为其生下一个男孩。当早百合怀孕的消息传来时，她开始忧虑焦急，一旦早百合生了个男孩，势力很快就会超过自己。所以，她利用自己的权力编了这一番假话来诬告早百合。

第二年的夏天，在立山的山腰上，真的开满了一片片的黑百合。这邪恶黑百合各个垂首无语的样子，似在向世人倾诉着她巨大的冤屈。

天正十三年，丰臣秀吉率领大军前来攻打佐佐成政。激战过程中，有人看到，不时风雨交加，还有震人魂魄的霹雳闪电，甚至还时有早百合的亡灵闪现在炸裂的天幕上。佐佐成政心惊胆战，无心应战，只得落荒而逃。后来，佐佐成政终于身穿黑色的法衣，向丰臣秀吉俯首称臣。

天正十五年，丰臣秀吉封投降于他的佐佐成政为现熊本县的首领。在佐佐成政前去赴任之前，丰臣秀吉曾向他告诫，不能得罪当地的那些土豪。

奉命赴任的佐佐成政，内心惶恐不安。因为，之前他曾经跟丰臣秀吉处处作对。但是，丰臣秀吉不但没有杀了他，竟然还让他到这里来做领主。

当时，大阪城内正要举行花会。忐忑的佐佐成政心想，正好可以利用这次机会讨好丰臣秀吉的正室妻子北政所。据说，丰臣秀吉的正室是北政所，侧室的小妾是织田信长的妹妹阿市的遗孤淀君。两人经常在后宫里争来斗去。

于是，佐佐成政命人到立山上去采摘了一株最美丽的黑百合，想要进献给北政所。北政所收到佐佐成政所进献的黑百合，非常高兴，觉得自己这次肯定能够在花会上胜过淀君。

到了花会比赛那天，信心十足的北政所吃惊地发现，淀君的花瓶里，插满了娇艳瑰丽的黑百合。北政所失败而归，就将怨气转向佐佐成政。北政所向丰臣秀吉恶意陷害佐佐成政，说佐佐成政故意跟她作对，向着织田信长的亲戚淀君，让自己在万人参加的花会比赛上丢脸。丰臣秀吉本来就对佐佐成政怀有怨恨，这次之后，怨恨就更加深了。后来有人说，北政所的陷害也是早百合的亡灵在作祟。

佐佐成政到任之后，急于立功，向当地的土豪征收税款，导致土豪暴乱，让当地烽火四起，战乱不休。后来，还是丰臣秀吉亲自带兵平定这些叛党。

在天正十六年五月十四日，丰臣秀吉以这次叛乱骚动为由，命令佐佐成政切腹，并株连其家眷，以惩效尤。佐佐成政无言辩驳，只是后悔自己曾经对早百合的伤害过于残酷。

佐佐成政在他五十三岁的时候，终于在兵库县一寺院死去。

小知识

黑百合，属于百合科，原产地是日本、堪察加、东西伯利亚，黑紫色，盛开于夏季，生长在标高2400公尺～2500公尺的高山上，花形略向下，像低着头的害羞少女。

筑波山

很早以前,日本众神之母有很多儿女,分散在全国各地。这些儿女神分布在全国各地,彼此都很忙,各自长大成家以后,几乎从来没有回家看望过母亲。

一天,众神之母非常思念自己的孩子。想到这里,她再也不能忍受这种思念亲人的痛苦,就马上收拾好了行李,前往孩子们居住的地方。

出了门,众神之母心情马上轻松很多。她抬头看了看天空,这时天空像是大海一般的蓝色,朵朵白云轻盈而飘逸。空气飘散着花儿的芬芳,叽叽喳喳的鸟儿从众神之母的头顶飞翔过,飞往远处山林的深处。

目送转眼消失的鸟儿,众神之母微笑着。

"我那么多孩子,要先探望哪个呢?"众神之母暗想,这时她的脑海里立刻浮现出了小女儿可爱美丽的脸庞。于是众神之母决定先到小女儿神福慈居住的富士山看看,况且这里到富士山的路程是最近的。

众神之母迈着轻盈的脚步,哼着年轻时最喜欢的歌谣,向富士山前行。

来到富士山脚下的静冈县,众神之母发现天色已暗,夜晚即将来临。

"看来我今天无法再探望其他孩子了。不过能在最漂亮、最讨人喜爱的小女儿家多待一个晚上,也是件值得高兴的事。"前往小女儿家的路上,众神之母想。

站在小女儿家的门外，众神之母突然特别兴奋，她几乎按捺不住自己此时激动的心情，"她肯定会很惊讶，然后非常高兴我这样的突然到访。"众神之母暗自欢喜。

敲响了小女儿家的门，门很快从里面打开，小女儿看到母亲微笑站在门外，顿时愣住，然后惊讶地说："怎么是您，母亲大人？"

众神之母满足地笑着，她口若悬河地描述自己是怎么思念孩子们，路上遇到哪些有趣的见闻，她相信这些都是自己女儿喜欢听到的。

但是女儿很快打断母亲的话。她早上跟丈夫吵架，现在心里仍然不高兴。没想到母亲会在这时到来，她没有那个心情欢迎母亲。

她问母亲："那么，母亲大人今天晚上有什么打算？"

母亲愉快地回答："我想晚上就跟你好好聊聊，我们这么长时间没有见面了。你说好——"众母之神的话被女儿打断：

"今天晚上？非常不凑巧，可能不行。"

"你说什么，难道发生什么意外的事情？"听到女儿的话，母亲变得紧张起来，关切地问道。

"那倒没有。您可能不了解，现在这里正在举行每年的收获仪式，所有人必须七天不吃饭，不见生客。母亲大人这时到来，实在没有办法留宿家里。"女儿冷冷地解释道。

"可是，我已经走了这么远的路，况且天已经黑了……"母亲心里骤然凉了。

女儿沉默不语。

本来还想解释的母亲，突然有点生气了，她毫不犹豫地转身准备离开，就在那一刻，她听到身后的门"吱呀"一声关闭。

"你，你——"众神之母越想越生气，气到浑身发抖。她回头对着门内的女儿呵斥："作为你们的母亲，我辛苦将你养育成人，而今千里迢迢前来看你，你不但不欢迎，反而赶我出门，实在太过分了。既然这样，我还不愿意留在这里呢！我希望你记住，这里将四季枯荣，永远死寂萧瑟，就如同你无情的心一样。"

说完，众神之母头也不回地离开了。

不知道走了多久，众神之母感到自己非常疲惫，她停下来，看到自己竟然来到了富士山对面的另外一座山——筑波山。这时众神之母心里的气愤也消减了很多，她想到筑波山上住着自己的大女儿夫妇。但是众神之母并没有因此感到些许安慰。

原来，孩子们跟众神之母一起住在家里的时候，因为孩子比较多，众神之母对自己的大女儿疼爱很少。她甚至有点忽略了对她的教育和培养。

这位母亲犹豫的是，时隔多年，自己平日最疼爱的小女儿都这样冷漠地对待自己，大女儿会不会更甚？

众神之母想到这里，不知道该怎么办。夜晚的山林，显得可怖而神秘，加上饥肠辘辘，众神之母已经不能再赶路。

"不论如何，我还是碰碰运气吧！"众神之母无奈地想。

这次来到大女儿家门外的众神之母已不像先前那样高兴，她试探着敲了一下门，里面立刻有人应声，门打开了。大女儿看到母亲竟然站在门口，也是惊讶不已，她马上热情地招呼母亲进来。

来到屋内，大女儿雀跃地对众神之母说丈夫一早出门，这时应该要回来了，所以她刚才以为是他回来，没想到是母亲来了，真是天大的惊喜。

众神之母感到心里安慰许多，微笑了一下。不过，她这种欣喜的表情并没有维持多久，她小心地问大女儿，自己是不是来的不是时候？

大女儿一时没有明白母亲的意思。不过，她很快就微笑回答母亲：

"母亲大人知道的事情真是好多啊！您刚才是指收获仪式的事情吗？这里的风俗规定，到了举行一年最重要的收获祭祀的时候，要绝食，并且不要跟陌生人见面，这样来年才会有更大的丰收。但是，您是我们的母亲，走了那么远的路来看望我们，本来就很辛苦了，怎么可能把您拒之门外呢？母亲大人您就放心住下。"

众神之母听后，终于恢复了微笑，她满意地跟大女儿聊了起来。很快，大女儿的丈夫也从外面回来，知道众神之母来到，就准备了很多好吃的食物，处处恭敬照顾。

这天晚上，众神之母在大女儿及女婿的家里，开心极了。

等到离开时，众神之母对这一对热情善良的孩子表达自己的感激之情：

"我没有想到你们对我这么好，真是段难忘的时光。为了感谢你们的款待，我会祝福你们这里四季常青，春日常在，生机勃勃。"

就这样，在众神之母走后，富士山真的一直寸草不生，冰雪覆盖，了无生机，而对面的筑波山却青翠欲滴，游客不断。

小知识

据说，平安时代，筑波山这里秀美的风景一度成为青年男女恋爱对唱的绝佳场所。今日，这里成为了日本游览胜地，山上各种游乐设施齐全，不仅配有空中吊车、缆车，还有回转餐厅。

老年人的智慧

日本古代信州，曾经战乱不已。

当地藩主为了确保长期战争的最后胜利，就下令贮备武士的军粮，但是因为粮食有限，藩主就在信州各地发布公告：凡六十岁以上的老人，家人必须将其带入深山丢弃，不准继续留在家中。如若不照办，就将全家人的头砍掉。

各地村民得知藩主的命令，非常生气。但是，没有谁敢公然反抗，况且连年战争，很难有粮食收成。所以，很快很多人也就先后无奈实行了公告的规定。

这一天，抛弃家中老人的事情终于要轮到角太郎家。

一段时间以来，眼看藩主规定的期限将到，家里的人都非常担心，大家都沉默无语，默默为家中唯一的老母亲祈祷，希望奇迹可以发生。老母亲这一年已经六十五岁了，因为常年在田里和家里辛苦忙碌，脊背早已瘫驼，但是身体一直很好。

早上起来，角太郎的妻子就准备好很多饭团和可以饮用许多天的水。一家人早早地来到院子里，呜咽着，眼睁睁看着角太郎背起年老的母亲，脚步沉重地走在通往深山的路上。

穿过山径，越过树林，角太郎伤心地望着脚下的荒草，可怜背上的母亲，不知道她一个人在这深山里要如何生活。母亲一直没有说话，角太郎只是感到她一直在折那些伸手可及的树枝,折树枝的声音一直清脆地响彻耳朵。

终于来到一处泉水旁,角太郎小心地将母亲放下来。这时,他才发觉,时间已经是下午了。角太郎拿出早上准备好的干粮,送到母亲手里,母亲没有一点难过的样子,这种表情让角太郎看了更觉得心痛。

只见母亲拿着饭团,并没有要吃的样子,她转而对着坐下来擦汗的儿子,慈爱地说:"辛苦你了,这么曲折而远的山路。你还是早点回家吧!不用管我了。这深山里面,天色晚的话很容易迷路,我已经在来时的路上折下许多树枝,这样,你就可以尽快返回。"

本来就觉得很对不起母亲的角太郎,听到这里难过地哭出了声来。他再也不能忍受心里的折磨。

说完,母亲若无其事地吃着儿子递来的饭团。

角太郎看着母亲坚毅而憔悴的面孔,沉思了一会儿,对母亲说:"母亲大人,我要带您一起回家!"

母亲听到儿子的这句话,吃惊地看着儿子坚定的神色,随后开始担心以后家中将会面临怎样的不幸。终于,母亲顺从地重新趴在儿子背上,很快又回到了家里。

回到家中,儿媳妇见到母亲和丈夫一起回来,就跟丈夫商量安置母亲的办法。他们连夜在后屋挖起了洞穴。母亲帮助儿媳妇在屋子里面挖掘,儿子和孙子就负责将挖出的泥土堆放到后山。

不久,洞穴挖好了。角太郎和妻子一起将母亲安置在里面,每天送饭进去,并小心探望。但是,这件事很快就被发现了。

角太郎所在村子的村长听说这件事情,非常害怕,为了不再连累村中其他人,他就将事情秘密地告知了藩主。

藩主一听,非常生气,立即命人传来角太郎及他的母亲。

角太郎在决定将母亲背回家中那一刻,已经有了面对任何困难,哪怕是被杀头的命运。他不慌不忙地向藩主陈述了自己将母亲藏于家中事情的来龙去脉。

藩主听完,心里暗暗称赞角太郎的勇气和对母亲的孝心。

藩主问角太郎道:"既然你决定将自己的母亲留在家中,除了不怕我的惩罚之外,想必有更充分的理由。我倒想问问你,这样的老年人,留在家里还有什么用处。"

藩主接着说:"这样吧!如果你的母亲能回应我下面的要求,我就饶你们母子一命。请你们为我用灰烬缠绕成一条绳子。"

角太郎一听,不免烦恼起来,心想,我只知道可以用藤条和树皮等缠绕成一条绳子,还没有见过灰烬怎么做成绳子的,藩主分明是在故意刁难。

正在这时,只听他身旁的母亲微笑着答道:"这很简单,我很快就可以办到。"

只见这位老妇人向旁边的侍从要来一根绳子,并恳请藩主命侍从将绳子点燃。藩主答应,只见一根用灰做成的绳子很快就出现在了众人面前。

藩主看到这里,对着老妇人赞赏地点了点头,并接着说:

"很好,那么如何才能在海螺里面穿起一根线来?"

老妇人气定神闲地说:"这个问题就更简单了。找来一只蚂蚁,并在蚂蚁的脚上缠起线,再将缠了线的蚂蚁放进海螺里面。这样之后,只要向海螺里面吹烟,蚂蚁自然就会从出口的地方爬出,并穿好线。"

藩主露出了一丝不易察觉的微笑。他继续问道:"怎么才能最快地分清六尺长的木棒,哪边是头部,哪边是尾部?"

这次,角太郎焦急地看了母亲一眼。母亲还是很轻松的样子,她微笑着回答:

"看来,藩主的问题是越来越简单了。只要把这根木棒放入水中,它就会很快浮起来,沉没在水面以下就是木棒的头部。"

藩主眼看自己难不倒眼前的老太婆,就急了。老妇人刚回答完最后一个字,他就说:"好吧!好吧!最后一个问题,只要你能回答出来,我就马上放你们回家团聚。如何用纸包住火?"

角太郎心都要跳出来了,暗想,藩主一定是要将自己和母亲的头砍了才罢休。

谁知,老妇人开心地笑了起来:

"我说傻孩子,我们不是经常用灯笼吗?只要在灯笼内点起火就好了呀!"

藩主听到这里,突然感悟地说:"我终于明白了。老年人也并非没有用处啊!随着年龄的增加,人的经验和阅历也在增加。"

藩主终于将角太郎和母亲一起释放回家。

除此之外,藩主还下达命令,撤销原来的公告,并要求家家户户尊敬并爱护老人。

小知识

除了《今昔物语集》,日本的其他古代文学作品如《大和物语》(十世纪中期)、《日本灵异记》(八二二年)也有类似的故事。近代文学作品有柳田国男的《亲弃山》、太宰治《姥舍》,现代文学作品中最著名的一篇是深泽七郎的作品《九山节考》。导演今村昌平将这篇小说改编的电影非常感动人心,还获得了戛纳电影节的最佳影片金棕榈奖。

博雅与蝉丸

博雅,日本第六十代天皇醍醐天皇的子孙。

贵族出身的博雅,多才多艺,对乐器更是非常迷恋。如管弦、琵琶和笛子,博雅无一不擅长。

尽管人们都觉得博雅的器乐技艺已经很高了,博雅本人却并不这样认为。他只要听说哪里有人演奏的水准比他还要好,他就一定会前去拜访,向对方学习,以期自己的技艺能够精益求精。

这次,博雅听说有个名叫蝉丸的盲人,是一位琵琶高手。这个蝉丸住在京都与近江国交接的逢阪关,在一处草庵里过着与世无争的生活。

据说,这个蝉丸曾经在宫中生活过,服侍过式部卿。式部卿是日本第五十九代宇多天皇的第八皇子敦实亲王,也曾是著名的音乐家。

博雅知道蝉丸的事情后,就非常希望能够拜见他。但是,想到蝉丸是盲人,他不清楚自己怎样才能让蝉丸接受自己,并能够传授自己演奏琵琶的高深技艺。

于是博雅想到了一个借口。他派人送给住在逢阪关的蝉丸一封信,信的主要内容,是仰慕博雅的琴技,自己可以安排博雅来到繁华的京城居住。

很快蝉丸就给博雅回复了一首和歌,大意为:人活在这世上,哪里不能居住呢?无论是辉煌的宫殿,还是简陋的草屋,都不能永远拥有,人总是要死亡然后埋进泥土。

看到蝉丸的回复,博雅对蝉丸的仰慕更加强烈。他不但钦佩蝉丸不慕荣华富贵的高洁,而且对蝉丸的琴技有了更高的期待。博雅最想听到蝉丸弹奏《流泉》和《啄木》两支曲子。但是怎样才能听到蝉丸的弹奏?

既然蝉丸是个安于淡泊的隐士,自己不能强迫他演奏,博雅心里想,那我就等等吧。博雅决定每晚前往逢阪关,在蝉丸居住的草庵外等待,希望可以听到他高妙的琵琶声。

时间一天天流逝,直到第三年的八月十五日,博雅终于等到了梦寐以求的曲子。

这天晚上,月色朦胧而雅致,清风温暖而宜人。博雅躲在草庵一处阴暗的角落里,静静地继续等待着奇迹的出现。

他看到蝉丸像平时一样怀抱琵琶,神色分外哀戚。沉寂了一会儿,蝉丸突然拨动了手中的琵琶,边谈边唱:

> 逢阪关卡,
> 疾风暴雨。
> 宁捱静坐,
> 司昏守夜。

博雅听到蝉丸美妙而哀怨的琵琶,不觉感动万分,热泪盈眶。

蝉丸接着边叹息道:"哎!这样美丽的月夜,不知道有没有能够听懂我的琵琶的人啊!"

博雅听到此处,就立即站了起来,上前几步,激动地对蝉丸说:"我正是您所希望的人啊!"

蝉丸看不到博雅,听到来人突然到了自己面前,非常惊讶。

博雅看到蝉丸吃惊的样子,就解释说:"我就是三年前给您来信的人,京城的博雅。我在这里等了您三年,就是希望可以听到您弹奏《流泉》和《啄木》的高妙之音。"

听到博雅这一番话,蝉丸非常欣喜,高兴地招呼博雅到自己的屋内畅谈。博雅的坚持终于有了回报。

两人促膝谈心,意气相投,感叹相见恨晚。蝉丸知道博雅非常想学习上面所提到的两首曲子,就当面弹奏起来,而且将演奏的技法和诀窍一一告知博雅。

从此,博雅在音乐的造诣上逐渐臻于完美,更重要的是,他和仰慕的蝉丸成了最好的朋友。

小知识

　　滋贺县的大津市有三处蝉丸神社,逢阪一丁目有"关蝉丸神社"上社、下社,下谷町有"蝉丸神社"分社。一般所说的"关蝉丸神社",指的是JR大津车站徒步约十分钟的下社。根据"社传"的记载,日本朝廷在天庆九年(九四六年)在此祭祀了蝉丸。安和二年(九六九年),蝉丸被尊为"音曲艺道之神"。直到明治维新之前,这一神社一直被看做音曲艺道的掌门人象征,负责发行音曲执照给盲人。

不守信的樵夫

在一座大山的脚下，住着一个年轻的樵夫。

这天，樵夫来到山里打柴。突然一只肥大的兔子从山路边的草丛中跳了出来，樵夫看到就追了上去。兔子非常灵活，三蹿两跳，樵夫眼看到手的兔子越来越远，非常着急。不一会儿，樵夫就找不到兔子的踪影，自己则累得满头大汗。

正当樵夫累得再也走不动，打算放弃追赶兔子的时候，准备返回原来的地方。这时，他才发现，四周都是茂密的丛林，高大的树木遮挡了阳光，无法找到方向。

就在樵夫着急时，四处找路的他发现一座豪华的宅邸出现在自己的面前。樵夫心里非常纳闷，自己对这座山林也算非常熟悉，并没有见过或者听说过有人住在里面，况且，怎么会有人愿意把自己的家安置在深山？

樵夫越想越奇怪，对宅子非常好奇。他慢慢地靠近眼前的院落，走到大门口，樵夫注意到，这座宅院好像还是刚刚建成的，一切崭新。他又看到门是虚掩着，樵夫壮着胆子推开门进了院内。

樵夫惊奇地看到，院子里洒满了阳光，各种奇花异草生机勃发，耳边还传来各种悦耳的鸟鸣声。

来到房门口，只见一个面容秀气的女孩从里面走了出来。这个女孩看到出现在自己的房门后的樵夫,生气地问他是谁,为什么随便闯到别人家里。樵夫如实回答,女孩听后,觉得来人说话诚恳,也就原谅了他的行为。

樵夫此时也察觉到自己的冒昧鲁莽,打算离开,转身之际,只听女孩娇笑着说道:"不管怎么说,你也算是我家第一个客人。既然来了,你就别急着走吧!刚好我有点急事要出门,想拜托你帮忙照看我的家,可以吗?"

听到对方竟然这样欢迎自己,还相信自己,拜托自己看护家门,樵夫含笑点头答应。女孩走之前,交代樵夫:

"我不在家的时候,你可以随意参观。只是,绝对不要进入后院的房间。"

樵夫一一答应,说他一定按照女孩的话做。

女孩走了之后,樵夫四处查看,啧啧地称赞不已。时间过得很快,他的兴趣很快就淡了下来。无聊之极,樵夫来到了后院的房门前,只见这里有七间一样的房间。抑制不住自己的好奇心,樵夫偷偷地打开第一个房间的纸门。他透过纸门的缝隙,看到房间里面布置得很漂亮,还有三个女孩子正在打扫房间。

三个女孩子发现有人偷看,惊吓之余,马上纷纷像小鸟似的躲藏起来。

樵夫随即打开了第二个房间,只见一个精致的青铜火炉摆在屋子的中间,上面金光闪闪的茶壶里冒着热气,水已经烧开了。还有一扇中国风格的屏风摆在屋子的角落处,显然有人居住,只是没有人影。樵夫心想,或许是自己吓到了主人。

打开第三个房间,樵夫看到了屋子里面摆满了作战用的弓箭和盔甲。

第四个房间里面,有一匹彪悍的黑色骏马,这似乎是一匹战马,樵夫看到马背上披着黄金制的马鞍和缰绳。

第五个房间里面,各种涂了朱漆的餐具摆满了屋内的桌子,好像有一场盛大的宴会即将举行。

第六个房间溢出醉人的酒香,樵夫看到眼前放着一个黄金做的酒桶和勺子。樵夫被美酒吸引,用勺子舀出美酒,畅饮起来。

醉眼蒙眬的樵夫打开了第七个房间的门,一股神秘的花香扑进樵夫的鼻孔。他看到屋内有一处金丝稻草筑成的鸟巢,三个洁白光滑的鸟蛋摆在里面。

这鸟蛋如此光洁,质如美玉,令樵夫感叹不已,并拿起其中的一个,细细观看。因为鸟蛋非常光滑,樵夫满眼昏花,一不留神,鸟蛋就掉在地上,一只小鸟从碎裂的蛋皮里飞出,转眼消失。樵夫又试着拿出第二个蛋,同样如此。第三个蛋也同样。

看到眼前的情景,酒醉的樵夫被惊醒,惊讶不已,不知道如何是好。

就在他左右为难的时候,只听"哎呀"一声,樵夫看到那出门的女孩已经回来。女孩呼唤樵夫,没有找到他人影,看到后院屋子房门大开,一片混乱。心痛而着急的女孩,她一连检查了六个房间,也没有找到樵夫,闻到自家的酒香四溢,她便明白了。看到还有些醉意的樵夫,以及地面上狼藉的鸟蛋壳,她非常气愤,大声哭泣。

樵夫十分羞愧,无论他怎样道歉,女孩都还是涕泪满面,只听那女孩伤心欲绝地哭诉道:

"真是不能随便相信人啊,只怪我太天真了。

本来,我还想,既然你跟我这么有缘分,还想就此托付终身……我走之前,特别交代,我家院子你随便参观,只是,一定不要去后院。你答应我好的,谁知道,转眼之间,竟然全然不顾我的话。可怜我那三个孩子呀!"

瞬间,樵夫看见哭泣的女孩变成了一只悲哀鸣叫着的黄莺,伤心地飞走了。

樵夫见状,浑身战栗,惊慌失措,准备离开这里。回过神的他竟然发现,这些屋子和院子如一阵急风,消失得无影无踪。

樵夫呆呆地站在荒草丛中,不知道刚才是不是做了一场空梦,然后,只听一声闷响,他就吓昏在地。

三天之后,樵夫终于睁开了沉睡的眼睛。他用力地睁开了自己的眼睛,发现竟然躺在自家简陋的床上。

邻居老人看樵夫醒来,高兴地对他说:

"你这孩子,以前不是经常上山砍柴的吗?这次怎么倒在深山了?不会是迷路了吧?不过只要醒了就好。要不是打猎的人发现,你可能就被山上的野兽吃掉了。哈哈……"

樵夫往门外一看,阳光白晃晃的,就像那几个破裂的黄莺蛋,又伤心起来。

小知识

《不守信的樵夫》这一传说,采用了各国通用的"禁忌房子"主题。在日本传说中,禁忌房子里面大多有黄莺站在梅枝上报春,或者房子里有稻谷茁壮生长的奇妙现象。但是,在西方的传说中,禁忌房间里出现的则是死尸或者吃死尸的魔鬼。而且,日本的民间传说中,触犯了禁忌房间的人并不会受到相对的惩罚;在西方,故事中的那个不幸犯了禁忌的人,多数会被夺走生命。

木精故事二则

在日本的冲绳县,有一个孤岛,岛上生长着各种陆地上少有的古树。谁也不知道这些树木的年龄。只是抬头仰望,头顶浓密的枝叶仿佛巨大的绿伞,将天空洒下的阳光一丝不露的全部隔离;三个高大的男子联手拥抱大树,还是不能触及彼此的手指。这里,最让人难忘的就是跟古树有关的木精故事。

其一

在这个孤绝的小岛上,住着一个白胡子老爷爷。由于年轻时代的一次意外,老人漂流到了这个覆盖了浓密树叶的小岛。刚开始他感到非常孤独,但是,对周围环境熟悉了以后,又发现这个地方非常神奇有趣。

一次,老人四处采摘野果,遇上了一个满头红色卷发的小男孩,大大的眼睛,雪白的皮肤,非常讨人喜爱。老人好奇地停了下来,跟小男孩交谈起来。

老人从小男孩口中得知,他是在此生活了近千年的树木精灵,千年的生长,吸收了天地日月的精华,神明点化之下有了血肉之躯。老人一听,对小男孩更加好奇了。小男孩非常聪明,也很调皮,热情而开朗的他,给老人平淡无聊的岛上生活,增添了无穷的乐趣和希望。

这一天傍晚,老人吃过晚饭,来到岛上一处钓鱼,这是他来到岛上之前最喜欢的一项运动。好在钓鱼的工具很好准备,老人就把钓鱼当作了以后生活的重大内容。正当他拿起钓竿向钓鱼的地方走去时,被一阵银铃似的笑声吸引了。

老人停了下来,走近声音发出的地方一看,原来是木精这淘气鬼在跟他开玩笑。老人看到木精,开心地跟着笑了起来,并询问他怎么会在这里。木精说一个人很无聊,想看看老爷爷有什么好玩的事情。

老人一听,就爽快地邀请这个捣蛋鬼跟他一起去海边垂钓。木精一听,钓鱼这种事情他还从来没有做过,很好奇,一路蹦蹦跳跳地跟着老人到了海边。

因为天气晴朗,夜晚的月色又亮又柔和,初夏的岛上吹着令人陶醉的海风。很快,老人就高兴地欢呼自己钓到了大鱼,木精也很快乐地跑来欢呼,夸奖老人做得好。老人特别高兴,把钓到的鱼交给木精保管。木精一听,大为兴奋,玩弄着钓上的鱼儿,喜上眉梢。

看到木精对钓鱼这么感兴趣,老人就另外做好了一根鱼竿送与木精,并耐心地教导怎样垂钓。木精非常聪慧,很快也可以钓到鱼了。

于是,老人就和木精成了无话不谈的好朋友。每天晚上,木精都会准时地带着鱼竿,来到老人家门前,要老人带着他前去钓鱼。等到要回家休息的时候,木精就会把自己钓的那些鱼的左眼挖出吃掉,然后全部送给老人。老人非常感谢,觉得跟这些精灵交往也是非常开心的事情。

交往的时间一长,两人对彼此非常熟悉。有一天,老人问整日兴高采烈的木精说:"我看你总是笑口常开,好像世界上没有任何可以让你痛苦甚至烦恼的事情。你难道就没有任何讨厌的或者烦恼的事情吗?"

木精微笑着回答说:"也不是啊!只是我每天都想的很少。能够看到崭新的太阳,呼吸到新鲜的空气,能够蹦蹦跳跳地来去自如,我就觉得很开心了。说到不喜欢的事情,我最讨厌看到海水里面张牙舞爪的章鱼了,难看死了;我最不想听见清晨的鸡鸣,那时我正在做好梦呢!一听到鸡叫,我的美梦就被打断了,你说是不是很遗憾?"

老人听到木精的回答,就打算跟他开个玩笑。

到了第二天的傍晚,老人察觉到木精要来找他一起钓鱼了,就在自己家的门上挂起了一只好大的章鱼,并藏在门后观察木精的反应。

果然,木精就哼着快乐的旋律来到老人家的门外,正准备敲门的时候,竟然发现眼前一只好大的章鱼,生气极了。他正准备大声问屋子里面的老人"这是怎么回事?"却又听到了老人学的鸡叫,气地转身返回。

但是,不知道为什么,就在当天晚上,老人看到木精生气的样子,刚开始觉得很高兴,后来又觉得对不起木精,打算天亮之后对木精道歉,可是他再也没有机会了,因为他很快暴毙而亡。

其二

有一个名叫鲛殿的渔夫,习惯深夜出海捕鱼。

一天晚上,鲛殿划着自己的渔船来到海里捕鱼的时候,发现离他不远的地方也有一个人在捕鱼。那时,空中突然刮起大风,将鲛殿的船吹的几乎快掀翻,鲛殿急忙向岸上划去,却见另一艘渔船依旧从容地捕鱼,非常惊奇。

很快风就停息了,即将划到岸边的鲛殿见状,就又回到了原来捕鱼的地方。没过多久,鲛殿就成功地捕获了很多鱼。等到他决定划船回家的时候,回头一看,那艘本来还在的渔船,竟然神秘地不见了。

更为奇怪的是,鲛殿发现,只要有那个渔船的陪伴,他就能有意外的收获,捕到很多的鱼。

时间一长,两个同时喜欢深夜捕鱼的人就认识了。他们上岸之后,交谈愉快,并成为好朋友。鲛殿发现,这个人长相跟自己不一样,说话的口音也不像岛上的人,每次问起他的名字,他总是支支吾吾地含混过去。于是,鲛殿的心里就开始有些怀疑,但是又没有证明疑点的证据。

这天深夜,鲛殿和那个人一起捕鱼之后,分手回家。为了弄清楚相处了这么长时间的人的身份,鲛殿并没有真正地直接返回家里,而是迂回到了那个人的身后,偷偷观察。

他跟着那个人来到村子,以为很快就找到那个人的家,没想到穿过了整座村子,那个人还在走。穿过荒凉的树林之后,那个人来到一株很大的桑树面前,消失不见。

鲛殿原以为自己是眼花了,但是又记得清清楚楚,这个人是在这里不见的。他满怀疑惑地绕了好远的路,才回到了家里。

回到家中,鲛殿对妻子说了自己的跟踪奇遇,始终不明白,那个人怎么就在一棵大树前消失的。妻子听后,随后说了一句:"难道他是住在树上啊?"

鲛殿突然受了启发,觉得妻子的话不无道理。他对妻子说:

"这样吧!明天白天,我会带你到那个人消失的桑树处。等到晚上,我们还会一起出海捕鱼。我离开家以后,你就赶快来到那棵树下,找来可以燃烧的东西,一并把那棵大树点着。看看会有什么情况发生。"

妻子点头答应。

第二天白天,鲛殿带着妻子指明了路途和大树的位置,一切安排妥当。晚上的时候,他和那个人一起划船出海,并肩捕鱼。

就在捕鱼的过程中,那个人突然惊慌起来,他自语道:

"我怎么闻到一股烧焦的味道?我的家不会被烧掉了吧?"

鲛殿使劲嗅了嗅,感觉什么味道也没有。但是,他想到妻子烧树的事情,就有点心虚,为了证明自己的清白,他故意安慰那个人说:

"我只闻到了海水的腥味,其他什么味道也没有闻到。刚才是你的错觉吧?"

那个人停了下来,似乎是立即要去验证自己的判断,他匆忙跟鲛殿道别,将船划向了岸边,头也不回地走远了。

鲛殿回到家后,得知妻子正是在那个人惊觉的时候点燃了大桑树。

以后,鲛殿再也没有看到这个人出海捕鱼了。他和妻子都确认那个人就是岛上传说的木精。让他后悔的是,他所捕的鱼也越来越少。

几年之后,鲛殿来到冲绳县城办事,在大街上遇到以前的老朋友。故友重逢,两人聊了很多。鲛殿无意间提起了自己捕鱼的奇遇以及自己和妻子一起烧树的事情,友人听到,突然大怒,大呼自己看走了眼,呵斥鲛殿是个忘恩负义的小人。

鲛殿被友人的反应震惊了,正在发愣的时候,发现这个老朋友竟然就是那个木精。木精一脸愤怒,拔出随身携带的刀刺向了鲛殿,鲛殿当场死亡。

小知识

木精的传说,源于日本的冲绳县。木精,是一种古树精灵,跟日本本土的"河童"相似,属于宠物妖怪,其传说流传于整个冲绳群岛。在日本,有的木精造型非常现代,长有一头浓密而长的红色头发,耳朵又长又尖,眼睛大而明亮,惹人喜爱。

没有手的女孩

古代，日本的岩手县有一对非常恩爱的夫妇。

两人结婚三年之后，生下一个女儿，名叫花子，伶俐可爱，非常讨人喜欢。

两人看着这么女儿乖巧懂事，感到生活更加幸福。但是，就在花子快四岁的时候，她的母亲就因病去世。

父亲不能忍受没有妻子的生活，在妻子死后一年，在别人的介绍下，他娶了一个年轻漂亮的女人为妻，很快就忘记了死去的前妻。

这个女人来到花子的生活当中，巨大的变化就出现了。原来，这个女人虽然漂亮，但是心肠自私、狠毒。为了独得丈夫的宠爱和家产，她极其厌恶花子，想方设法要将花子赶出家门。花子是个善良的女孩，从来没有将继母的陷害放在心上，并幸运地化险为夷。

在花子十五岁的时候，这位继母觉得把她赶出去的事情实在是迫在眉睫，于是就向丈夫哭诉，说花子平日对自己如何不尊敬，如何险恶地陷害自己。虽然自己总是为没有母亲的花子着想，但是花子丝毫不领情，如果丈夫再不将花子赶出门，自己宁愿一死。

经过了十多年的相处，花子的父亲早已对现在的妻子言听计从。听到妻子说"死"，他就马上答应妻子的要求。

听到丈夫的允诺,这个女人心里显得很欢喜。

这天,天气晴朗,非常适合出门旅游。父亲看到这样的好天气,突然有了主意。他热情地对花子说:"好孩子,这么好的天气,我带你出去玩好不好?"

花子一听,满口答应,并马上收拾好东西,跟着父亲一起出门。

一路哼着歌走在路上的花子,心情特别好,不知不觉离家已经很远了。渐渐地,花子发现父亲带着自己来到的是深山,便对走在前面的父亲说,是不是走错路?

父亲马上回头,面带慈爱的微笑,告诉女儿,自己知道一个很热闹的庙会,大概还要翻一两座山。他故意问花子:"是不是坚持不了了?"

花子摇摇头,对父亲说很希望早点走到庙会玩。

又走了好长的路,花子已经很疲惫。父亲见状,就在翻越最后一座山的中途停了下来,然后从口袋里拿出两个饭团,两人一起吃了起来。

吃完饭团,深山的凉风吹来,疲惫的花子很快就睡着了。

父亲看到女儿睡熟,就从腰上取出了柴刀,恶狠狠地砍向了花子。花子惊醒,父亲心惊之下,只匆忙砍断了花子的一双手跑开了。

花子怀着巨大的疼痛呼喊父亲救救自己,但是她的父亲头也不回地迅速消失在山林里面。花子疼痛地昏死过去。

醒来后,花子想明白了,自己是被父亲丢弃了。她艰难地在深山里生存了下来。

三年之后,一个英俊的年轻人骑马来到深山,发现了野人模样的花子,心生怜悯,就带她一起回到了家中。

回到家里,年轻人对家中的母亲禀报自己在山上所遇。母亲听后,看到花子,也是十分疼惜。她把花子叫到面前,为花子梳洗装扮之后,发现花子漂亮端庄,暗自喜爱。

从此,花子就和这对母子生活在一起。母亲渐渐把花子当做自己亲生女儿来养,加上花子本来就聪明伶俐,更是疼爱。年轻人看到花子这样讨人喜爱,也不禁喜欢上了她。

按捺不住自己对花子的爱慕之情,年轻人对母亲提出请求,希望母亲答应他娶花子为妻。他母亲本就对花子怜爱有加,自是毫不犹豫地点头。

两人成婚之后,花子很快就有了身孕。孩子出生的时候,丈夫有事去了江户还没回来。母亲便拜托邻居将好消息带给儿子,这邻居送信时,刚好路经花子的家里。

邻居向花子继母讨水喝,不小心说出了花子的下落。继母知道花子不但活着,还生活得很好,又是嫉妒又是仇恨,便故意拖延送信人的时间,并伺机修改了信的内容,说花子生下来一个怪物。

年轻人接到邻居捎来的信,非常吃惊。但是,他还是非常担心妻子的身体,回信说只要是他们的孩子,就要好好抚养。

邻居得到回信,连忙原路返回。又经过花子的家中,继母等在门口,她想看看花子的下场,便故技重施,顺利地拿到回信,见内容跟自己预料的相反,就索性把回信按反义修改。

送信人把年轻人的回信带回家,母亲拆开一看,大为吃惊。想到儿子不在,母亲决定等儿子回来再说,并没有将回信的事情告诉花子。

后来,儿子本来说三个月就回家,但是一年过去,还是没有儿子的消息,母亲便相信了儿子信中所说。她无奈地叫出花子,坦白了儿子回信的内容,花子闻知丈夫竟然要抛弃自己和孩子,另娶一个年轻貌美的女子,痛苦不已,但是,她还是微笑着感谢婆婆和丈夫的收留和照顾,稍作收拾,便背着孩子离开了家。

来到一条小河旁,花子感到非常口渴,想低头喝水。就在低头的一刹那,后背上的孩子眼看就要滑落到水里,花子惊慌了,急忙伸手去接,孩子又稳稳地回到自己怀里。花子欣喜半晌才发现,自己的双手竟然都长了出来,跟原来一样。

花子走后没多久,丈夫回到家,发现妻儿皆不见了,感到非常奇怪,连忙询问母亲。母亲和儿子对证后,推论到那信件必定在途中经过了修改。母子两人立刻找来送信的邻居对质,真相大白。

接着,他们急忙出门寻找花子的下落,找了好久,终于在一处神社里面找到花子。丈夫发现爱妻双手复原,孩子也非常健康,很是激动。两人相认,抱头痛哭。据说,他们掉落眼泪的地方,开出了一片灿烂的花朵。花子抱着自己的孩子、丈夫和婆婆一起携手回家,所到之处鲜花盛开、鸟兽鸣叫欢迎。

从此,善良的花子一家人幸福地生活着,她传奇的经历被远近的人传唱。

后来,花子被父母所害的事情,被丈夫禀告给了当地村长。他们对花子的所作所为被村人痛斥,他们的财物被充公,连房屋也被村人占用。两人最后四处乞讨为生,再也没有人知道他们的下落。

小知识

这类故事广泛地分布在日本和欧洲各地。但是,日本此类故事一定会有继母虐待女儿的情节,而欧洲的同类故事未必如此。

不用吃饭的妻子

曾有一处偏远的村落,住着一个名叫太郎的男子。

太郎长相出众,家里条件也很不错,但是比较挑剔和吝啬,等到和他年龄相仿的朋友都先后结婚生子,太郎仍然是一个人生活。

朋友们都非常纳闷,心想,这个太郎也太挑剔了吧?难不成他是要娶一个天上的仙女为妻子?大家商量之后,决定好好劝劝他。

这天,看到太郎坐在院子里发呆,一个朋友故意开玩笑似地对他说:"太郎,又在想你天上的妻子啊?"

太郎知道朋友是故意这样说,就没有理会。因为平日里两人关系很好,这个朋友见太郎并不理会自己,就坐在太郎的身边,询问他的近况,两人很快就聊了起来。朋友关切地问太郎为什么总是不结婚?是不是对女子的要求太高,或者有其他什么为难的事情?

谁知,太郎认真地回答道:"我也想赶快找到一个合适的妻子,但是总没有遇到。我对她没有特别的要求,如果可以不吃饭就好了。"

朋友听后大笑,说:"太郎你真会说笑,这怎么可能呢?再说你家又不是没吃的。"

不久后的一天傍晚,一个女孩来到太郎的家里。这个女孩对太郎说,自己从很远的地方来,恳求太郎可以借宿一晚。太郎觉得让一个陌生女孩住在自己家里,难免会引起其他人闲话。只是,当他看到女孩渴望的目光,不好意思当面拒绝,便说:

"住宿是可以。但是我不会提供你食物,我家很穷。"

本以为这样,女孩会知趣地离开。谁知道,女孩满脸的高兴,笑着说:"麻烦您已经很感谢了,我从来不吃东西的,我只需要住一个晚上,休息一下。"

太郎一听,有点诧异,只得留女孩住下。

第二天清早,太郎还没有起床,就听到自己家的厨房响声不断。他心想,这个借宿的女孩肯定是饿坏了,嘴里说不吃东西,其实是想偷着吃。太郎感到有点生气,便轻声起床,来到厨房。

这时太郎才发现,女孩不但长得非常漂亮,还帮他收拾好了家里的一切。正不知道怎么开口的时候,只听女孩温柔地说道:

"早饭已经给您准备好了,随时可以吃。"

太郎感到非常意外,对女孩不禁暗生爱慕。

吃着女孩做的美味可口的饭菜,太郎心里非常满意,便招呼女孩吃饭,女孩微笑拒绝了,推说自己真的不用吃饭,最多闻闻饭菜的香味就可以了。

女孩并没有急着赶路,她不停地在太郎家忙着,太郎也不着急让女孩离开,一连十来天过去了,太郎没有见她吃过一口饭,心想,难道世界真有这样的女人?如果这样漂亮又勤快的女人做妻子真是再好不过了,况且还不用我养活。

当太郎对女孩吐露了自己的心意之后,女孩满脸羞涩地点头答应,两人欢喜地结为夫妻。

朋友得知太郎竟然不声不响地找了一个女人结婚,非常吃惊,都争先恐后地前来拜访,兴奋的太郎对他们讲述了自己和妻子相遇的前因后果,并认为自己真的找到了这样完美的妻子,真是太幸福了。

一个向来胆大的朋友听后,心生怀疑地问:"你是说,你的妻子真的不用吃饭?还生活得很好?"

太郎得意地回答道:"的确如此。"

朋友想了想,坚定地说:"我不相信这世界可以有人不需要吃饭活着,除非不是人。"

太郎听了很不高兴。朋友继续说:"我觉得你应该偷偷地观察一下,要不然可能永远不知道事情的真相。"

虽然心里很不舒服,太郎却觉得朋友的话不无道理。

这一天,即将到午餐时间,太郎说自己有急事要出门,可能很晚的时候才能返回,希望妻子不要等候自己。妻子信以为真,嘱咐太郎出门一定要小心,尽量早点回来。

太郎出门没走多远,就原路返回家里。他偷偷爬上自己家中的天井,看到妻子正在做饭。太郎暗暗吃惊,自己不在家里吃饭,妻子做饭给谁吃啊?

他更加小心谨慎地观察着妻子的动向。

只见,厨房里面的妻子先煮好了饭,并用这些米饭做了十来个很大的饭团。之后,她又拿出三条鱼来烧烤,香气四溢。看到这一切忙完之后,太郎心惊肉跳起来。只见他那美丽温柔的妻子坐在凳子上,分散开头顶的发丝,里面露出一张恐怖的嘴,四根尖牙突了出来。妻子把自己做好的饭团和鱼统统塞入头顶,心满意足地咀嚼起来。

太郎只觉得非常恶心,全身发冷,吓得赶快逃离家中,来到朋友住处。

这个胆大的朋友听过太郎的讲述,就建议他先不要惊动对方,必须装作什么都不知道,这样,才可以将之除掉。

太郎无奈,只好先返回家中,以防妻子发现自己的行踪。回到家中,他发现妻子正躺在床上休息,一副非常难受的样子。太郎小心地询问原因,只听她说突然头痛。太郎不敢接近妻子的床,只是站在房门口,远远地问道要不要吃药或者请个巫师试试?

妻子便叫太郎过来,安慰一下自己。

太郎一听,害怕极了,哆哆嗦嗦地说自己还是找一个巫师来。

太郎跌跌撞撞地又来到朋友家里,寻找对策。这个朋友推测,应该是她吃的东西有问题。他劝说太郎不要惊慌,自己正在想办法。

听朋友这样说,太郎就又回到了家中,按照朋友的嘱咐回答。谁知,因为过于紧张,他竟然把看到妻子吃饭的事情泄露了出来。这个原本躺在床上的女人惊叫一声,从床上爬起来,变成吃东西时的恐怖模样,一口将太郎吞进了头顶的大嘴里面,并边吃边说:

"我本想过些时候再吃掉你的,现在你发现了我的真实身份,只怪你运气不好。既然你找到了一个不用吃饭的女人做妻子,为什么还嫌弃她?这就是你这种自私男人的下场!"

小知识

美国印第安人民间故事《双面人》也是一个与《不用吃饭的妻子》有很多类似之处的传说。在《双面人》传说中,也有男子偷看女子原形毕露地吃东西的情节,不论什么样的民间传说,甚至今天的故事当中,涉及此类内容的比比皆是。一个人因为偶然偷窥到什么,他的人生便因此逆转。

大国主神与白兔

日本七福神之一的"大黑神"——大国主神是出云大社祭神，也是古国"苇原中国"的建国之神。传说大国主神有很多同父异母的兄弟，通称为八十神。在这些神当中，只有大国主神心地善良，遇到各种事情总是为人着想，而且非常乐于帮助他人。其他诸神不是自私狡诈，就是残忍凶邪。平日里，大国主神总是被其他兄弟欺负，他却从不记恨。

在遥远的因幡国，也就是现在的日本鸟取县，住有一个非常有魅力的姑娘，名叫八上姬。八十神都非常爱慕她，希望可以将她娶回来作为自己的妻子，为了独得美丽的姑娘，他们从此明争暗斗，用尽各种卑鄙的伎俩。

他们争斗了很长时间，始终未分胜负。于是，有一个神提议说：

"大家这样在家里争来争去，也没有一个确切的结果。再说了，我们还没有弄清楚八上姬姑娘的心思。我认为，不如大家一起亲自问问这个美人，她喜欢谁，决定嫁给谁，我们都不要有意见。大家意下如何？"

大家想了一下，觉得很有道理。

于是，除了大国主神之外的其他八十神都商定，来日一起前去因幡国，到八上姬的面前求婚。

出发之日，八十神穿戴好自己最气派的衣服，准备好各自要送给八上姬的礼物。临行之前，他们一起欺骗大国主神说，有一项庄严的任务要他完成，只要大国主神单独背负他们的行李，就会有意想不到的好事等着他。

大国主神信以为真，而且他听说兄弟们出行的原因，表示无论谁赢得八上姬的芳心，他都会给予支持和祝福。至于他自己，虽然他也暗地里很喜欢像八上姬这样美丽的姑娘，但是觉得自己肯定没有娶到她的机会。

八十神浩浩荡荡地出发了。只见大国主神背着那么多的行李，落在七十九个兄弟的后面，气喘吁吁，大汗淋漓，但是没有一个神愿意停下来回头帮助他。

这一行人来到了气多岬海岸，只见海面上波涛滚滚，巨浪滔天，十分凶险。正当众神为如何渡海发愁时，只听不远处传来兔子伤心的哭声。原来一只兔子的皮毛都被剥掉了，兔子疼痛不已。

看到兔子绝望的样子，八十神就心生捉弄可怜而瘦小的兔子的念头。他们走到哭泣的兔子面前，装作非常同情兔子遭遇的样子，并说：

"可怜的兔子，你太不幸了，不仅丢了雪白的毛，还被剥掉了薄薄的皮。请不要再苦了。你只要到这海水中清洗一遍自己的身体，再来到岸上让海风吹干你的身体，你很快就可以回复原样了。"

兔子听信了对方的建议，来到海边照八十神的办法，认真地清洗起自己的身体。谁知道兔子刚洗了第一处，就痛地大叫起来。兔子身体的伤口与咸味的海水接触，自然更加疼痛难忍。

八十神看到兔子上当后凄惨的模样，不禁哈哈大笑，骂这兔子真是太愚笨了。之后，他们轻松地到海岸的其他地方，寻找可以过海的办法。

过了好一会儿，背着一大堆行李的大国主神才来到刚才八十神到达的地方。他一到这里，就注意到了躺在沙滩上的兔子，气息奄奄。

大国主神关心地问兔子到底怎么回事。

兔子一脸悔意地回答说：

"昨天，我被突发的洪水冲到了淤岐岛。本来打算回到自己的家，但是始终没有找到合适的方法。于是，我就欺骗海里面的鲨鱼说，兔子的数量肯定比鲨鱼要多。我说，不相信的话，可以让海里的其他鲨鱼排成一列，以便我数数。"

"这些鲨鱼听到我的话，就非常好奇。它们真的马上在海里整齐地排成了一列，从海的这岸一直延伸至对岸。"

兔子心喜鲨鱼上了自己的当，高兴地在排成列的鲨鱼背上数来数去。就在离海岸还有一步的时候，兴奋的兔子脱口而出：

"你们这些鲨鱼太笨了,哈哈,竟然都被我骗了。"

兔子脚下的鲨鱼听到兔子的话,不禁大怒,一下子就将兔子翻倒在海水里面,并将兔子的皮毛撕咬殆尽。

听到兔子的回答,大国主神建议说:

"你身体的伤口其实很容易治愈。你只需要到河川的地方,用淡水洗净身体,然后再摘一些河岸上长的香蒲花,将花粉涂满自己的身体,就好了。"

白兔半信半疑,试着照办。果然,兔子很快就恢复许多。

为了感谢大国主神,白兔对他说:

"你的兄弟八十主神,一起到八上姬的家里求婚,这件事一定不会成功。八上姬不会看上他们其中的任何一个人。她一定会选择你作为她的丈夫,你赶快赶去吧!不要错过了好机会。"

大国主神听到兔子这么说,就加快了脚步,追赶自己的兄弟。

到了八上姬的家里,一切均如兔子预言的一样。八上姬不仅貌美,而且非常聪明,她很快看出了八十神的坏心肠,而钟情于相较之下格外善良的大国主神。就这样,大国主神和美丽的八上姬结成了夫妇。

小知识

这一传说也是日本著名童话,昭和初期的"讲谈社绘本"丛书就将之收录其中。鸟取县鸟取市的白兔海岸,距离淤岐岛大约100公尺。海岸附近有祭祀白兔的"白兔神社"。在白兔神社外,大国主神与白兔雕像常相左右。

黑猫复仇记

佐贺第二代藩主锅岛光茂，非常喜欢跟人下围棋。

这天，在江户的家里，锅岛光茂和家臣龙造寺又八郎下起围棋。期间，因为一盘棋局的胜负归属，两人争论不已，并且很快就发展到了争吵的地步。

平时，依仗权势，锅岛光茂经常因下臣让棋，几乎没有输过。这次，看着对方丝毫不顾及自己的地位，并跟自己大声争吵的又八郎，锅岛光茂突然勃然大怒，气急败坏之下拔刀向他砍去。只听一声惨叫，锅岛光茂才意识到自己已经把又八郎杀死了。

为了掩盖自己杀死又八郎的事实，锅岛光茂连忙命人将又八郎的尸体偷偷掩埋，并警告不能对任何人讲这件事。

又八郎出门之前，告诉妻子阿政说，藩主召见下棋，他陪藩主下完棋就会返回家里。看着天色一点点的变暗，阿政开始惦记始终未归的丈夫。此时，陪伴阿政的是她最喜爱的黑猫。黑猫在阿政的怀里温顺地一动也不动，似乎也在全心地等待着家里的男主人。

两天过去了，她心里开始涌出一种不祥的征兆。阿政命家里的奴仆前去藩主家里打听，并嘱咐如果丈夫不在藩主家里，务必再去丈夫经常交往的朋友家里询问。但是，奴仆跑遍整个江户也没有带回任何消息。

就在阿政心神不宁地四处打听丈夫消息的时候,有一个跟又八郎关系友好的朋友偷偷地告诉阿政,又八郎被藩主所杀,阿政悲痛欲绝,气恼愤恨。

一心想替死于非命的丈夫报仇的阿政,苦思冥想,也没有想出办法对付势力庞大的藩主。终于,这天深夜,绝望的阿政对着怀里乖顺的黑猫,交代道:

"我现在没有任何办法为死去的丈夫报仇。与其这样一个人憔悴而孤独地活着,还不如到另外一个世界跟丈夫做伴。我死之后,会把灵魂依附在你的身体,希望你能够替我可怜的丈夫报仇。"

然后,抱着黑猫的阿政抽出一只手,取出随身携带的护身短刀,安静地刺进自己的喉咙。只见阿政的鲜血顺着短刀迅速地流向了黑猫的身体,满是鲜血的黑猫仰头喝尽流向自己的最后一滴血,纵身一跃,消失在了茫茫的夜色之中。

阿政死后,怪事就开始发生了。那个听从藩主吩咐掩埋又八郎尸体的奴仆的母亲不再喜欢吃饭,而是全部改吃鱼;以前慈爱贤良的性格忽然古怪起来,脾气时好时坏,让人捉摸不定;并且,她竟然开始不愿意更衣洗澡。

一天晚上,这个奴仆听到自家厨房里面有动静,就过去查看,竟然有个人正趴在地板上,用嘴撕嚼一只活生生的鱼。这个人大吃一惊,仔细一看,竟然发现这个人就是自己的母亲,就在那时,一只猫头长在了母亲的身体上。

奴仆拔刀砍向这只怪物,只见他的母亲鲜血淋漓地倒在地上,同时一只黑猫从母亲身体钻出,它对脸色惨白的奴仆说话:

"我是又八郎家里的黑猫,他妻子阿政曾对我百般宠爱。如今,可怜的阿政无力为自己死去的丈夫报仇,就自杀身亡,托魂到我身体上。我刚才又托魂到了你母亲的身体上。就是你伙同藩主掩盖又八郎死亡的事实吧?"

黑猫说完就跳出了奴仆的视线。

奴仆心神未定,慌忙将事情向藩主禀报,锅岛光茂一听,昏死过去。

没过几天,离江户很远的佐贺传来消息,说有只黑色妖猫出现在城外,闹得附近的人和家畜都非常担心。锅岛光茂得知此事,更加恐惧不已,原来刚好他的任期到了,要返回佐贺。

惊慌战栗的锅岛光茂还是如期回到了佐贺,命人严加看守,不能有丝毫懈怠。谁知,就在锅岛光茂到达的当夜,这只黑猫就将锅岛光茂最宠爱的侧室阿丰咬死而化成她的样子。同时,这只黑猫不知道从哪找来其他黑猫,一起咬死了这个女人身边所有的侍女,并化身她们的样子。

这些黑猫化身的女人整日想办法折磨锅岛光茂,没过几天,锅岛光茂就奄奄一息了。

锅岛光茂死后，黑猫化身的这个女人俨然成了佐贺的藩主，发号施令，无所不管。

刚开始，并没有人怀疑阿丰的身份和行为。但是，很快那个被黑猫祸害过的奴仆就怀疑阿丰的行为处事。所以，这个人就准备好了长矛，夜夜藏在藩主的门外。

深夜，这个人听到藩主痛苦的声音从屋内传出，而且越来越大，他感到奇怪，就探头向窗内望去，只见有一只巨大的猫影映现出来。奴仆便用力将随身携带的长矛向猫影的方向刺去，似乎听到那黑猫悲鸣一声，应然倒地。

然而，在第二天，这个奴仆的尸体在城内的一处角落里被人发现，而藩主也已经死在自己的床上。

从此，这些黑猫就消失了，再也没有人看到它们。

小知识

这一怪谈是日本非常有名的说书和歌舞伎剧题材之一，根据事实改编而成，记载于《元茂公谱》。

烧炭的富翁

从前,大海边的一个村子里面,住着两个有钱人,分别被人们称为"东家富翁"与"西家富翁"。

同是村里的富翁,这两个人的关系非常好,最喜欢做的事情是一起钓鱼。只要是天气晴朗的日子,无论白天或晚上,这两个人总会约好,有说有笑地一起出门,来到离家不远处的海边,放下钓钩,看着平静的海水,悠闲地等待鱼儿上钩。至于是不是有钓到鱼,这两个人并不在意,只要天色变暗,一起回家的时候特别轻松,就非常满意。

这天晚上,月光如水,空气中的气氛特别惬意,两个富翁来到家门外散步,不知不觉,他们就来到了平日垂钓的场所。他们心情显得格外愉快,各自对海边美好的月色发出了从来没有过得幸福感叹。原来前不久,他们各自的妻子先后有了身孕。

两个人兴奋极了,对着月光聊了许多对未来的期待。夜晚的潮水起起落落,两个人聊累了,看到眼前的潮水还没有退落,索性就准备先在这里睡上一会儿。

从海边找来一块奇形怪状的木头,作为枕头,这两个男人在星光与月光的照耀下,听着涌动的海水声,满意地闭上了眼睛。

东家富翁没多久就做起了美梦,可是西家富翁迟迟没有睡意,他听着东家富翁此起彼落的鼾声,更加睡不着。

就在西家富翁对着天上的繁星发呆的时候,发生了一件神奇的事情。

只见龙神出现在海面上,并走到两人附近,对着两人枕着的木头说,躺在木头上面的两个人,马上将拥有自己的孩子,要赶快赋予两个新生命属于他们的命运。但是那块神奇的木头很为难,此刻被两个人枕着,无法脱身,所以希望海神可以代替他们做这件事情。

海神听从神奇木头的建议,马上消失了。西家富翁听到这样的一番对话,更是一动也不动,不知道自己的孩子会有怎样的命运。

一转眼的时间,海神就回到了海边。他告诉神奇的木头说:

"我已经去过他们的家里,刚好赶上孩子出生,当即把属于他们的人生给了他们。"被人枕着的神奇木头一听,就急着问结果。

海神接着说:

"他们啊!东家富翁的女儿是富贵命,西家富翁的儿子是贫贱命,命中注定,相差很大啊!"海神说完,就消失在了海面之上。西家富翁听到自己有了个儿子,本来特别高兴,但又听到儿子的命运这样不好,又伤心起来。他一着急,动了一下,枕下的木头就消失了。跟着,东家富翁也醒了。

这时,西家富翁有了自己的主意,既然东家女儿一生好运,如果我的儿子跟他的女儿结成一家人,命运应该就可以改变了吧!于是,他就向东家富翁说明自己的打算,东家富翁以为这不过是西家富翁的想象,并且心想,如果是这样,也是好事,就一口答应了。

两人回到家里,东家富翁发现自己的孩子真的是个女儿,非常高兴。得知西家富翁也同时生下一个男孩,他当即重申了自己的承诺:这两个孩子长大之后,会结为夫妻。

因为家境富裕,加上两家对自己孩子都疼爱有加,成长得很好。成年之后,两人在家人的安排下举行了结婚仪式。

结婚之后没多久,到了五月,按当地风俗,要举行粮食的收获祭祀。祭祀期间,人们要吃没有加工过的粗麦饭,以求来年风调雨顺。妻子做好了粗麦饭,热情地招呼自己的丈夫吃饭。没想到丈夫看到是麦饭,当即大怒,打掉饭碗,怒斥妻子,说吃不下这样的食物。意外得到丈夫的责备,妻子十分伤心。她觉得自己再也不能和丈夫生活,决定离家出走。

外面大雨倾盆,妻子走了没多久,浑身湿透,又冷又饿,就有点后悔,不知道是否应该返回。就在这时,她听到两个米仓神的对话。两个米仓神为东家女儿的遭遇感到不平,并提出与其这样,还不如嫁给多原的烧炭五郎。她听到后,就前往多原寻找烧炭五郎。

四处打听之下,东家富翁的女儿终于找到了米仓神提到的烧炭五郎。一番对话交流,东家富翁的女儿看到,眼前的这个男子不仅外貌出众,心地非常善良,更重要的是勤劳工作,就主动说愿意嫁给他。

烧炭五郎看到这个美丽的女子要嫁给自己,考虑到自己只是靠烧炭为生,收入很低,家境又非常贫寒,当即拒绝。

东家富翁的女儿见其这样为别人着想,更加坚定了嫁给烧炭五郎的信念。她留在了多原,经常来到五郎的家里帮忙。大约一年之后,五郎喜欢上这个漂亮而善解人意的女儿。两人在乡邻的祝福声中,欢喜地生活在了一起。

结婚的第二天,烧炭五郎很早就要起床,准备开始烧炭工作。他悄悄地穿好了衣服,来到院子里。谁知,他刚准备工作的时候,妻子就跟了出来,她温柔地对五郎说,自己从来没有见过别人烧炭,希望可以跟在丈夫身边看看。五郎见状,欣然答应,并嘱咐妻子要小心。

两人来到烧炭的窑窟,五郎开始认真烧炭。神奇的事情发生了,东家富翁的女儿看到,丈夫这天烧制的木炭,竟然全部变成了黄金。两人开心不已,凭借这些黄金,加上持家有道,很快就成为远近驰名的富翁。

多年以后,西家富翁的儿子不思上进,妻子出走之后更是无所事事,很快就将家里的钱挥霍殆尽。为了生存,他就一路沿街乞讨为生,偶然贩卖一些小工艺品。

这天,西家富翁的儿子来到了烧炭五郎的家里。东家富翁的女儿认出了自己的前夫,就故意出高价购买了丈夫手中的小工艺品。丈夫并没有认出自己的妻子,他认为这个富家女人非常愚蠢,就不断拿来东西贩卖。东家富翁的女儿见自己的前夫还是这样令人失望,就拿出了离家出走前带在身上的碗,那个被丈夫踢翻在地的麦饭碗。

西家富翁的儿子见状,明白了眼前这个女人就是自己离家出走的妻子,感到羞愧难当,当即撞墙而死。

小知识

这一传说在日本的民间传说当中被划分为"命运与致富"类,包括《烧炭富翁(初婚型)》和《烧炭富翁(再婚型)》以及《产神问答》。这个传说中的婚姻对于女性来说,初婚便是初婚型,再婚便是再婚型,如果传说开头再加上对主角出生时的宿命论,就被称为产神问答型。

丑女阿岩

德川纲吉将军统治的元禄时代，田谷左门殿町住有一个名叫田宫又左卫门的人。左卫门是当时的下级公役御用家人，官职为弓箭枪炮步兵组，家产丰裕。

这年，左卫门原本欠佳的视力恶化，做任何事情都很不方便，加上年岁逐高，就打算退隐归家，安度晚年。

让左卫门着急的是，自己唯一的女儿阿岩，虽然聪慧贤德，但是因为小时候罹患天花，治愈疾病之后，留下了满脸的疤痕，尤其在右眼部位的疤痕更是异常可怖，头发也是十分稀疏，可见头皮。这样，原本清秀的阿岩变成了邻里害怕的丑姑娘。

怎么才能给自己女儿选一个合适的丈夫呢？

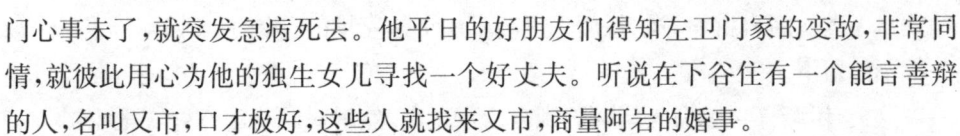

只是让人没有想到的是，左卫门心事未了，就突发急病死去。他平日的好朋友们得知左卫门家的变故，非常同情，就彼此用心为他的独生女儿寻找一个好丈夫。听说在下谷住有一个能言善辩的人，名叫又市，口才极好，这些人就找来又市，商量阿岩的婚事。

又市知道了左卫门朋友们的来意，很自信地说，虽然阿岩容貌丑陋，但是非常聪慧，再说家境也非常不错，一定可以找到满意的丈夫。这些人听后，非常高兴，就给又市留下一大笔钱财，拜托他早日办成此事。

果然，没过多久，又市就给阿岩找到了一个不错的丈夫人选。又市介绍说，这

个人名叫伊右卫门,家在摄州,身份是一个浪人,年龄三十一岁。虽然伊右卫门家境贫寒,却是个英俊潇洒的男子,很得当地姑娘的爱慕。

伊右卫门被又市的花言巧语说动,答应来到阿岩家里看一看。这个身份卑微的浪人心想,只要可以得到阿岩家中的钱财和地位,自己就可以再娶一个美貌的妻子。谁知阿岩早已听说对方条件,害怕见面之后,对方马上拒绝婚事,怎么也不愿意见面。

既然这样,在又市的安排和建议下,两家很快订下了结婚的日子。

结婚当天,伊右卫门心满意足,高兴地招呼前来阿岩家里祝贺的名门望族。等到亲友散去,两人单独相处,伊右卫门终于看清妻子的容貌,当即厌恶不已,没想到又市嘴里的"长相一般",竟然是这般丑陋。

婚后,阿岩的母亲对自己的女婿非常照顾,这令伊右卫门满意了很多。

妻子阿岩见到自己丈夫长相如此出众,婚后对丈夫万般体贴,但是这不但没有得到丈夫的理解和喜爱,反而更加增添了他的嫌弃。

没过几年,阿岩的母亲撒手人寰。伊右卫门觉得在家中有如地狱,经常待在外面,不愿意面对自己丑陋无比的妻子。

跟阿岩结婚之后,伊右卫门的上司伊藤喜兵卫,是一个品行极坏的好色之徒。这时,伊藤喜兵卫众多年轻的爱妾之一阿花,意外有了身孕,他不想因此给自己增添任何烦恼。伊藤喜兵卫想到伊右卫门,就有了一个抛弃这个怀孕女人的阴谋。

一天,伊藤喜兵卫找来伊右卫门,偷偷地对他说道,自己的爱妾阿花美貌无比,但意外怀了自己的孩子,如果伊右卫门愿意跟阿花在一起生活,自己会给他很大的好处。

伊右卫门大为欣喜,心想自己正要再找一个美貌的女人。

另外,伊藤喜兵卫还兴致勃勃地告诉伊右卫门,自己可以帮助他,顺利地彻底摆脱阿岩。伊右卫门听后,非常高兴。

自此以后,伊右卫门变本加厉,几乎不在家逗留,跟阿花逍遥生活着,花费家里的钱财无数。阿岩拼命省吃俭用也逐渐不能负担家里的开销了,到最后,连一个奴仆都不能留下。

这天,伊藤喜兵卫命人请阿岩到自己家里来,然后对阿岩故作好心地说:
"看着你这样穷困,我再也不能置之不理。我早就发现你的丈夫在外面胡作非为,原本是为你们家的名誉着想才一直瞒着你,可是现在我实在看不下去了,希望你能管管他,要不然就真的完了。"

阿岩听了伊藤喜兵卫的话,非常生气,又心知自己长相丑陋,怎么努力都无法留住丈夫的心，只得唉声叹气。

第二天，阿岩看到丈夫终于回来，正准备上前责问，谁知丈夫竟然大声呵斥她昨晚为什么没有好好待在家里。阿岩刚想解释，却被丈夫痛打了一顿。

阿岩痛苦不已。伊藤喜兵卫趁机来到阿岩家里，规劝她，既然这样，还不如跟丈夫离婚，说不定这样还可以跟丈夫要些财物补偿。阿岩认为他说的有道理，不论自己做什么，丈夫都不会分一丝怜爱给她，这样勉强在一起他们都不会幸福。伊右卫门得知阿岩的想法，果然兴高采烈地和阿岩解除了婚姻，并答应给阿岩一些钱。

在伊藤喜兵卫的介绍下，阿岩来到一家富人做仆人，日子虽然清苦，但生活清净平和。不料，离婚后没多久，在阿岩家里富裕时，一位曾从阿岩家里得到钱财帮助的人告诉阿岩离婚的真实原因。阿岩听后，愤怒不已，没想到伊右卫门竟然对自己这样绝情，当即变成了厉鬼。

伊右卫门和阿花一起生活之后，先后养了四个孩子。十四年后，他们一家人正在院里聊天，突然听到凄厉的女声呼唤自己的名字。伊右卫门到处查找，没有发现任何可疑的东西。

但是，怪事之后没过多久，伊右卫门的小女儿就生了急病死去。而且家中的不幸接连不断，其他孩子和阿花也先后离开人世。

伊右卫门失去了公务之后，也很快花完了占用阿岩的那些钱财，在孤独而贫困中可怜地生活着。一个特别寒冷的冬天，有人发现他全身僵硬地死在了阿岩家旧宅的附近。有人说，这是阿岩的报复，她要这个虚有其表的男人痛苦地离开人世。

小知识

该传说产生一百多年后，七十一岁的第四代鹤屋南北写下了《东海道怪谈》，将阿岩的故事编进"忠臣藏"故事系列。

其中，伊右卫门被刻画为赤穗藩浪士，阿岩的模样则是因为喝下毒药而成为了丑女。当时刚好有很多类似性质的社会事件，在一八二五年首演时，根据这一传说改编的歌舞伎剧大受好评。

青 门 洞

古代越后国的禅海和尚，自幼出家于江户浅草的一座寺院。

禅海本来立志成为得道高僧，但修行几十年仍然未能如愿，就转而开始了云游四方的旅程。亨保十九年，也就是禅海四十八岁那一年，来到丰浅国的中津市。

来到中津，禅海首先参拜了临济宗的名寺自性寺，之后，又打算前往距离最近的罗汉寺。从自性寺到罗汉寺的路上，要经过山国川的竞秀峰。据说，此处属于九州山脉，因为是熔岩山貌，景色瑰丽无比。美中不足的是，山峦之中唯一的路途是所谓的"清锁渡"，也就是靠着山峰的峭壁，钻出山洞，置以木头，在位于两端的木头之上铺了木板所形成的悬空之路。

在山国川的深山之内，住有几个村子，村民经常到最近的罗汉寺参拜，除此之外，平时贩卖货物，购买日常生活用品等，都必须从清锁渡上经过。天晴的时候还好，一到雨雪连绵的日子，青锁渡就变得异常惊险，上面铺着的木板很容易掉落在深渊里，更别提走在上面的人了。

禅海来到青锁渡附近，正赶上一年中雨水最为丰沛的季节。只见青锁渡之上已经缺失了好几块木板，两边没有任何铁链、护栏，孤零零地横在两山之间，令人心惊肉跳。禅海注意到一个人牵了马在雨后的山路旁歇息，上前询问人们是怎样通过这么危险的青锁渡。

马夫无奈地回答:"就这样通过啊!这是必经的唯一一条路,经常会有人从上面掉进青锁渡之下的万丈深渊。"

禅海听后,非常同情当地村民的遭遇,希望有机会可以帮助他们。

等到天气转晴,禅海好不容易顺利地通过了青锁渡,来到了罗汉寺。禅海看到罗汉寺附近有好几个人工的山洞,里面都是彼此相通,非常巧妙。他突然联想到,可以将青锁渡附近的山脉打通,这样就可以平安快速地通过那里,再也不会有人因为行路将性命丧失在深渊之中。

回到青锁渡附近,禅海就开始认真观察那里的山势。前后经过一个多月的时间,他终于有了打通周围山脉的方法。

就这样,禅海带着自己所想的方法来到这里的一个村落。找到这个村子的村长,禅海兴奋地讲述了自己希望打通山脉,另造一条道路的计划。这个年老的村长听完禅海的话,哑然失笑:"您一定在做白日梦。这么大的山,还不只一座,怎么可能做到?又要花多长时间才能成功?"

禅海早已想到村长的反应,就打开了自己已经规划好的样图,耐心地解释自己的方案。但是,这个村长始终不能接受他的想法。禅海一次次去劝说这个村长,终于打动了他,并通过持续的努力说动了其他几个村子。

同时,禅海又将自己的计划告诉罗汉寺的住持,希望该寺给予财物方面的支援,并对住持保证,如此一来,到罗汉寺参拜的人一定加倍,该寺的收入也会增加得更多。住持认真了解禅海的方案,认为很可行,并对他敢想敢做的精神感到敬佩,也承诺一定会给予必要的支援。

最后,禅海将此事报给中津寺的道奉行,这是负责道路修建的官方部门,没有想到的是,这个官员觉得禅海简直是异想天开,毫不留情地驳回了他们的请求。

为了说服负责的官员,禅海不厌其烦地解释自己的方案和这样实施的好处。转眼一年过去,禅海还是满怀希望而去,满脸失望而归。直到日本第八代的将军吉宗上台,禅海的申请终于得到了批准,到了这时,又是九年的光阴过去了。

工程开始之后,果然异常艰辛,不论是悬崖还是峭壁,众人只能用比较笨拙的挖掘方式进行。这一年,禅海已经是五十八岁的高龄,身体已经远远不如十年之前,不能跟大家一起奋战,他便开始为工程所需要的资金忙碌。禅海几次来到罗汉寺,恳请寺院给予更多的支援。同时,他和该寺的僧人一起到处募集捐款,召集愿意参与工程的人。

第一个山洞打通,五年已经过去。这个山洞按照禅海的设计,上方是弧度柔和的圆形,底部平坦而宽敞,不论人、畜,都可以放心通过。面对河流的峭壁,禅海还专门设计出了一个石窗,天晴的日子,阳光自窗户射入,非常明亮。洞内单调的石壁上,禅海雕刻出了形态各异的石佛图像,非常具有美感。这时,再也没有人怀疑禅海的设计,更多的人加入到禅海发动的打造山洞队伍,景象空前。

前后三十年时间,禅海设计的四个石洞圆满造出,禅海将它们命名为"青门洞"。洞内美观而实用,受到当地人的大力称赞。这年禅海七十八岁。

青门洞修建好的第十年,禅海按照自己与道奉行的约定,青门洞的通行,由免费变为缴纳费用。具体的收受标准是:人各四文钱,牛、马等体型巨大的牲畜为八文钱。因为此处早已成为国内闻名的路途,每天人来人往,川流不息,没过几年,路费的收入就达到了之前修建费用的数倍。禅海高兴极了,他将罗汉寺的钱还清,并将一些钱分给附近贫困的村民。

八十八岁那年,禅海老去。意识到自己将不久于人世,禅海将一生积蓄全部赠予罗汉寺,希望可以造福更多的人。

小知识

目前这里已经开通了可以通行汽车和消防车的新路,非常方便。但是这里的旧山洞还被保留着,供游客徒步观光旅游。游人从川面反眺青门洞,更可以感觉开山筑路、开凿隧道的工程艰险程度。

灵　犬

很久以前，日本远州府中也就是现在的静冈县盘田寺，有一个见付天神社。每年秋天来临的时候，见付天神社都会如期举行祭祀活动。所谓的祭祀，就是选出一个年轻的小女孩，躺在准备好的白木棺材内，抬至正殿，等待社内神明的享用。

每年秋天即将到来的时候，村民们就会非常焦急。因为秋祭来临的前一天，一支箭会莫名其妙地从远处飞来，插到一个年轻女孩家的屋顶。看到这支箭的家里，就意识到自家女儿的不幸来到，必将成为该年祭祀的贡品。

这一年的秋天，又到了秋祭的时间。这时有一位行云的僧人来到神社，并暂时寄居此处。知道村里祭祀的怪事后，这个人就向村民自荐，代替女孩躲在馆内，以便观察事情的原委。

这天夜里，村民们将已经藏了僧人的棺材抬至神社的大殿，因为害怕鬼怪的出现，棺材刚一落地，众人就纷纷逃离四散。感觉众人已经离开，僧人就开始在棺材内诵念起经文。

不知道过了多久，僧人感觉自己已有困意的时候，突然听到一阵狂风刮过大殿。紧接着一只巨大的怪物出现在大殿里面。这只怪物跳到棺材之上，并不急于打开棺材，而是手舞足蹈，念念有词道：

"这件事情一定不能泄露出去,这件事情一定不能泄露出去。信州信浓的光前寺,就是光前寺。光前寺有个早太郎,早太郎。"

躺在棺材里面的僧人将怪物的话听得清清楚楚,并牢记于心。

当怪物念过这一番话之后,着手施法打开脚下的棺木。僧人意识到怪物的举动,就高声念诵胸中的经文。怪物听到经文之后,大为震惊,落荒而逃。

第二天,村民纷纷来到神社大殿,好奇昨晚到底发生了什么事情,不知道僧人是不是还活着。

当村民发现僧人完好无损地坐在殿内诵经时,纷纷向前询问事情的经过。僧人将昨晚事情的原委一一讲述。众人非常震惊。因为僧人昨晚偶然听得怪物的秘密,就告别村民赶往信州信浓,也就是现在日本长野县。

走在通往信州的路上,僧人想起来信州有一处古寺名叫善光寺,因为善光寺的附近都是盆地,附近被称为"善光寺平",几年前,僧人曾经云游经过此处。

僧人首先来到了善光寺平,并开始四处打听光前寺的下落。奇怪的是,僧人一连向附近的村民询问了三天,也没有问出光前寺的所在。而且,当僧人说出"早太郎"这个名字时,这里的居民更是一头雾水,他们异口同声地回答僧人,从来没有听说过这个名字。

僧人一路走到信州,遍访该地居民,没有打听到有关"光前寺"或是"早太郎"的任何消息。无奈,僧人便离开此处,顺着路线向南行进。

一天,僧人来到天神善山脚下的一处寺院,不顾一路奔波和饥渴的僧人,见到寺院的住持就先向前询问。该院住持听到僧人的询问,回答说光前寺位于木曾驹岳山麓下的一处村落附近,是创建于贞观二年也就是860年的古寺。因为该寺位置非常偏远,很少有人知道。住持听到僧人的询问,很惊奇。得到住持的回答,僧人终于感到轻松了许多。

经历不少波折,一年之后,僧人终于来到光前寺。来到寺院,僧人向该寺住持告知了自己的来意,并希望可以求见早太郎。住持听到僧人千里迢迢来到这里,竟然是为了见一见早太郎,一脸迷惑的神色。

他来到寺院的窄廊下,对着窄廊的尽头呼唤道:"早太郎,早太郎!"只见,一只灰色的山犬就跑到了住持面前。

看着僧人惊讶的表情,住持解释道,好几年前,寺院里来了一只驹岳山犬。等寺院里的人发现它时,这只山犬正卧在寺院的正殿窄廊之下,本来以为它是生病了,后来发现这是一只即将生产的母山犬。来到寺院没多久,母山犬就生下了三只小山犬。住持看到它们非常虚弱,就不断供给它及小山犬们食物。母山犬很快就变得强壮了,两只小山犬在住持的悉心照顾下也长得很快。

等到小山犬逐渐都长大之后,一天夜里,这只母山犬带着自己的两只小山犬悄无声息地离开了寺院。第二天早上,当住持像平时一样来到山犬待的地方时,只见一只山犬留在那里,其他山犬全不见了踪影。

这才知道其他山犬应该是自己离开了。看着眼前的这只山犬,住持觉得,应该是母山犬特意留下来的。以后,住持对待这只留下的山犬更加照顾,并和僧人们亲切称呼它为"早太郎"。听完住持的解释,这位僧人感到很意外,并意识到这只山犬肯定非同一般。

住持想起僧人来到寺院所讲的祭祀之事,就问僧人今年村里的秋祭具体是哪一天。僧人这才意识到刚好就是下个月。僧人向住持详细描述了自己上次遇到怪物之事,并推测早太郎一定是那只怪物的克星,恳请住持能够同意自己带着它前去除妖,同时请求秋祭前天晚上,住持一定要为早太郎诵经直至天亮。

住持满口答应,但是嘱咐僧人一定要保护早太郎的安全,希望这只神奇的山犬能够重新回到寺院。于是,僧人带着早太郎往村子赶去。经过日夜不停地长途跋涉,终于在秋季前一天的夜里返回。

回来之后,僧人就向村民讲述了自己的一路见闻,并把寻到奇犬早太郎的前因后果交代得一清二楚。村民听了之后,都非常高兴,祈祷这次早太郎可以顺利地将可恶的怪物铲除。

到了准备祭祀的时间,村民们按照商量好的计划,将早太郎放进白木棺材之内,并合力将棺材抬进神社的大殿之内。在遥远的另外一个地方,光前寺的住持也早早坐下为早太郎诵读起了经文。这一夜,村民和僧人都没有合眼,也不知道会有什么未知的事情发生。

第二天一大早,大家就来到了神社的大殿。上前一看,大家发现,白木棺材已经被打开了,旁边有一只被撕咬得遍体鳞伤的大狒狒,一动也不动。

这时有人叫道:"早太郎怎么不见了?"无论僧人和村民怎么寻找,也没有找到早太郎。

后来,僧人得知,早太郎当晚和那只巨大的狒狒咬斗了很长时间,最后,早太郎终于将其咬死在地。之后,早太郎似乎觉得自己已完成了使命,就连夜奔向了光前寺。光前寺的住持在为早太郎诵读经文直至天亮之后,起身来到门外,在院子里发现了早太郎,只见它奄奄一息地躺在地上,看到住持之后,就断了气。住持和寺院的僧侣将早太郎的尸体埋在了以前母山犬和小山犬们所待地方的旁边,并为早太郎的离去伤心了很长一段时间。

从此，到了秋天，见付天神社再也没有举行过所谓的祭祀活动，村民都在家里供奉起了早太郎的名字，希望可以保佑家里一年平安无事。

小知识

在现在光前寺的正殿前有早太郎的木雕像；见付天神社参道还有早太郎的铜塑雕像；有些地方还有"早太郎神社"。在每年的农历八月十日前的周末深夜，见付天神社会举行国家重要的无形民俗文化财产的"裸祭"。"裸祭"本来是用女孩当祭神牺礼的祭奠活动，后来才改成自远江总社淡海国玉神社的神轿出巡的祭典活动。二〇〇六年为农历的狗年，也就是光前寺举办"早太郎七百年祭"之年。

义　狐

村上天皇(926～967)那时代，摄洲(即现在大阪府和兵库县一带)的阿倍野乡，有位二十三岁名为保名的青年。父亲安倍保明曾是此地领主。安倍家是名门望族，祖先阿倍仲麻吕是奈良时代的遣唐留学生，唐名晁衡(亦作朝衡)，曾在玄宗朝代任左补阙、散骑常侍、秘书监等职位，并且与当时唐朝文人李白、杜甫、王维等交谊甚笃，终老于唐土。保名是他的第八代子孙。

安倍祖上虽是名门，但到了保名这一代时，却因保名的父亲受骗而失去所有领地。而安倍家有卷代代相传的天文学秘藏文献，记载天文、历数等阴阳道奥秘，保名很想解读此秘籍，却因家道中落，自己又忙着复兴家门，至今仍未翻阅。

为了偿得夙愿，他每月前往泉州(大阪府南部)信太森参拜明神。那里四周人迹罕至，杂草横生，树木参天，即使在白天，看起来也是昏暗蒙眬。更令人心惊的是，人们都传说那里有很多狐狸出没。

这年秋天，二十三岁的保名带着几名随从，像往常一样到信太森参拜明神。秋天时节，信太森附近的景色格外美丽。保名参拜完后，自然而然被这景色所吸引。他命令随从在神社的外面摆设宴席，让大家一起观赏如火焰般艳丽的红叶。

大家听从保名的安排，轻松自在地喝酒谈笑。就在众人兴致不断高涨的时候，从周围的森林里传来狗叫声,还夹杂着人群的吵闹声。大家感到非常奇怪。保名和众人好奇之际,突然间,只见两只白色的狐狸从幔帐的外面闯了进来。它们像是被追赶着,闪电般地从幔帐的一边跑向另一边。一会儿,两只白狐又钻出了幔帐,消失了。

众人吓呆了!

就在此时,第三只白狐钻进了幔帐。或许是奔跑得比较疲惫,这只小狐狸来到保名的面前之后,便一动也不动地望着他。保名看到小白狐可怜的神情,感觉眼前的这只狐狸跟刚才消失的那只很像,心想应该是同一家的狐狸。

有人说:"这几只狐狸好像是被狗追赶,真可怜。"保名听到这句话后,就赶忙把幼小可怜的狐狸藏在了自己长长的袖子下面。果然,一群狗跟着就闯了进来。随从们立刻拔出随身携带的刀剑,把冲在前面的一只狗砍死了。其他狂叫的狗看到,也不免畏惧了起来,退后做出围攻众人的样子,狂叫不已。

随后,一群武士装扮的人跟了进来,对众人大喊道:"刚才是不是有狐狸出现?肯定逃到这里了,快点交出来!"保名看到带头喊叫的人凶狠的表情,就回答道:"这里是供奉明神的地方,不宜杀生。"

"你说什么?"其中一名眼睛发红的武士对着保名大叫,说着就拔出了自己腰间佩带的长刀,向保名砍去,这时有人对着帐内严肃地喊道:"谁想抢夺我看中的狐狸?谁敢动我部下的一根汗毛。"来人正是河内的守护大名石川恒平。

石川恒平这个人平时就作威作福惯了,当地人都非常痛恨他。因为石川恒平的妻子发高烧,怎么医治都不能退烧。石川横平听说幼狐的心肝可以治疗这种病,就带着部下追狐狸到这里。

保名的随从也拔出了刀,准备迎战。双方很快大战了起来。保名和随从虽然拼尽全力迎战,但跟对方相比,实力相差过于悬殊,寡不敌众。

没过多长时间,保名的随从接二连三地倒在了地上。保名无暇顾他,全力跟一名身材魁梧、目光凶狠的武士厮杀。他的左肩被对方的刀砍到,血流不止,疼痛难忍之际,他的脚又被地上的树根所绊,倒在地上。

几名武士看到保名倒下,就蜂拥而上,七手八脚地把保名抓牢,用粗绳绑的结结实实。石川恒平面露得意之色,大喊一声:"把他的头给我砍下!"

保名的脑海闪过那只惹人怜爱的小白狐,它恐慌的眼神让保名顾不得自己的处境,只担心它会被这些恶人所抓。他平静地环视四周,确定没看狐狸的影子,就安心地闭上了眼睛,只待对方动手。

一名彪悍的武士,把自己手中沾满了血腥的刀举过头顶,正要向保名的脖颈处砍去。这时,众人听到一声雄厚低沉的叱喝:"慢着!"众人回头一看,才发现一位僧侣不知道什么时候就站在他们的身后。这个人是赖范和尚,河内国藤井寺的住持,该寺是恒平一族所皈依的寺院。

石川恒平看到自己尊敬的住持,竟然神不知鬼不觉地出现在这里,大吃一惊,赶忙恭敬地问:"请问住持,您怎么来到了这里?"

住持只是淡淡地说道:"在供奉明神的地方杀人,是万万不该的。你们先把刀收起来,把事情的起因给老衲说说。"

石川恒平赶忙命令武士们听从住持的吩咐。然后将刚才之事的来龙去脉讲了一遍。住持听后,劝导石川恒平不要随便杀生,并要求把保名交给自己处置。

石川恒平无奈答应下来,沮丧地带着武士离开。

住持看到石川恒平等人消失在树林的深远之处,就解开缠绕在保名身上的绳索,并关切地告诉他:"你不要担心。那些人已经走远了,不会再回来。"

看着保名脸上的疑惑,住持继续说道:"你还好吧?我就是你刚才所救的那只白狐。"说罢,只见住持赖范和尚变化成了先前那只小白狐,眼睛里面流露出对保名的感激之情,转眼间就奔向树林,消失不见。

百感交集的保名拖着自己受伤的身体返家而去。途中他感到干渴,找到一处溪涧,正打算低头喝水,碰巧看到一个少女正在那里打水。瘦弱的少女把装满了水的木桶打翻在地,她自己也因此跌倒在地。

好心的保名不顾自己的伤痛,奔过去扶起跌倒的少女,少女连声道谢。当她看到保名肩膀上血迹斑斑,伤口处血肉模糊时,关切地说:

"看来你是受了重伤。我家离这不远。你跟我回家去,我可以给你擦些草药,帮你把伤口包扎一下。"

到了少女的住处,保名发现少女竟然是一个人居住,心里有些不安。但碍于少女的好心,也就不再多说什么。在少女的精心照料下,保名的身体很快就恢复了。随着时间的流逝,两人逐渐产生了好感,最后结为夫妇,并且有了一个可爱的孩子,叫安倍童子。

在两人相识的第七年的一天,正是保名和少女邂逅的日子。保名像平时一样,吃过早饭,跟妻子轻声道别,出门种田。他美丽贤惠的妻子,就在家里专心织布。

此时正值深秋,保名的院子里种满了菊花,这种菊花是保名上一年从一个过路人手里购得,听说不但花形漂亮,花香也格外好闻。一阵风从院子里吹进了屋子,正在专心织布的妻子突然感到自己一阵精神恍惚。就在妻子感到头有些晕眩时,背后传来了自己孩子的惊恐声:"啊!"

妻子回头一看，安倍童子正异常惊恐地看着自己，害怕极了，也就明白了原因。原来，她知道自己是因为闻多了这种奇异的菊花香，不自觉露出了原形。保名的妻子正是那只他救过的小白狐。

妻子后悔自己没能提前躲避这花香。想到自己无法再像以前一样，和自己的丈夫、儿子正常地幸福生活，她留下字条给还未回家的丈夫后就消失了。

失去母亲的安倍童子非常伤心，守着门口哭泣不已，直到保名从农田里回来。保名弄明白家中所发生的一切，带着自己的孩子前往七年前遇见白狐的信太森寺院附近。

到了那里，妻子竟然真的出现了。妻子对保名解释道：

"我就是一只住在信太森寺院的狐狸。日日听闻寺里诵读的经文，我逐渐有了灵性。七年前，我和父母走散，被一群来此打猎的武士追捕。多亏您的冒死搭救，我才逃过一劫。为了报答您的恩德，我就祈求明神，将自己变作一个女子，想和您结为夫妻。如今，我的身份意外地泄露，就无法再跟您和孩子共同生活。请您代我好好照顾我们的孩子。"

说完，妻子满含深情地看了保名一眼，上前给眼角还挂满泪水的儿子一颗美丽的智慧玉石，瞬间不见了。

据传，保名和白狐所生的这个孩子，就是有名的阴阳师安倍晴明。

小知识

幕末浮世绘名师月冈芳年笔下的葛叶传说，格子窗后的母亲露出了狐狸的原形，在地上爬着的小孩子正是安倍晴明。

妖　刀

家康一家四代均被妖刀所害，被称为日本历史上的奇闻：

当德川家康是三河国（现在日本爱知县东南部）乡下大名时，1535年，家康祖父松平清康就死于妖刀之下；1545年，家康父亲松平广忠也被妖刀所伤；后来，家康嫡长子信康，被人陷害而无奈切腹，切腹之刀还是妖刀；1600年，家康本人在关之原决战之时，又被妖刀刺杀。那么，"妖刀"究竟指什么样的刀呢？

镰仓后期，日本的著名刀匠冈崎五郎入道正宗，在他五十二岁的时候，感到自己年岁已高，精力和体力都不如从前，就有了退出铸刀一行，和家人归隐山林，过闲云野鹤般平淡生活的打算。

但是，怎样才能将自己摸索多年的铸刀经验传承下去？这成了最让正宗头痛的事情。之前，正宗一心铸造刀剑，兢兢业业，虽天下闻名，上门求教的人络绎不绝，但是他从来没有想过把这项独得的技艺教给外人。

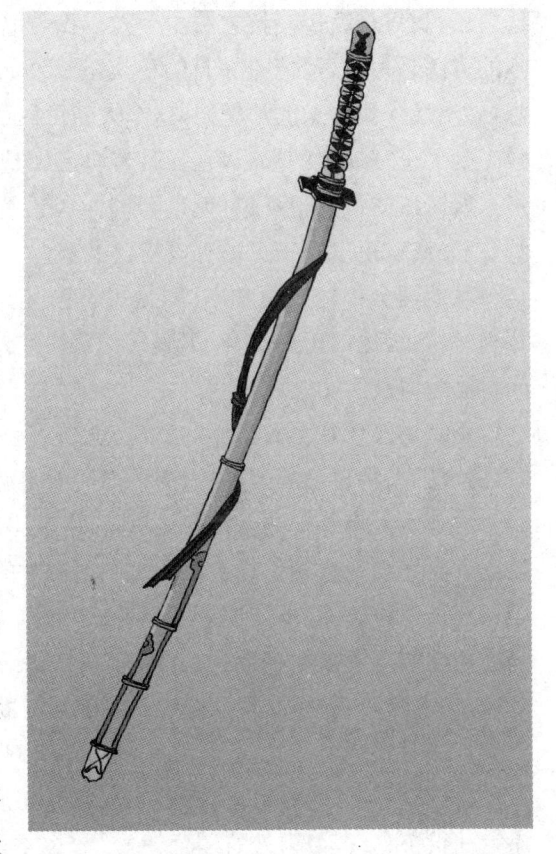

而且正宗家中，只有一个娇小可爱的女儿，自然不适合学习铸刀这样首先需要体力的事情。

后来，还是正宗向来聪明过人的妻子说，既然你现在这么忧虑自己的技艺会因为自己不再铸刀而消失，不如公开招选合适的弟子来传授，这样你也可以尽快放心。

于是，正宗就向全国发布挑选弟子的消息，慕名而来求学的人如潮水涌来。经过为期半个月的考验和测试，最终有三个年轻人得到了正宗的青睐，他们分别名为村正、正近和贞宗。

这天，正宗把从众多求教者中挑选的三名最佳弟子叫到面前，说：

"这些天来，我从众多的人选中，看到了你们最为出色的表现。而来到这里之前，你们都是希望自己能留下来，跟我学习名满天下的铸刀之法。但是，此次招选弟子，我只打算传授技艺给一个人。我会把铸造的要领告诉你们，并教你们最基本的方法，以及口授铸造好刀的秘诀，然后，如果你们其中有谁能够在二十一日之内，做出最令我满意的那把刀，这个人就可以留下来跟我学习。"

到了正宗规定的期限，三人带着自己铸造好的刀来到正宗的面前。正宗看到三人所铸造的刀都很不错，无论刀的样式还是锋利程度都相差无几。经过仔细的观察和测试，正宗宣布贞宗有资格留下来。

其他两个年轻人非常不满，觉得自己才是最有实力跟随正宗继续学习的人。特别是村正，他向正宗坦言，不服气正宗的判断，并要正宗当面试用这三把刀，并质问自己为何被淘汰。

正宗早已想到会有这样的反应，就带着三个人来到了村子里面的一条小河上游，命令三人将自己的刀，以刀刃一面向着上游的方式间隔着平行插入水中。

看到三人将各自的刀插好之后，正宗就将准备好的稻草放在上游水源处，然后让三人要仔细观察稻草经过水中每一把刀时的现象。

三人一脸疑惑，不知道正宗是什么用意，只是按照师父的话做。只见，从河水上漂来的稻草慢慢地接近三人的刀。第一根稻草接近村正的刀时，仿佛被刀吸引一般，马上黏附其上，并且立即被锋利的刀刃断为两截。

正宗看到这个情景，就赶快从丹田运气对着卷在正近和贞宗刀刃上的稻草发力，大喝一声。三人惊奇地看到，本来卷在正近刀刃上的稻草松滑下来，随着水流漂走；而卷在贞宗刀刃处的稻草却一下子被分为两端，也分散漂去。

看到三人惊讶的表情，正宗语重心长地说：

"我理想中的名刀，并不一定要特别锋利。或许我这样说，你们会觉得有点奇怪。我一直认为，所谓刀剑的真正价值就是，短刀用来保护身体，而长刀用来保护国家。如果有一把刀，本身毫无美感，而且充满杀气和妖气，那么这样的刀就只能成为妖刀，绝对不能称作名刀。"

接着，正宗解释了刚才所发生的事情。刚才，正近所铸造的刀是畏惧了正宗的呵叱和气力，让稻草这一"敌人"趁机偷偷溜走，这说明刀的修行显然不够；相较之下，村正所造的刀，却是未等对方出手，就将其截为两段，尽管锋利无比，但是这种刀不讲作战的原则，就是所谓的"妖刀"；只有贞宗的刀，虽然有足够的把握可以斩断对方，还是要等到时机成熟的时候，否则绝不轻易行动，这才是真正的"名刀"。

最终，正宗将铸造出名刀的贞宗收在门下，悉心教授，使他成为新一代的铸刀名师。

而有关妖刀的传说却层出不穷。据说，日本小说中，柴田炼三郎笔下"眼狂四郎"，就是使用这种妖刀，以鬼魅妖邪的"圆月刀法"震惊江湖。

小知识

自古以来，日本人便认为名刀具有避邪力量。《源氏物语》中的夕颜卷，写到幽灵在半夜坐于源氏枕边抱怨，源氏就马上取下佩刀放在身边。日本近代作家泉镜花每次打算写小说时，总是在夜深人静时，坐在书桌旁，拔出珍藏的日本刀，把玩一番之后，才开始进入状态。

火 男

曾经有一对老年的夫妇,住在山下的一间草屋里。因为没有孩子,两人相互扶持,生活虽然并不富裕,却非常和睦温馨。

这天,老人像平时一样,爬上山腰处砍柴,刚砍到想要的木柴数量,大雨就劈头盖脸地下了起来。接着老人看见闪电在天空中如狂龙乱舞,耳朵中响起了霹雷的巨响。老人惊奇地发现,白天居然变成像黑夜一样,伸手不见五指。老人看不见脚下的路,就凭着感觉走了起来,不知不觉,他发现自己来到了一处不大的洞穴前,里面隐约有亮光传出。

老人心想,这样奇怪的天气里,眼前突然出现一个神秘的洞穴,一定不是什么好事。想到这里,老人就取来自己所砍的木柴,打算将洞口封闭。放入一捆柴,两捆柴,三捆柴……老人累得满头大汗,等到他把所砍的最后一捆柴塞进洞穴,才发现洞口依然什么也没有。老人心里开始害怕起来,他想起先人所讲述的各种鬼怪故事,两腿几乎发软了。

就在这时,老人看见一个姑娘从洞穴里面走了出来。姑娘手里端着一盏明亮的金灯,款款地走到老人的面前。这个姑娘对老人说,非常感谢他给自己送来这么多的木柴,如果老人愿意,姑娘希望他可以跟随自己来到洞穴的里面参观。

看到姑娘并不像什么坏人,老人就欣然应允。跟随姑娘向洞穴的深处走去,老人这才发现里面别有洞天。虽然洞口非常狭窄,但是,随着脚步的延伸,一座很漂亮的房子和各种珍稀的花鸟虫鱼出现在老人的面前。而就在屋子外面的角落处,老人刚才往洞穴里面所塞的木柴也整体地排列着。

来到屋子的面前,姑娘面露喜色,招呼老人到屋里坐坐。老人好奇而迟疑地来到屋内,发现里面各种家用摆设非常豪华,大量的书画有序地摆在屋子的木架上。一位跟老人年龄相仿的白胡子老汉出现,他对老人赠柴的事情非常感谢,并设宴款待了老人。临走时,姑娘说要送给老人一个特别的礼物,只见她从一个房间里面带出来一个小男孩。这个小男孩大约四五岁的样子,体形只有平常孩子的三分之一,五官很是丑陋。

姑娘和白胡子老汉坚决地要来客带走这个小男孩,并赠言道,这个小男孩会不断给他带来好运气。老人刚开始坚持拒绝,无奈盛情难却,他就带着这个小男孩走出了山洞。刚走出山洞的大门,老人转身回头望向洞内,竟然发现身后一片黑暗,一切都荡然无存。

带着小男孩回到家里,老奶奶对这个娇小的孩子非常好奇,一直没有孩子的她不停地抚摸着孩子的脸蛋和头。她对老人说:"这孩子长的真是很特别啊!只是丑了点。不过能有个孩子是挺幸福的事情。"

老人遂将自己奇特的遭遇一一告诉妻子,老奶奶听得惊讶极了,她并不相信自己丈夫的话,但仍然为丈夫给自己带回家一个孩子而开心。

自从这个小男孩来到老人的家里之后,细心的老人发现,这个小孩子总是玩弄着自己的肚脐眼,刚开始觉得是孩子害怕陌生人,也就没有放在心上。但是,时间一长,老人就觉得非常奇怪。

一天,老人从玩弄自己肚脐眼的孩子身边经过,突然听到金属掉落地面的声音。拿来火把一照,老人惊讶地发现竟然是一小块金子。这时,他才明白,小男孩的肚脐眼里面会掉出小块的黄金。经过观察,老人注意到,每天小男孩的肚脐眼里面都会掉出三块金子,非常规律。

得到金子的老人暗自心喜。晚上,他将妻子叫来面前,对她说了自己从小男孩身上捡到金子的怪事。老奶奶一听,大为高兴。她拿着丈夫连日来收集的金子,换得了各种必需的吃、穿、住用品。随着时间的流逝,两个老人拥有了更多的金子,并成为远近有名的富翁,只是,小男孩仍是来时的样子,小小的、丑丑的,唯一的嗜好是玩弄自己的肚脐眼。老人要妻子保守金子来源的秘密,并要求她好好照顾这个小男孩,妻子一口地答应。

这天,老人有事要出门,临走前,告诉妻子会几天后回来。因为家境富裕,这时的老妇人已经不需要像以前那样辛苦。她悠闲地躺在院子里，感受着温暖的阳光从自己的身上滑动。

这样过了两天，老奶奶发现丈夫还没有回家。百无聊赖的她便将注意力转向了小男孩。她盯着男孩掉落金子的身体，并贪婪地想象有更多的金子出现。她把小男孩叫到面前，要他多掉一些金子下来，男孩并没有答应，像平时一样独自玩耍。

老奶奶被自己的贪欲鼓动，突然凶狠地把小男孩拉到怀里，用筷子拨弄着孩子的肚脐眼，期待有金子像大雨一般落下。男孩惊声哭闹，祈求老奶奶放下自己。老奶奶丝毫没有在意，她疯狂地继续着自己的行为，直到小男孩断了气。看到小男孩死在自己的手里，老奶奶慌了起来，非常后悔，不知道该怎么向丈夫交代。

第二天，老人回来，发现小男孩死后，他非常伤心，不能原谅老伴的行为。到了晚上，老人做了一个奇怪的梦：只见那个小男孩来到老人的床前，劝其不要难过。小男孩告诉老人，他的名字叫火男。只要做一个跟自己五官相似的面具，挂在厨房的灶台前，同样可以保佑家庭兴旺和睦。

老人醒后，按照火男的话做，果然如此。

小知识

类似的故事，在中国少数民族传说中时有出现，因此很多学者推论，这是中国流传到日本，并被日本"本土化"的传说故事。

阿　菊

西元 1505 年，姬路城的城主是小寺则职。小寺则职的家臣中，青山铁山为人阴险狡诈，而且不断扩充实力，似乎有篡夺小寺则职位置的野心；衣笠元信则一直对小寺则职直率敦厚、忠心不二。

一天，衣笠元信得到可靠消息，青山铁山近来招兵买马，其弑杀主君的阴谋正在暗地里有序进行，他大吃一惊，没想到青山铁山竟然真的要背叛自己的主君。耿直的衣笠元信对青山铁山的行为大为恼怒，当即发誓一定要砍掉青山铁山的人头，来报效小寺则职。

听到这里，一直沉默不语的阿菊说话了。阿菊是衣笠元信最宠爱的一个侍妾，平日温柔细语，很少干预自己丈夫的决定。

阿菊规劝衣笠元通道：

"虽然青山铁山谋反的行动已经在展开，但是我们还没有确实的证据证明。与其贸然揭露和反对他的阴谋，不如让我想办法接近他，观察其动向，掌握足够有力的证据，然后再动手也不迟。"

衣笠元信连忙询问阿菊有什么好的计策。阿菊接着说：

"我本来就出身贫寒，对仆人的工作内容非常熟悉。如果您愿意，我可以装扮成一个仆人潜入青山铁山的家里,一旦得到他谋反的确实消息,会立即传信回来。想必那时,您好好准备,一定可以顺利将他擒获。"

原来,阿菊早就听说丈夫一直烦恼于青山铁山的叛乱事件,她嫁给衣笠元信三年,这次正是她报答丈夫难得的机遇。五年前,阿菊刚好十三岁,和身患重病的父亲一起流浪到这里,他们仅剩的一点钱花完后,父亲没隔多少天,就在一个寒冷的晚上离开人世,只剩下阿菊一个人。正当阿菊孤苦伶仃地为生计和去向发愁时,住在此处的衣笠元信派人把阿菊接到自己家里安置下来。

阿菊本来人长得就很漂亮,加上从小就很懂事,到了衣笠元信的府上,很快得到上下众人的欢迎。衣笠元信也非常喜欢这个善良懂事的小姑娘。两年之后,衣笠元信的母亲做主,将漂亮的阿菊许配给了自己的儿子,就这样两人恩爱幸福生活了三年。

衣笠元信听到阿菊的计划是自己混入青山铁山家里,决然反对,他不愿意自己心爱的女人这样冒险,何况他对青山铁山阴险狠毒的性格了若指掌。

阿菊轻声解释:"除了这样,没有更安全有效的办法了。您放心吧!我只是去做一个仆人,暗地里观察青山铁山的行为,收集他谋反的证据。一有线索,我就马上传递给您,您赶快行动救我回来。"

听着阿菊坚定的声音,又想到自己剿灭青山铁山势力的巨大意义,衣笠元信无奈地答应了,两人并相约,等事情成功,重新幸福地相守在一起。

阿菊果然顺利地来到了青山铁山的家中。她小心翼翼地做着仆人的工作,为人处世更是处处留心。不久,阿菊得到其他仆人们的欢迎,只待伺机观察青山铁山,拿到其叛乱谋反的证据。

终于,五月八日这一天,阿菊从一个服侍青山铁山起居的仆人口里得知,最近他真的正在准备弑杀城主小寺则职。青山铁山谋划在不久将举办的增位山赏花席上,在小寺则职的酒里下毒。

阿菊得到这个消息,就马上偷偷地派人捎信给衣笠元信。

到了赏花节当天,青山铁山按原定计划,端着一杯下了毒药的酒敬小寺则职,并微笑着劝说一定要喝尽。

衣笠元信看到青山铁山原形毕露,怒不可遏,就拔刀砍向青山铁山。随即,热闹喜庆的赏花酒宴就变成了两人拼杀的战场,刀光闪闪,花瓣乱舞。

衣笠元信本来在家中做好了围剿青山铁山的计划,并告诉家将等待他的命令,大家一起合力诛杀叛臣。这时,那些埋伏的家将们只好等待着衣笠元信的吩咐,不敢有任何举动。

两人厮杀了好长一段时间之后,青山铁山逐渐占据了上风。期间,青山铁山的一个仆人偷偷示意他外面有不少埋伏的衣笠元信的家将。青山铁山会意,并没有显出着急之色。原来,他早做好全力杀死小寺则职的准备,集结了很多势力支持自己。结果,青山铁山打败衣笠元信。小寺则职慌忙在衣笠元信的保护之下逃出,一直逃到濑户内海的家岛。青山铁山以闪电般的速度占领了姬路城。

衣笠元信本来打算趁此机会剿灭青山铁山,没想到,不但没有保住小寺则职的城主位置,也丧失了自己的势力。

身在青山铁山家的阿菊,已经收拾好了自己的行李,正待丈夫来迎接自己返回家中,却意外得知丈夫和城主一起败逃。她只好继续扮作仆人,等待可以逃离的机会。

没多久,青山铁山家中一个名叫弹四郎的家臣,察觉到阿菊身份和行为有些可疑。弹四郎本来就是个谄媚逢迎的好色之徒。他早已垂涎阿菊的美色,趁此机会就逼迫阿菊嫁给自己。深爱衣笠元信的阿菊严词拒绝,并告诫不要痴心妄想。谁知自知不能得到阿菊的弹四郎自此怀恨在心,处心积虑要报复阿菊。

弹四郎将青山铁山家中的十个传家宝盘其中的一个盗出,私自换取巨额钱财供自己挥霍。然后,他将遗失宝盘的事情栽赃在阿菊身上,并且买通其他仆人,不容阿菊辩驳。

青山铁山本来就心肠歹毒,听到弹四郎说此事为阿菊所为,大为震怒,将阿菊交由弹四郎处置。终于得到报复阿菊机会的弹四郎,就把阿菊捆绑在青山铁山院子里面的一棵大树上,用力鞭笞阿菊,要其亲口承认偷拿宝盘之事。

被冤枉的阿菊虽然知道弹四郎不过借机报复自己,但是没有任何为自己澄清的办法,只是咬牙坚持,大喊冤枉。弹四郎看到阿菊这样仍然不肯向自己低头,就更加丧心病狂了。他更加用力抽打阿菊,直至将其打死在树上。之后,为了掩盖自己的罪行,弹四郎就找人将阿菊的尸体丢入了离青山铁山家很远的一处枯井当中。

听说从此之后,每到夜里,从井边路过的行人就会听到从里面传来的声音,哀伤而绝望,夹杂着哭泣声,凄凉地数着遗失的盘子:

"一个,两个,三个……"

后来,衣笠元信集结很多支持小寺则职的势力,终于击败了青山铁山,重新将小寺则职拥为城主。为了纪念和哀悼冤死的阿菊,小寺则职下令将阿菊的灵牌供入十二所神社。即现在的"阿菊神社"。

琴 郎

古代的富士山山脚下，住着一个年轻人，名叫玉次郎。因为玉次郎弹奏的风琴特别好听，既能演唱，还能谱曲，当地的人都称他为"琴郎"。

一年，中国的黄河爆发特大的洪水，水流凶猛，转眼间就冲到太行山，截断摩天岭，直接冲进了北京城。皇宫内外，慌成一片。

就在皇帝束手无策的时候，从皇城鼓楼的飞檐之上传来了美妙的琴声。众人发现，一个人端坐在飞檐之上，边弹琴边唱歌。这个人就是琴郎。

一个聪明的宫女听到琴郎唱的歌词：

……

倒穿木屐走出门，
手按风琴唱雅歌。
弹奏一曲苍天老，
清唱十遍干黄河。

……

听到这里，宫女不禁心里暗喜，连忙将此事禀告了皇帝。皇帝一听，也觉得这飞檐上的青年很不一样。

于是,皇帝就派宫女召琴郎进宫。琴郎觉得皇帝对自己非常没有礼貌,对宫女的召唤置之不理。皇帝知道后,不禁勃然大怒。就在皇帝打算惩治这个竟敢违背自己命令的人时,风卷云集,大雨越下越猛。

无奈,皇帝率人来到了琴郎的面前,询问能否击退洪水。琴郎听后,先是置若罔闻,后来才不紧不慢地回答道:

"想要击退这汹涌的洪水,一点都不难。我只要将口中的曲子唱慢十遍,就能让洪水一次一下子退约三百里。"

皇帝一听,非常高兴,当即要求琴郎退水。

琴郎从容不迫地说:"想要我退洪水,必须答应我两个条件。"

皇帝急于摆脱洪水的侵扰,急忙满口答应。

琴郎说道:"在我成功击退洪水之后,首先,你必须将国库里面的粮食全部拿出来,赈济这次洪水中受灾的老百姓;第二,我希望你将公众的各种衣服、布匹全部施舍给那些倾家荡产的人们。"

皇帝环顾重臣,见大家都面面相觑。他心想,只要能把洪水退下,其他的再说吧!于是无奈地答应了琴郎的要求。

琴郎站起身来,对着苍天,十根手指开始在琴键上飞快地拨动着,情绪饱满地唱着他先前唱的曲子,悦耳的琴声加上洪亮的歌声,一起穿过漫天的乌云,追击着飞逝的闪电,驱散着震耳的惊雷。十遍之后,一切声音戛然停止。

众人愣了一下,抬头一看,见厚厚的云层已经全部散尽,明亮的太阳出来了。天空中没有雨点,大地上滚滚的洪水退回黄河,皇帝心里高兴极了。正当他高兴地要赏赐琴郎时,却发现琴郎已经消失不见了。

洪水过后,皇帝继续在皇宫里面过着他为所欲为的生活,早已将琴郎当初提出的退洪水条件,忘得一干二净。歌舞升平中,皇帝不知不觉度过了三年。

这一天,天地间狂风大作,乌云密布,转眼之间,雷雨交加,飞沙走石。皇宫里面,瓦片发出松动的响声,连皇帝的金銮宝殿也被一股强风给吹翻了。那些正准备上朝的文武百官,个个被狂风吹昏了似的,一个个面如土色,瑟瑟发抖,不知道该如何是好。皇帝看到这个样子,心里大惊,失魂落魄地大喊:

"这下该怎么办?洪水又要来了啊!"

就在这时,趁着一阵刮来的风,断断续续的琴声传入了皇帝与大臣的耳中,琴声悠扬,轻快婉转。风疾驶而过,众人重新听到那激昂慷慨的歌声。

随即,宫女向皇帝禀告了琴郎的到来。一听"琴郎"两个字,只觉得两眼发昏。他原以为,自己永远也不会再遇见这个人了,况且,作为一国之君,自己答应琴郎的事情根本就没有做。皇帝沉默不语,脸色铁青。

一会儿,又有人禀告:"启禀皇上,外面风云突变,暴雨狂作,黄河水势飞涨,眼看就要淹没到皇宫了。"

就在皇帝犹豫为难的时候,一个大臣来到皇帝身旁,悄悄向皇帝建议派人把琴郎捉来,等他退回洪水,再行处置。这个大臣对皇帝补充道:"我们把刀架在那个小子的脖子上,看他还怎么嚣张。"

皇帝听后,觉得这也有些道理,便下令要人前去捉拿琴郎,带到皇帝面前唱歌。但是,皇帝等来等去,也没有见到琴郎的影子。

如发疯的猛兽,洪水直奔皇宫而来,从宫门开始,转眼间就来到了皇帝的脚下。着急了的皇帝带着重臣,慌忙地来到琴郎唱歌的飞檐底下,却什么也没有发现。

就在这时,洪水凶猛起来,一下子填满了皇宫,皇帝被洪水冲倒,大喊"琴郎!救命!"这句话还没有说完,他就被这洪水淹死了。

之后,每逢黄河大水的时候,人们常常看到琴郎在旁边唱歌,歌声悦耳,瞬间传遍洪水的所到之处。很快,洪水就乖乖地退回了黄河。

据说,还有人看到琴郎将自己退洪水的本领传授给了一个中国的姑娘,以便帮助人们彻底摆脱自然的灾祸。这样他就一个人返回了富士山,跟自己年老的母亲一起靠种田生活。

小知识

一千四百多年前,中国唐朝传入日本的一种宫廷音乐,名叫"雅乐",跟着这种音乐所唱的歌,就被称为"雅歌"。

风土民情篇

猿　桥

古天皇时代，朝鲜半岛的百济国，有一位颇有名气的造园专家，名叫芝耆麻吕。

芝耆麻吕上了年纪之后，厌倦了京城喧嚣的生活，带着老伴，来到甲州，也就是现在日本山梨县的深山里面，过着远离俗世的隐居生活。

在甲州有一片水域名为桂川。桂川水源源于相模川的上游水，现在是富士山的山中湖。在桂川旁边，有一条幽险的山径，是甲州通往相模国和武藏国（指神奈川县与东京都等地）的必经之路。

这条山路非常崎岖。江户时代，德川家康曾设立幕府，大力建设这条甲州的要道，也是一条险道，但终究没有什么成绩。住在甲州的村民苦于山道的艰险，就必须改道渡过桂川，并因此得绕很远的路，年年如此，非常辛苦。

当甲州的村民得知芝耆麻吕来到这里定居，就奔走相告，希望这位百济国的建筑名师可以想出解决村民的交通之苦。

芝耆麻吕来到甲州之后不久，就深切感受到这里村民的行路艰辛。观察了周围的地形后，他认为要想彻底改变现状，就必须设计一座桥，驾于桂川之上，连接起两岸中断的山脉,但工程必定会很大,而且险处丛生。所以芝毟麻吕一直不能下决心做这件事。

一次大雨过后,一名有急事的村民外出赶路。大雨冲刷过后的山道格外湿滑,加上路本来就非常狭窄,这名村民不幸滑入峡谷,丢了性命。

第二天,村内老小就不约而同地来到了芝毟麻吕的住处,恳求他无论如何一定要救救大家,为大家设计出一座结实好用的桥来。看着村民哀求的眼光,芝毟麻吕重重地点了点头,答应大家一定会设法造一座方便的桥出来。

这天,芝毟麻吕来到预订建桥的地点,四处查看,苦苦思索可行的方案。突然,只见有十来只猴子聚集在不远的断崖边,又吵又闹。芝毟麻吕惊奇地注意到,一只体积相对比较庞大的猴子居然跳到了一旁的松树树枝。接着,后面一只猴子也如此效仿,轻巧地从断岩跳到了这只大猴子的背上。剩下的那些猴子同样行动,它们很快就形成一座用身体连接的桥,一直延伸至断崖对面的断崖之上。

最后面那只体积相对最为瘦小的猴子慢慢地从之前猴子们所形成的桥上爬过,直至登上对面的山崖。

全部顺利来到对面山崖的猴子们蹦蹦跳跳,兴奋不已似乎是在为刚才的行动而欢呼。芝毟麻吕看到这里,灵机一动,有了建桥的思路。

他赶忙回到家里,埋头设计起架桥的方案,很快,他就完成了自己的设计图。芝毟麻吕高兴地告诉那些整日盼着好消息的村民。大家一听,非常欣喜,希望桥能够早日建成。

到了动工的那天,村里像过节一般热闹,男女老少,都主动来到芝毟麻吕的面前,要为建桥出一份自己的力量。男人们忙着搬来石块,女人们忙着送来一些充饥的食物和饮用的泉水,连小孩子也从家里带来了篮子,乐呵呵地要搬运些小石头。

因为参加建桥的人很多,而且大家的热情非常高,不到半个月,石桥的基本形状就出来了。大家看了,更加卖力地工作着。但是,桥刚要架到中间部分,狂风大作,暴雨突来,滂沱大雨哗哗地冲向地面,大家听到"轰隆"一声,眼睁睁看着好不容易垒成的半座石桥塌了,断落在了下面的桂川水里。

天晴之后,芝毟麻吕带领大家重新忙碌起来。但是,工程还是在大约建到一半的时候,桥又轰然崩塌,毁于一旦。这次,大家丧气极了,甚至有的妇人忍不住偷偷地哭了起来。

芝毟麻吕看到这种情景,心里也格外难过。从绞尽脑汁地设计方案,到兴致勃勃并干劲十足地搭建桥基、铺接桥面,谁知道,每次都是无功而止,芝毟麻吕觉得此时的他身心交瘁,几乎要瘫倒。

芝毛麻吕的妻子看到自己的丈夫唉声叹气的样子，心里也很担心。

到了晚上，她做好了芝毛麻吕平日最喜欢的饭菜，招呼他一起吃饭。坐在饭桌旁的芝毛麻吕仍是一脸郁闷的样子，吃了没几口饭，他就说吃不下躺回了床上。

夜里，芝毛麻吕做了一个奇怪的梦。梦中，一只全身雪白的猴子来到芝毛麻吕的床前，告诉他说："如果真的想建成那座桥，也不是没有办法。只要可以找到申年、申日、申时出生的一男一女，用他们的鲜血祭奠石桥，桥就可以顺利建成。"说完，白猿就随即消失了。

芝毛麻吕惊醒，只见窗外皎洁的月光照在床头，一片银白。惊醒之后的芝毛麻吕仔细回想刚才梦中的事情，清楚地记得白猿所说的祭血之事。这时，他突然意识到自己和妻子都刚好是申年、申日、申时出生。难道是上天的旨意？芝毛麻吕当即叫醒了沉睡的老伴。

芝毛麻吕的妻子听了他的一番话，看到他兴奋的神色，并想到连日来他的唉声叹气，便明白他已经决定为此全力以赴。于是她支持芝毛麻吕说："一定是神明来点化我们的，你好好做吧！需要我做什么，我都会答应的。"

芝毛麻吕连夜起来，重新绘画出架桥的图形。等到东方天色发白，第一声鸡鸣传来的时候，芝毛麻吕满眼血丝，长叹了一口气，满足地微笑了。他和妻子商量好，并写下一份遗书，交代了昨夜梦里白猿告知架桥方法的事情，并将两人决定为此献身的决心告诉村民。希望村民可以齐心协力，将两次中断的架桥一事完成。准备好以后，芝毛麻吕和妻子相视而笑，静静地坐在窗户下，等待着天色大亮。

天亮了，芝毛麻吕来到村长家里，将遗书交与村长，并叮嘱道，一旦桥成功建成之后，一定要将桥的名字命名为"猿桥"，然后，他和妻子先后洗净身体，换上崭新的衣服，向着刚刚升起的一轮太阳祭拜，祈求上天保佑这次架桥的事情能够顺利完成。祭拜之后，芝毛麻吕就和妻子双双自杀。

村民得到这个消息，无不感动地流下了眼泪，并一起向芝毛麻吕和妻子的尸体跪拜，祈求两人的灵魂能够升天，永远安息。

村民们怀着万分感激芝毛麻吕夫妇两人的复杂心情，一起再次投入了架桥的行列当中。果然，这次桥顺利完成，村民们大为高兴，一起欢呼，都说这是芝毛麻吕夫妇的功劳，并按照他们的嘱托，将这座桥命名为"猿桥"。

萤 姬

在日本埼玉县一带，曾经有一个巨大的沼泽带。沼泽旁边住着一个小女孩，名叫小笛，她吹的曲子特别好听。

这一天，小笛来到沼泽附近，一边沉醉于迷人的夜色，一边吹着笛子。就在这时，她突然听到远方传来更加动听的笛声。小笛停止自己的演奏，专心听着传入耳里的演奏曲子。

循声走去，小笛竟然发现自己停在一口古井边。笛声优美的旋律从井底传来，这让小笛非常奇怪。她小心地向井边接近，惊奇地发现井里闪闪烁烁，一群蓝色的萤火虫在井中飞上飞下、飞来飞去。

这实在太美了！就在她心生感叹的时候，一只比较大的萤火虫自井底飞出，飞到小笛的身边，小笛几乎被它美丽的舞姿迷住。萤火虫在小笛的身边飞飞停停，似乎在招呼她到一个地方。于是，好奇的小笛就跟着这只萤火虫走着。

走了一会儿，小笛发现自己来到了一片竹林里面，正疑惑时，看到一座辉煌的宫殿坐落在自己眼前。这时一个侍女装扮的女孩来到小笛面前，躬请着说道："我们家的主人萤姬已经等候您很长时间了，请您跟我来吧！"

小笛便跟着侍女来到宫殿的大厅。只见大厅里面各种物品排放整齐，散发着蓝色的幽光，似乎被一群群的萤火虫包围着。小笛看到大厅的中央位置坐着一个清丽脱俗的女孩,全身散发着更加明亮的幽蓝色光芒,仙人一般。她周围侍立的女孩也都非常秀气,只是彼此身上的蓝色光芒没有中间这个女孩明亮。

小笛觉得这个最引人注目的女孩应该就是萤姬——刚才吸引自己来到这里的那只萤火虫,便上前拜见。

萤姬看到小笛,微微点头,脸上露出腼腆的微笑,算作对小笛行礼的回敬。看到小笛面露疑惑之色,萤姬开口说道:"我就是这里的萤姬,经常听到你演奏的笛声,非常悦耳。一直想跟你认识,却不知道怎么相见。今天就想出了这样的办法,请你一定不要见怪。"

小笛听后,理解地笑了一下,问萤姬道:"我刚才听到的那些曲子,是你演奏的吗?"萤姬点头承认。小笛立即表达了对她的笛声的赞美,两个女孩很快就熟络起来。聊了一会儿,小笛便问起萤姬的身份,萤姬讲了个故事。

原来很久以前,这里建有一座城堡,城堡里的人们安居乐业,彼此非常和睦。但是,战争不知道从什么地方爆发了,城堡里的人纷纷被卷入。为了保卫自己的家乡,保护自己的家人不受伤害,城堡中的男人们纷纷拿起刀剑,前去打仗。战争是非常无情的,大部分的男人都是有去无回,这个城堡中到处可以听到夫妻、父子或是父女分别的痛哭。最后,这座城堡中的男人都战死了,留在城内生活下来的都是老弱妇孺。

沼泽里的龙神知道此事,非常同情城堡内的人们遭遇。一日,龙神来到城堡内,见处处是孤苦无依的妇女、老人与孩子。看到这些没有丈夫的妻子和没有父亲的孩子的悲惨遭遇,龙神就施用法力,将他们点化成为白天时可以在天上成群结队、自由自在生活的萤火虫。

萤姬向小笛解释道:"变成萤火虫的我们非常高兴,我们觉得自己仿佛重新获得生命一样。虽然不能像正常的人类一样生活,但是我们仍然经常聚在一起,用笛子吹奏一家人平安相爱的乐曲。可惜的是,我们现在每个人可以吹笛的时间非常短,大多是在我们变成萤火虫,开始发光的一瞬间。"

听到这里,小笛流下了同情的眼泪。她对萤姬的遭遇既惊奇又怜悯。之后,小笛和萤姬又交谈了很久,才依依惜别。

小笛回家时,萤姬派出自己很多的萤火虫姊妹做小笛的向导和旅伴。这些小小的萤火虫,纷纷点起自己的那一盏幽蓝色的小灯,时而飞在小笛的前面,又时而飞在左右两侧,小笛高兴地对它们说话,它们身上的蓝光一闪一闪,似在回答。

回到村子后,小笛就向父母和其他村人说了自己和萤姬相遇的经历,以及位于沼泽附近的萤火虫家族悲惨的遭遇。村人听后,无不唏嘘感叹。

为了帮助这些不幸的萤火虫家族,小笛所在的村民合力建筑起一座供养塔,就位于村子和沼泽带之间。这样每到晚上,人们就可以听到这座供养塔内非常热闹,优美的笛声此起彼落。从此人们看到,小笛经常坐在供养塔下,对着一只大而相对较亮的萤火虫演奏笛子,乐此不疲。

小知识

现在,日本的这座供养萤火虫的神社还在,即为鹫神社拜殿。因为这个神社在位阶上只是属于"村社",所以现在分外简陋和寒酸,据说,里面连一般神社所备的唤神铃也没有。

鬼婆婆

在通往陆奥国的路上，有一处名叫安达原的荒野。这里远离人烟，放眼望去，除了茂盛的荒草之外，就是那些奇形怪状的石头。

这里曾是通往陆奥国的必经之地，尽管荒凉无比，却仍然有旅人时而经过。对那些形单影只的旅人来说，要顺利通过这片荒野，无疑是非常艰难的事情。尤其到了晚上，旅人刚好行至此处，前后都没有可以供人居住的房屋或旅店，只有风餐露宿，幕天席地了。

据说，通常会有夜里路过荒野的行人，又累又困，就把自己躲在荒野处的河边，那里有不少石头堆成的石群，石群的里面有一些风化的石洞。就是这些来来往往的行人，成为这片荒野上充满生命活力的痕迹之一。但是，不知道从哪一天开始，在这些来往的人群中流传起有关鬼婆婆的故事。

"安达原住着一个可怕的鬼婆婆。"这些旅人竟然异口同声地说，好像跟亲眼所见一样。

这些人还知道有关这位鬼婆婆的可怕细节。听说，这位鬼婆婆经常在荒野的石群间搭起个茅舍。一旦有行人到此路过，借宿的时候，鬼婆婆就会趁机杀死这个送上门的家伙。鬼婆婆会把人杀死之后，吸干那人的鲜血，并且啃食那人的肉。荒野附近的居民，也都逐渐听说了这件骇人听闻的事情，从来不敢接近荒野一步。

这天，有一个云游的和尚路过安达原，名叫佑庆，也是前往陆奥国的。他在纪州的熊野修行之后，打算再接着去其他诸国看看。

当佑庆到达安达原时，天色刚好要暗下来。不多久，四周逐渐黑暗起来。因为是晚秋，从各处吹来的晚风，到达安达原的荒野时，由于没有树木的阻挡，变得呼啸作响，听来异常恐怖。

佑庆本身就是修行之人，没有多想什么鬼怪之事。他看天色已晚，没有可以借宿的地方，就打定主意加快速度赶路，等走出这片荒野，应该就可以找到借宿的人家。

不知道又走了多久，正当佑庆感觉已经非常疲惫的时候，他突然看见前面好像有些许灯光。顿时，佑庆的心里感觉温暖了许多。终于来到有灯光出现的地方，佑庆一看，在一块巨大的岩石旁边，有一间显得极为简陋的茅屋。

佑庆欣喜地走上前去，轻声叩门，希望里面茅屋的主人可以让自己借宿一晚。门开了，从里面走出一个白发的老婆婆，目光很凶的样子。老婆婆看到门外的佑庆，就问道："你是哪里人？要去什么地方？"佑庆如实回答，说自己又累又困，希望可以在这里休息一晚，明天可以继续赶路。

老婆婆听到佑庆这番话，就让佑庆随她进入了屋内。佑庆来到屋里，发现空无一人，心里感觉非常疑惑。但又想到在这样的荒野之地，只要能在这歇息一个晚上，就可顺利行路，所以不应随便怀疑老人家的好意。

老婆婆随后告诉佑庆，她还没有做晚饭，既然有客人来访，她就要好好准备一下，到门外面捡拾些柴，以便生火，准备晚饭。临出门前，老婆婆再三嘱咐佑庆，她的茅屋里面有间石室，千万不要偷看。

老婆婆走后，佑庆觉得这个茅屋和老婆婆都很奇怪。他周游过很多地方，也得知不少奇闻轶事。越想心里越不安，佑庆就不由自主地来到老婆婆所说的石室。推开石门，往里一看，就吓呆了。顷刻间，一阵难闻的气味扑鼻而来。只见在石屋的里面除了炉灶和做饭的锅，下面满是人骨，还有装满内脏的瓶子。

这时佑庆突然想起，自己曾经听人讲过的鬼婆婆，好像就是出没在这安达原附近。想到这里，佑庆真是又惊又急。他慌忙地返回屋子，背上自己的行李，飞快地逃出了茅屋。

佑庆逃出没多久，那个老婆婆就回来了。她看到屋内空无一人，石屋敞开，就非常生气地说："竟然偷看我的石屋！可恶！想来应该不会逃出太远。"说着，她就追了出去。

两个人在黑暗的荒野里追跑着。佑庆觉得自己年轻又是男子，应该可以成功地逃过鬼婆婆的追赶。但他没有想到，自己对这一带的地形非常陌生，没过多久就听到鬼婆婆的叫骂声跟过来了。

佑庆本来就非常疲惫，加上之前的紧张和奔跑，现在已是有气无力了。这时，他突然有了主意。他停下了脚步，卸下自己的行李，从里面取出了一尊观世音菩萨像，口中念起了咒文。咒文重复了三次之后，这尊雕像竟然直接飞向空中，顿时荒野光芒四射，亮如白昼。雕像成了真人，只见观音放出手中的金刚矢，一下就刺穿鬼婆婆的心脏。临死之前，鬼婆婆向观音讲述了自己吃人的原因。

原来这个所谓的鬼婆婆，名叫岩手，年轻时曾经是一个京城大户人家的奶妈。后来岩手亲手抚养的小姐得了一种怪病，怎么也医治不好。岩手非常疼爱这位善良乖巧的小姑娘，就四处寻找可以解救小姐疾病的方法。有一次，一个算命先生告诉岩手，只要能够得到一个孕妇肚子里胎儿的鲜活肝脏给小姐吃，就可以治好小姐的怪病。岩手就信以为真了。

一天，岩手为寻求算命先生所说的药方，来到了安达原。刚好遇上从这里经过的一对年轻的夫妇，夜色很晚，三人结伴在荒野露宿，以便第二天早点赶路。大约凌晨时候，那个年轻的妇人阵痛不已，原来她是孕妇，并且肚里的孩子要早产了。丈夫请岩手帮忙照料妻子，自己去找大夫。岩手见那个男子走后，竟然直接拿自己携带的柴刀杀死了那个妇人和她肚里的孩子。

就在那个妇人断气前，告诉岩手，自己是和丈夫前去寻找自己失散多年的母亲。岩手问明身份，才知道那个即将死去的妇人真的就是自己一直思念不已的女儿。岩手一下子就疯了，她不但亲手杀死了自己的女儿，还有自己女儿的孩子。从那以后，岩手就变成了一个在安达原嗜杀旅人的鬼婆婆。

观音见鬼婆婆死去，迅速又变回了雕像，被佑庆感激地收回了行囊。佑庆继续行路，终于走出了安达原这片恐怖的荒野，重新开始了修行生涯。

小知识

从东京车站乘东北新干线到福岛县的郡山车站，再转乘东北本线到二本松车站，最后再乘计程车，就可以到达阿武隈川东岸的安达原。

安达原鬼婆婆的传说，日本人都知道。如果从佑庆生前的奈良时代算起，已经有了一千两百六十年的历史。

一七六二年，由近松半二、竹本三郎兵卫合作上演的净琉璃偶人剧《奥州安达原》，就是改编的安达原鬼婆婆传说。明治三年（一八七〇年），杵屋胜三郎又改编作了长谣《安达原》（三弦曲）。昭和十四年（一九三九年），初代猿翁和木村富子又合作创出了新舞伎舞蹈《黑冢》。现在，《黑冢》仍然是猿翁家艺的"猿翁十种"中的名作之一。

竹　姬

　　从前,有个靠编竹篮为生的老人,一个人生活在山脚下的一个村子。

　　这天,老人跟往常一样,一大清早就开始工作。他来到山上的竹林,砍下一大堆的毛竹作为编制竹篮的原材料。把等待编制的毛竹材料准备好,老人坐了下来,着手进行编织。突然,他听到耳边传来了细微的哭泣声。仔细寻找,老人才发现这声音是从他手中的竹子里传出来的。就在老人疑惑时,一个拇指大的小人从里面爬了出来。老人惊讶地看到一个特别娇小的小女孩。这小女孩看到老人慈祥善良的眼睛,就甜甜地笑了起来,并主动向老人说明自己的身份。

　　原来,这个小女孩住在月宫里,独自玩耍时,不小心掉到人间,碰巧落在老人削好的竹筒里。接着,小女孩恳求老人,让自己跟他一起生活。老人很同情小女孩不幸的遭遇,心想自己也是一直独自生活,现在多了这样的小女孩,也会热闹很多,便欣然同意。

　　他把小女孩当做自己的亲生女儿,取名为竹姬,百般疼爱和呵护。转眼十年过去,小女孩已经长成了一个漂亮姑娘。

　　离老人家不远的地方,住着一个以打铁为生的年轻人,长得英俊高大,热情开朗,不但勤劳敦厚,而且非常聪明,他打铁锻造的手艺远近驰名。一次很偶然的机会,这个年轻的铁匠在大街上遇见了竹姬,两人一见钟情。

两人偷偷地约会过几次之后,铁匠就对美貌聪慧的竹姬更加爱恋。大约半年之后,在一次傍晚的约会中,年轻的铁匠向竹姬求婚,希望两人能够朝夕相对,长相厮守。

听到心爱的男子对自己求婚,竹姬非常感动,她脸蛋红红的,低头答应,并要铁匠第二天到自己家里提亲。铁匠看到竹姬的反应,非常兴奋,连声说:"太好了,太好了。"

让他们没有想到的是,就在竹姬和铁匠相爱的同时,也有另外三名男子喜欢上这个美丽的女孩。他们是邻国的三位皇子,分别名为皇子太一郎、皇子仓石和皇子道大。在铁匠对竹姬姑娘求婚的这一天,三人前后来到竹姬的家中,对老人说,希望可以把他的女儿竹姬许配给自己,并凭借各自的权势恐吓老人。

当天晚上,竹姬非常快乐,满脸幸福。她羞涩地对老人讲述自己和铁匠的相遇和相爱,希望父亲可以答应他们的结合。老人听到竹姬的话,也表示很高兴,祝福竹姬说:"我们的竹姬终于找到相爱的男人,是值得庆祝的一件大好事呀!希望我心爱的竹姬可以天天这么快乐。但是……"

说着,老人就担心起来。竹姬望着老人犹疑的神情,就急忙问父亲怎么回事。于是,老人就将白天家中发生的事情对竹姬一一讲述。竹姬听后,皱眉想了一下,微笑地对老人说:"父亲大人请放心,女儿自有对付他们的办法,到了明天,您就知道了。"

第二天,天刚刚亮,皇子太一郎就率人来到了竹姬的家里。竹姬早就等在门外。根据老人的交代,竹姬知道来人就是皇子太一郎。只见她非常礼貌地接待了来客,询问过对方的身份之后,竹姬温柔地问皇子太一郎道:"听我父亲说,您是前来求婚的,对吗?"

皇子太一郎看到竹姬如此漂亮,对自己说话又这样轻声细语,以为竹姬心里对自己非常满意,就高兴地回答道:"我对你的爱慕之情,天地日月可以作证。我今天正是为求亲而来。只要你愿意,马上可以成为我尊贵的妃子。"

竹姬听到,娇笑起来,她对皇子太一郎说:"想要娶我也不难,只要可以答应我的要求。我听说,在离此很远的印度国,有一个铁做的酒杯,杯壁薄如蝉翼,里面装满了各种宝石。但是,据说有个满目狰狞、非常凶残的妖怪在日夜看守着这个杯子。如果您可以得到这个铁杯,并将铁杯作为前来求婚的礼物,我就会立即和您结婚。记住:要在一百天之内,拿着铁杯前来,否则,别怪我不坚守自己的承诺。"

皇子太一郎满口答应:"好吧!一百天之内,我一定会带着铁杯前来,迎接我美丽的新娘。"说完,皇子太一郎就离开了竹姬的家中。

之后没多久,皇子仓石也率领好多人前来求婚,竹姬按照之前的计谋对皇子仓石说:"我听说,在东海有一座住有神仙的蓬莱山。这座山上生长着一棵黄金树身、白银树枝、钻石果子的樱桃树。如果你能在一百天之内,拿来这样一枝结满钻石的樱桃枝,我就马上嫁给你。"皇子仓石一听,大为心喜,答应了竹姬后离开。

当最后一个求婚者皇子道大来到竹姬面前,竹姬对他说道:"在我国的西南面,有一个非常大的国家,名叫中国。在中国的东海岸边,有一对名字叫做'金鸟'的鸟儿。据说,它们的体形很小,大约是正常成人的拇指指甲大小,每个翅膀上都生有约一万根的羽毛。但是有只十头恶龙,不分昼夜地守护这一对神奇的小鸟。如果在一百天之内,您可以拿来这样一对鸟儿,我会立即成为您幸福的妻子。"皇子道大听后,急忙答应后离开了。

三位皇子都答应要在一百天之内送来竹姬所说的东西,但是没有一个如愿以偿。原来这三个人都非常的胆小,为了得到竹姬,他们都去寻找那位年轻的铁匠,做出了各自需要带来的珍奇礼物。他们的伎俩均被铁匠发现和识穿。三个人先后灰头土脸地回到皇宫,从此打消了娶竹姬的念头。

最后在竹姬父亲的建议下,竹姬和铁匠这一对深爱的恋人决定,第二天就举行婚礼。但是不幸的事情发生了。

这天晚上,天空显得格外阴森,让人心惊胆寒。发现这样迹象的竹姬知道是月宫中的月神,得知她即将嫁给陆地上的人,所以非常生气。

年轻的铁匠听竹姬说起,就坚定地保证,自己一定会拼尽全力,让心爱的姑娘和自己永远不分离。

到了深夜,就在老人和年轻的铁匠都睡着后,月神派使者从天上下来,要带竹姬返回月宫。竹姬看到使者,同样坚定地告诉对方,自己要和喜爱之人永远在一起。谁知来人早有防备,对竹姬表示,这其实是月神对他们婚姻的祝福。说着,使者拿出一件光芒四射的衣服,并解释说:"看,这还是月神专门送给你们结婚的礼物,作为你的新娘礼服再合适不过。"

竹姬看到美丽的衣服,没再多想,她在使者的建议下,高兴地试穿起来。竹姬刚披上这件衣服,她便出现神志不清的情况,忘记了在地面上的一切经历,慢慢地升至天空。

年轻的铁匠半夜醒来,刚好发现正在升天的竹姬,赶紧大喊她的名字,但竹姬没有任何理会。他伤心极了,在看不到竹姬身影后,就一边呼喊着心爱姑娘的名字,一边跳进一个山中的巨大狭缝而死。

就在竹姬接近月宫时,太阳出来了,万丈耀眼的光芒照在她的身上,她立即清醒过来,并伤心地发现心爱之人已为自己死去,因此她也毫不迟疑地来到那个山中狭缝,追随年轻的铁匠,纵身跳了进去。

后来有人传说,两人并没有死去,而是在地下结成了夫妇,甜蜜地生活在一起。还有人说,他们生火做饭时,那个狭缝中就会喷出火焰,然后炊烟袅袅,连绵不绝。

年轻的铁匠和竹姬先后自尽的山峰,就是后来的富士山。

小知识

富士山(ふじさん,FujiSan)是日本第一高峰,横跨静冈县和山梨县的睡火山,位于东京西南方约80公里处,主峰海拔3776公尺,二○○二年八月(平成十四年),经日本国土地理院重新测量后,为3775.63公尺,接近太平洋岸,东京西南方约100公里(60哩)。富士山也是世界上最大的活火山之一,目前处于休眠状态,但地质学家仍然把它列入活火山之类。

在古代文献中,富士山亦被称为不二、不尽或是富慈,也经常被称作芙蓉峰或富岳。自古以来,这座山的名字就经常在日本的传统诗歌"和歌"中出现。

富士名称源于虾夷语,现意为"永生",原发音来自日本少数民族阿伊努族的语言,意思是"火之山"或"火神"。山体呈优美的圆锥形,闻名于世,是日本的神圣象征。

现在,富士山被日本人民誉为"圣岳",是日本民族引以为傲的象征。富士山山体高耸入云,山巅白雪皑皑,放眼望去,好似一把悬空倒挂的扇子,因此也有"玉扇"之称。

狸猫祭

日本有一首流传久远的童谣叫《证诚寺狸猫歌》。歌谣中所唱到的证诚寺，位于千叶县木更津市，是江户初期建立的净土真宗寺院。

据说，证诚寺的一位住持，特别喜欢弹奏三弦。他习惯在结束当天事情之后，独坐在寺院的窄廊上，对着空空的院落，即兴弹奏有关三弦的曲子。

这一年的中秋月夜，月色皎洁，空气清爽。

住持拖着疲惫的身子，自言自语道："又是忙碌的一天啊！终于可以歇息一下了。"说完，他满意地取来自己的三弦，慢慢地来到平时弹奏的地方。坐定之后，沉思一会儿，便闭目开始弹奏起来，思绪也随着弦声飘荡着。

意外的是，这次住持弹奏时，偶然睁开眼睛，却看到寺院里有好多的狸猫。这些狸猫静立在离住持几步的周围，似乎都还沉醉在住持弹奏三弦的美妙音色中。住持看到这番情景，很惊讶。

为了不打乱狸猫们的欣赏，或是想看看狸猫们的反应，住持下意识地继续闭目弹奏，弦音如同美丽的月光，缥缈而迷人。

像往常一样，弹奏完这首曲子，住持就要准备上床了。住持睁开紧闭的双眼。这次，他却发现院子里什么也没有。那些围绕在他周围的狸猫像是一个梦。只是偶有微风吹过，寺院里的树叶沙沙作响，称赞着住持精彩的演奏。

第二天，一直待在寺院修行的住持，终于来到寺院周围，向附近的居民打听，得知昨夜之事并非子虚乌有。

原来，证诚寺寺院的周围生长着茂密的树林，有竹子、松柏等。因为寺院周围的土壤肥沃，这些树木都枝繁叶茂，加上一直没有人来修整或砍伐，高大浓稠的枝叶几乎遮蔽了整座寺院。即使在阳光明媚的白天，这里的光线也非常昏暗。附近的居民说，这样的环境是狸猫最喜欢筑巢的地方。

没过几天，住持又遇到前来听他演奏的狸猫们。住持像往常一样弹奏，虽然闭目弹奏，他这次却非常留意周围的动静。刚弹奏没多久，他就觉有稀疏的脚步声，似乎有一百多只狸猫，井然有序地来到住持的周围。

住持心想，这些狸猫也能听懂自己的三弦吗？这真是太神奇了。既然它们这么喜欢倾听我的曲子，那我要更加认真地演奏啊！

住持弹奏得越来越高兴，手中的三弦仿佛懂得他的心思一样，让住持弹得越来越得心应手。

过了一会儿，这群狸猫中最为高大和肥壮的一只，陶醉于住持音色的绝妙，突然和着曲子跳起舞来。只见它面露满意的神色，跟着音乐的节奏拍打自己的肚子，手舞足蹈。随着这只狸猫的动作，其他的狸猫也都跟着仿效起来。

其中，还有的拿着用竹叶所做的笛子，为住持的三弦伴奏，一边吹着笛子，一边舞动着自己稍显笨重的身躯。

住持偷看到这样的场景，大为兴奋，弹奏的更加卖力。之后连续的几个晚上，住持和狸猫们都这样"合作"着。到了夜深人静的夜晚，住持和狸猫们就开始用三弦交流，彼此非常愉悦。

如此情况，住持和狸猫们合奏了大约一周的时间。到了第八天的晚上，住持提前忙完寺院里的事务，想早点感受和狸猫们一起演奏音乐的快乐。不料，他弹着三弦，左等右等，直到很晚，也没有等到狸猫们的出现。

第二天早上，正当住持为昨晚没有狸猫欣赏自己的演奏而失落时，有人向他禀告了一件蹊跷的事情。住持跟着寺院里的小和尚一起来到寺院的后门处，发现了一只肚皮爆裂的狸猫。

住持辨认出这就是晚上带头给自己捧场的狸猫。原来，这只狸猫在连续拍打自己的肚皮，情不自禁地过于用力，竟然不留神把自己的肚皮拍破了。这只大狸猫就这样断气而亡。住持这才明白，为什么再也没有狸猫出现在自己眼前。

看到大狸猫因为欣赏自己的音乐而葬送了性命，住持伤心不已。

住持带人将这只大狸猫埋葬在寺院的后山上，并立了碑，题字为"狸冢"，作为纪念,即所谓的"狸猫祭"。

以后,住持再也没有等到这些狸猫出现,和自己一起演奏音乐了。但是,那些喜欢音乐的神奇狸猫,却被人们口口相传,赞颂不绝。《证诚寺狸猫歌》也就这样诞生:

> 证,证,证城寺
> 证城寺的院子
> 月、月、是月夜
> 大家出来快出来
> 我们的各位朋友
> 呼呼呼的呼
>
> 不能输,不能输
> 来来来,来来来
> 大家都出来出来
>
> 证、证、证城寺
> 证城寺的胡枝子
> 我们很高兴
> 呼呼呼的呼

小知识

大正十四年,诗人野口雨情以此传说为题材,创作了一首童谣,中山晋平作曲。这一传说也因此风靡日本。每年的十月下旬,寺院里都会举行"狸猫祭",并邀请当地小学生表演。这首童谣的歌词中的"正城寺",应为"证诚寺"。正诚寺的狸猫知名度之高,连当地的地下水道铁盖上都有它们的图案,并印有歌词。

稻生平太郎

　　武士家庭出身的稻生平太郎，是古代日本备后国人，出生于三次郡。稻生平太郎的家境不是很好，但父母勤俭持家，对他这个唯一的孩子也疼爱有加，生活虽然比较贫困，却也和睦温暖。

　　在稻生平太郎十二岁的那一年，他又多了一个弟弟。家里原本拮据的生活，更是难以维持。稻生平太郎的父母长期辛苦劳作，身体状况并不佳。看到家里的困境，稻生平太郎非常懂事，听话而孝顺，经常主动帮助父母做自己做得到的事。对于自己年幼的弟弟，他也非常照顾。

　　但是不幸的事情还是先后发生了。稻生平太郎的父亲原本孱弱的身体患了一种重病，无钱医治，因而很快就离开人世。母亲日日哭泣，一个人担负起整个家庭生活的重担。在丈夫死后不到一年，也生病而死。稻生平太郎非常伤心，在乡邻帮忙下，抱着年幼的弟弟，哭着埋葬了母亲。

　　父母双双去世后，他抱持着乐观的态度继续生活，不但主动找事做，还将自己唯一的亲人弟弟照顾得很好。在转眼间，稻生平太郎已成了十六岁的少年。他为人诚实可靠，幽默胆大。弟弟也已四岁，整日跟在哥哥身后，两人嬉笑玩乐，不知他们身世的人根本看不出他们是孤儿。

　　这一年的五月，天气凉爽，月色蒙眬。稻生平太郎约好附近的一个老相扑比试谁更有勇气。比赛的内容则是前半夜做的"百物语"游戏。所谓"百物语",即参加游戏的人聚在一起,点燃很多根蜡烛,在灯光下轮流讲述各种鬼怪故事,一个故事讲完就要随即吹灭一根燃烧的蜡烛;后半夜的时候,故事讲完之后,众人抽签,抽中的那一个人,要单独爬到比熊山的山顶,并在山顶的古墓上挂个木牌,天亮之后再回来。如果这人能够顺利地完成这一切,就算他赢了这场比赛。

两人在稻生平太郎的家里兴致盎然地玩着"百物语"的游戏。特别是稻生平太郎的弟弟,眼睛睁得又大又圆,一眨也不眨。但他却被他们讲述的那些离奇鬼怪的故事惊吓到,无论哥哥怎么催他上床睡觉,他都赖着不去,直至最后一个故事讲完。这时两人抽签,稻生平太郎抽中。最后一根蜡烛,随即被吹灭。

屋子里漆黑一片,只有窗户透露过来一束朦胧的月光。看到此情景,稻生平太郎的弟弟吓得哭了起来。得知哥哥抽中前去比熊山,他的哭声更大了。稻生平太郎笑着安慰弟弟说:

"放心好了,哥哥我不会有事的,况且我们兄弟两个说好的,长大了要做大人物,大人物怎么能为这样的小事情烦恼、哭泣呢?"弟弟便不再作声,听从哥哥的话,关好门窗,上床休息,安心等待哥哥第二天回来。

据说,当时的比熊山上有很多的古墓和古塔,如果谁不小心触碰了这些建筑,就会招致鬼怪的侵扰。稻生平太郎年轻气盛,一心想要试探一下。在稻生平太郎离开家门时,和他一起出门的那个相扑也变得紧张起来,劝他说:"要不你别去了,万一有什么事怎么办?我年纪比你大,经历的事情也多,这样的鬼神之事还是不要招惹的好。今天的比赛就算我输了吧!"

稻生平太郎幽默地回答说:"要是算我赢的话,那该变成是你要去山上? 都是大人,可不能不守信用啊!"那人尴尬极了,只好嘱咐稻生平太郎小心,第二天平安相见。

稻生平太郎怀着兴奋的心情出发,这晚的月色似乎格外神秘,朦胧的月色之下,路上的一切事物都跟平时很不一样。偶尔有惊飞的鸟儿,听到行人的脚步声,发出奇怪的鸣叫,从稻生平太郎的肩膀上掠过,转眼消失了。

稻生平太郎一路走得很快,他的内心还是有一些惊慌,这时的他几乎可以听到自己的心跳声。

来到山顶,那些一座座的古塔和古墓在月色的笼罩之下,似乎被一层薄薄的白纱掩盖,显得庄严而静穆。四周寂静无声,偶尔有风吹动树叶,稻生平太郎的心里骤然紧张起来。他来到最近的一座古墓跟前,匆忙地挂上了准备好的木牌,便飞快地向山下逃去,直到回到家里,还是心有余悸。

第二天，相扑一大早来到稻生平太郎的家里，发现他毫发无损地在家里睡觉。他和几个胆大的年轻人一起来到比熊山，果然见到了那块木牌，非常惊奇。但是，奇怪的事情真的发生了。在稻生平太郎回家之后不到一个多月的时间，一到晚上，他的家里就会有鬼怪出没，各式各样，声色俱厉，非常恐怖。

除此之外，屋里的怪事也频频发生。稻生平太郎亲眼看到自己的木屐在房间里乱飞，或是米袋自己从厨房里来到院子，甚至在他睡着后，还会感觉到好多双手抚摸自己的脸，那些手冰冷而毛茸茸的。

稻生平太郎每晚都不能安然入睡，而他的弟弟则因为害怕而睡在邻居家里。本来，晚上还会经常有人到稻生平太郎的家里聊天，但是自从有鬼怪出现后，再也没有人敢接近他们家一步。

稻生平太郎却并不因此惧怕。他觉得房子是最疼爱他的父母所留，怎么能被这些可恶的鬼怪吓得搬离呢？于是，稻生平太郎跟平时一样，一个人居住在家里，他要看看这些鬼怪到底要做什么。就这样，稻生平太郎在怪事不断的屋里一直住着，从鬼怪出现的那天算起，已有一个月的时间。

这一天傍晚，稻生平太郎家里来了一个道人，来人自称是比熊山上的鬼怪首领，对稻生平太郎解释了近来发生的怪事。这个人告诉稻生平太郎，他看到了稻生平太郎挂在古墓之上的木牌，觉得这个人实在大胆，就想故意逗他玩玩。他命令鬼怪来到稻生平太郎家里，本来就只打算吓吓他，没想到稻生平太郎竟然不怎么害怕，继续坚持住在自己的家里，鬼怪们觉得有意思，这样一闹就是一个月。然而既然稻生平太郎真的不害怕鬼怪，他想停止此事，不再打扰。

果然，道人出现的这天夜里，一切恢复如旧，以后再也没有发生过任何鬼怪奇事。稻生平太郎遂将自己的弟弟接回。此后这兄弟两人相亲相爱，也都有了一番成就。

小知识

对日本妖怪感兴趣的人都应该知道这一故事。据说，稻生平太郎是将自己的亲身经历记录了下来，而日后跟他一起做官的柏正甫也根据这一经历做了相关的记录。后来，江户国学者平田笃胤根据柏正甫的叙述，编纂了四卷本的《稻生物怪录》。

美丽的田泽湖

在很久以前，驹之岳山的山脚下还没有湖泊出现时，这附近住着一个非常漂亮的姑娘。这漂亮姑娘名叫辰子，是全村公认的美人。辰子姑娘并没有觉得自己的外貌有多么出类拔萃，尽管村里别的姑娘都很羡慕她。

在辰子十八岁时，一天，母亲嘱咐辰子到驹之岳山上摘山菜。母亲对辰子说，山上有个平坦的地方长有很多美味的山菜，这种山菜有着翠绿的厚叶子，还开出零星的黄色小花，花朵极其娇小，但却馨香无比，而且这种山菜长得很茂盛，摘回来做成菜肴再好不过。

于是辰子吃过早餐并把家里安顿好后，就带着母亲平时去农田用的竹篮，一路哼着刚从村里姊妹那里学来的调子，上山去。

辰子没费多大力气就找到母亲所说的地方，她高兴地采摘着山菜，不知不觉她的篮子里已满是翠绿喜人的山菜了。然后她顺着山路往回赶，走到半路时，她刚好碰到同村的几个男青年向山上赶。这时，她清楚地听到迎面走来的男子议论自己的面貌，还啧啧称赞，互相打闹。这几个男子，有的故意吹出嘹亮的哨子，以便能吸引到辰子的注意。但是辰子本身是个害羞的姑娘，在这种情况下，她的脸飞快地红了起来，脚步只是更快了，头埋得更低，沿着山路匆匆赶着。终于，她离那几个男子远了很多，心里才恢复了平静。

因为走得比较快，辰子这时感觉自己又累又渴。正在辰子急着寻找可以休息的地方时，她注意到前面不远处，传来潺潺的流水声，走近一看，刚好有一条小河，清澈的河水在阳光下透明发亮。

辰子来到河边，把一篮山菜放下，用手捧着清凉的河水喝了几口后，她马上感到心头的丝丝凉意，舒服许多。就在辰子长吐一口气，抬起头时，她突然看到水面上自己的样子，惊愣住了。水面上的自己，美得像春天山上最惹人爱恋的茶花，不觉入迷了。

从此以后，辰子就仿佛变了个人一样。辰子常常对着镜中的自己注视着。她开始注意自己的头饰及穿着，连走路的样子也非常重视。母亲看到自己的女儿这样，笑着感慨地说："我们家的辰子长大喽！"

不仅如此，辰子渐渐开始变得担心美丽的自己会不断老去，特别当她遇到村子的那些上了年纪的老人时。于是，她每晚都准时来到村子附近的大藏山观音堂，以求菩萨能够保佑自己长生不老。

就在辰子去许愿的第一百个晚上，奇迹发生了。

这天夜里，当辰子如往常一样，在观音菩萨面前跪下，祈愿菩萨保佑自己美丽的容颜永不衰老时，观音菩萨竟然现了真身。观音菩萨对辰子说："你到驹之岳山的北边山中，找到一处泉水，只要你喝一口那里的泉水，你就可实现自己的心愿。记住，只需要喝一口。"

因为观音现身的时候刚好是下雪的冬天，大雪封山，无路可以通往山中。所以，辰子很煎熬地终于等到来年的春天。春天的讯息刚吹到辰子所在的村子，辰子就坐不住了。这天，她约了村子里几个要好的女孩，一起去寻找菩萨所说的泉水。

几个女孩一起有说有笑地来到山中，来到菩萨所指的位置，真的有一处泉水掩藏在密密的树木与岩石之间。辰子看到泉水，高兴极了。她兴奋地跑到泉水旁边，开始喝了起来。由于太兴奋了，辰子一直喝了很多才停止。辰子感到自己的小腹有点难受。这时，她惊讶地发现泉水中有一只怪物。原来她因为暴饮泉水，而变成了一条巨龙，如村里老人所流传的八郎一样。辰子的同伴看到这个情景都吓坏了，飞快地逃回村子。

辰子的母亲发现辰子直到晚上都没有回来，她想起辰子跟自己提到菩萨显灵的事情，于是约好同村的一些胆子大的男人一起入山。母亲跟同村的人举着火把来到山脚下时，他们发现这里多出了一个湖泊。因为找人的事情更重要，人们也没有太在意。母亲从湖泊旁边经过时，喊着辰子的名字。这时只听到一声巨响，一条巨龙从湖水中出现，并哭着对母亲说：

"我就是你的辰子呀！我因为暴饮了菩萨所说的神水，变成现在这个样子。我已经离不开水了，无法跟您一起再回家，过正常人的生活。但是，以后如果家里需要食物时，我就会给您送好多鱼。"

母亲听后，痛哭不已。然而她也没有其他办法，只好垂头丧气地跟同村人一起返回家中。从那天以后，辰子还真是说到做到。一旦母亲没有食物，或者想吃鱼时，家里的水槽中就会出现很多又大又肥的鱼，味道鲜美至极。

后来，村里的人听说附近山脚下的那个湖泊，就是辰子变成巨龙后，给自己选的栖身之所。人们把这个湖叫做"田泽湖"。希望曾经美丽的辰子所在的湖泊，可以保持村里的农田不会干旱。

据说，那个叫做八郎的巨龙，在听说辰子的遭遇后，就动身前往田泽湖，向人们口中美丽的辰子求婚，并且终于如愿以偿。在辰子和八郎结婚以后，因为秋冬季节，八郎都会到田泽湖和辰子一起生活，所以那里的湖水即使是冰冻三尺时，还是不会结冰，景色非常宜人。

小知识

日本人对龙的概念，和中国人比较相近。有龙出现的地方总是离不开水。在早期，古人对大多数自然现象无法做出合理解释，于是便希望自己民族的图腾具备风雨雷电般的力量，像群山般的雄姿，像鱼一样能在水中游，像鸟一样可以在天空飞翔。因此许多动物的特点都集中在龙身上，龙渐渐成了：骆头、蛇脖、鹿角、龟眼、鱼鳞、虎掌、鹰爪、牛耳的样子，这种复合结构，意味着龙是万兽之首，万能之神。

飞驒国的木匠

奈良时代的七一八年，日本颁布了"养老律令"。这个规定是针对当时飞驒国非常贫穷、无法正常缴税来专门设立的，要求飞驒国每五十户要征集十位樵夫和八位厨师，到京城里从事相关的工作，时间一年。

根据九二七年的《延喜式》记载，朝廷内有木匠之类的人总数为两百一十人，其中飞驒国的木匠有一百人左右，可见比例已是非常大。

平安时代末期，从飞驒国来到京城的人已达到五万人左右。据说，日本平城京、平安京、东大寺和药师寺等大型经典建筑，都有飞驒国木匠的功劳。

七四五年，日本奈良宫修建时，有一百零五名飞驒国木匠参与其中，可以说，此时的飞驒国木匠已经成为当时日本的主流技术团体。

七六二年，石山寺的修建过程中，有一位名叫"勾猪万吕"的飞驒国木匠，因为技术超群，被赐予了八品的下官位。

八七七年，平安时代，大极殿当时的三大建筑之一的修建，有六十位飞驒国的木匠被召进皇宫，享受朝廷的美食慰劳。等到这一建筑完工时，二十名贡献突出的木匠还被朝廷赏赐，可以跟那些朝廷重臣一起欣赏雅乐。

镰仓时代，有位名叫藤原宗安的飞驒国木匠，第一个被任职为飞驒权守，相当于现在的县长一职。

飞弹国木匠的地位最初非常卑微。因为出身贫寒，而且没有做木匠的基础。这些人在到京城工作之前，不是樵夫就是烧炭人，都是从事体力劳动，对于技术性的工作，没有任何基础。没有人知道，这些勤劳聪慧的飞弹人是怎么飞快地掌握木匠这个行业的要领，并且技艺很快地达到精湛的水平。

在《今昔物语集》的《百济成川与飞弹工挑战》一卷，记述了一个有名的画师和有名的飞弹国木匠的竞技趣事。

这个故事说，平安时代，日本有位非常有名的画师，名叫百济成川，他曾经完成了嵯峨殿的壁画；同时，还有一位飞弹国的木匠，他已经成为当时日本著名的建筑师，作品有平安京丰乐院。这两个人在朝廷里竞争得很激烈，谁都不承认自己的技艺低人一等。但是，即使如此，他们在私底下却还是好朋友，或许这就是所谓的惺惺相惜吧！

一天，百济成川派人告诉木匠，自己家里有件宝物要跟他一起欣赏。木匠跟着来人来到百济成川的家中。百济成川很热情地跟木匠打招呼，并神秘地说，那件宝物就放在自己一间很保密的屋子，要木匠跟他一起前往。木匠没有多想，跟着百济成川同行。百济要木匠从窄廊的侧门进入房间。木匠照百济成川所说，刚来到房间的门外，顺手推开了面前的房门。门被打开后，只见一具腐烂肿胀的尸体赫然陈列在他面前。木匠大叫一声，慌忙跑到了一边。

这时，百济成川大笑着，从房间内的窗户处对逃离的木匠喊道："你没事吧？看到什么啦？这个屋子什么也没有啊！不信你过来看看。"

木匠听到这话，不好意思地重新来到这个房间门外，他定睛一看，才发现刚才让他魂飞魄散的那具尸骨，不过是房间屏风上面的画布而已。心有余悸的木匠不禁对这位画师的功力大为钦佩。回到家里，木匠一面感慨画师艺术的炉火纯青，一面不愿认输，他打算向百济成川证明自己的技艺也不差。

不久，木匠也派人约百济成川来自己家里。木匠对百济成川说，自己刚设计好了一间不错的房子，顺便想请百济成川帮他做一幅合适的壁画。百济成川太了解木匠的个性，料想这次一定是木匠有意向自己炫耀。于是百济成川欣然前往。

来到木匠的家里，百济成川果然看到眼前有间非常精美的屋子。只是，他奇怪地看到，这间屋子的四扇门竟然按同一种方式敞开着。

木匠热情地对百济成川说："您请进！仔细观赏一下我设计的屋子内部。"百济成川走上前去，打算从南面的那扇门进入，谁知他刚走到门口，那扇门竟然自己就关上了。百济成川觉得很奇怪，接着,百济成川就想试着从西面那扇门进入,结果也是一样,这扇门也跟长了眼睛似的,一看自己走到面前,就立刻把房门关了起来。百济成川吃惊地发现,剩余两扇门也是如此的反应。他仔细观察房屋的构造,始终不能进入屋子里面。

看到百济成川迷惑不解的表情,木匠开心地笑了起来。百济成川听到木匠的笑声,也佩服地笑了起来,对木匠的技艺赞叹不已。

小知识

《今昔物语集》中的第二十四卷第五篇《百济川成与飞驒工挑战》,描述的正是名匠与名匠的竞技过程。

今天的飞驒山是个仅有六万多人的小镇,但是,每年却有两百多万的游客来此观光,而且春祭和秋祭时的"屋台"(即祭祀的花车),是日本指定的重要文物。

安寿与厨子王

佐渡岛外的海府鹿浦，有一处农家小院。

人们经常看到，小院里有一个老妇人，一边用感伤的语调喊着"我的安寿啊、厨子王"，一边用手中的木棒轰赶地上叽叽喳喳偷吃栗子的鸟儿。令人们感到非常奇怪的是，这个老妇人虽然衣衫褴褛、双目失明，但是举手投足间气质不凡。

后来，人们才终于得知老妇人的身份和故事。这个老妇人曾经是陆奥（现在的青森县与岩手县）太守岩木判官的夫人。一家人生活富裕而幸福，直到岩木受冤而长期流放。她当时几乎无法面对这样的打击，两个孩子分别叫做安寿与厨子王，年龄还小，丈夫受冤，被迫流亡到筑紫这个偏远的地方。一家人无法安定地生活，连衣食的来源也没有着落。

这个妇人坚强地生活了下来，她不辞辛苦地养育自己的一双儿女，等到孩子们到十多岁时，就开始带着他们前往筑紫，以待家人团聚。

她和孩子们刚来到越后，一个中年男子主动找到她，并说自己是孩子父亲的老朋友，这次是专门来帮助她一家人的。妇人急于跟自己的丈夫相见，看到来人这么热情，还给自己些许路费，很快就相信了对方所说的话。

正当妇人感激着中年男子的帮助，期待着很快可以一家团聚时，中年男子却消失了。她和两个孩子分别被两户人家带走。妇人那时才知道,原来那个中年男子是个人口贩子。

她后来被卖到佐渡岛,给一户人家做奴仆。那户人家对这个奴仆身份的妇人非常苛刻,经常虐待她。不久,妇人因此瞎了眼睛,而她的两个孩子的遭遇也很不好,他们同时被卖到了丹后一个乡绅家里做下人。

瘦弱的老妇人每天可怜地呼唤着自己的孩子,时间一长,便被附近调皮的孩子当做戏弄的对象。他们一听到老妇人呼唤安寿或厨子王的名字时,就假装着来到妇人面前,宣称自己是她的孩子。刚开始,老妇人以为真的是自己孩子来了,就高兴地涕泪满面,喜不自禁地摸索孩子的脸庞,但马上就听到那个孩子的嬉笑声,以及旁边看笑话孩子的哄笑声。时间一长,老妇人也就不再相信自己的耳朵了。只要再有人说是自己的孩子时,她就拿起手中轰鸟的棍棒,一阵乱打。

这一天,老妇人像往常一样,坐在院子里,神情黯然地拿着木棍,低声呼唤自己孩子的名字。忽然,她听到有人马上应答道:"母亲大人!您不认识我了吗?我就是您日思夜想的安寿啊!"

她感到自己的手被对方抓住了,有人"扑通!"一声跪在了自己的面前。这样的情景,让老妇人不免感动起来,想要拉住对方,并叫出自己孩子的名字。这次,她又想到以前被人捉弄的经历,就不禁生气了。

她一把抓住对方,抡起手中的木棍对着对方挥了下去。她愤怒地大喝道:"又来捉弄我!你们这些坏孩子!可怜我那苦命的孩子……"对方马上发出了一阵痛苦的哭声。尽管被老妇人用力地捶打,这个人却还是紧紧地抱着老人的双膝。

老妇人越来越生气,她气愤不已,以为眼前的这个人又换了手法,想再次羞辱自己。她挥打地更加卖力。直到又有另一个赶来,对着老妇人大叫道:"您怎么了?她真的就是您的女儿安寿啊!经过了很艰难的寻找才来到这里。"说着,来人也痛哭起来。

老妇人意识到自己刚才的行为时,安寿已经在她的挥打下奄奄一息了。可怜的安寿,她急于让自己的母亲认出自己,竟然不顾一切地承受着母亲的暴打。没多久,安寿就抓着老妇人的双腿死去了。

来人泪流满面,他说自己是厨子王的随从。自从安寿和厨子王被卖之后,也是遭受了各种非人的磨难。幸运的是,一个当地的寺院住持可怜他们的境遇,就帮助两个孩子逃了出来。后来,厨子王真的得到自己父亲一位故交的帮助,替父亲洗脱了冤屈,并将姐姐接在身边。在父亲病逝之后,厨子王继承父亲的官位,成了现在的陆奥太守。继位后,他和姐姐到处寻找自己母亲的下落。后来,得知自己的母亲被卖到了佐渡岛这个地方,就让自己的随从跟随姐姐先来核实。

老妇人听到这里,抱着被自己活活打死的女儿放声大哭。她没有想到,自己整天盼望的孩子真的还活着,找到自己,却又因自己一时的过失而白白丢掉了性命。老妇人不禁悲从中来,哭得昏死过去。醒来后,老妇人把死去的女儿葬在中川的上游,以便让其在死后可以清净自在。老妇人跟随从找到厨子王,母子相遇感慨良久。

不久后的一天,老妇人早起后用清水洗自己干涸失明的眼睛,却神奇地重新获得了光明。有人说,这是上天可怜安寿一家,让老妇人可以跟厨子王一起安度余生。

小知识

该传说源于平安时代,江户时代宽永年间(一六二四年～一六四四年)成为经净琉璃词,深入民间。昭和时期的儿童文库,就收录了这个故事。文豪森欧外改写的"安寿与厨子王"故事,被改变成电影《山椒大夫》,导演为沟口健二拍成电影,获得威尼斯电影节银狮奖。森欧外的小说中,姐姐安寿帮弟弟逃脱,归途投河自尽,母子相逢时结束。净琉璃中,姐姐安寿是遭山椒大夫拷打死亡,厨子王日后复仇。姐姐安寿遭亲生母亲打死的情节,成为当地自古流传下来的经典情节。而且,这一传说早已成为日本的"公共文化",在京都府管津市由良川入海处有两姊弟塑像。

北海道的小人族

据说,北海道原住居民阿伊努村里有一位捕兔高手叫名人,只要是他所设的陷阱,没有一只兔子可以侥幸逃脱。

一天,有个年轻人恳求名人教他捕兔,名人看他诚恳的态度,毫不犹豫地答应了,并直接带他入山。

正当两人在往山上爬时,年轻人感觉好像有兔耳朵藏在附近的枯草里面,一看竟是兔子中了之前名人设下的第一个圈套,他便开心地跑了过去。不料到了近处仔细一看,那只兔耳朵竟然变成了细长的野百合。名人也有同样的发现,这次兔子竟然不见踪影,令他非常纳闷。

于是,两人赶快前往第二个圈套场地,却又只看见捕兔所设的圈套在半空摇晃,还是没有兔子被捕。第三、第四个依然如此。等到查看名人自己所设的第五个圈套时,竟然只留下了兔子的粪便,唯独不见兔子的影子。名人和这位年轻人都非常吃惊。

就在这时,四周吹来一阵风,周围的树枝随着风向沙沙作响。年轻人突然明白了,他兴奋地对名人说:"师父,我知道了,应该是小人族在搞怪,听!这风声中似乎还夹杂着笑声呢!"名人仔细倾听,还真的是这样,风声中不断传来细微的窃笑声。

原来北海道住着一群小人族,体形比正常人小一半左右,喜欢恶作剧。这次就是小人族的一个人把名人设陷阱所捕到的兔子全部藏了起来,并躲在一旁偷看名人失望时的样子。

名人苦笑了一下,无奈地和年轻人下了山,并因此想起自己上次的奇遇。

前不久,名人到山里捡柴,他记得清清楚楚自己把捡到的干柴放在一起,等到决定回家时,所有的干柴竟然不翼而飞。垂头丧气地回到家门口时,他发现那些干柴却原封不动地堆在那里。

这天晚上,名人所捕的兔子还真的被送回了。夜深人静的时候,有人看到小人族的人从名人家门缝里伸进了小手,悄悄地把兔子放在了名人家的院子里,然后,又蹦蹦跳跳地飞快离开。

无独有偶。没过多久,阿伊努村的另外一个人也有了类似的遭遇。

这天,他到附近的河里去捕鱼。平时,这条河里的鱼非常多,村里的人都能很容易就捕到令人满意的种类和数量。可是这天不知道怎么回事,河里竟然一条鱼也没有发现。这个人觉得很奇怪,因为河水很浅,就顺着河流岸向河的下游走去。走着走着,他在一处浅滩发现了一群鱼。正当他兴高采烈地想去捕捉时,这群鱼却突然间一起游向了对岸。

这个人没有办法,只好继续向下游追赶。这次,他小心翼翼地向鱼群靠近,谁知鱼儿们又故意跟他开玩笑似的逃之夭夭了。这个人生气极了,折腾了大半天,他连一条小鱼也没有捉到。

正当感叹自己运气不好,准备返回家里时,他突然想到,这可能又是居住在附近的小人族的恶作剧。他经常听村里的人描述小人族的样子,那些跟自己平时所见的村人有着很大的差别,不管是五官或是身材等等,所以他非常好奇,想有机会好好看看。刚好这次被自己碰上了,这个人心里转而高兴起来。他打定了自己的主意。

于是,他也不再把注意力放在那些鱼群身上,而是故意在河中慢慢地走来走去,跌跌撞撞,甚至不时地跌倒在河里,全身都弄湿。这个人心里偷偷地发笑,然而外表看起来又一本正经地重复着无用的捕鱼步骤,一丝不苟,却总是一无所获。直到太阳完全隐藏在大山的背面,放眼看不到一个行人的时候,才装作无可奈何的样子拖着疲惫的身躯回到了家里。

夜色很深之时,这个人悄悄地把自己家的门拉开了一道很小的缝隙,然后趴在床上假装已经熟睡了很久。

过了不知道多久,就在他真的快要进入梦乡时,有细微的动静从门外传来。他透过被角的缝隙,借着当晚皎洁的月光,看到一只白嫩的小手正在小心地从他家的门缝外面慢慢地伸进,而且那只小手里竟然握着好几条鱼。这个人看到这里,悄无声息地迅速从床上跳起来,一把抓住那只小手,并且用力将对方拉进自己的屋里。

等燃起了灯,他才看清楚了自己眼前的这个小人儿。

这是没有穿衣服的少女,身高不到一公尺,头发乌黑并且垂及脚踝,皮肤非常白皙,嘴唇和手背部位,都印有奇异图案的刺青。少女极力想挣脱这个人的手掌,但是因为身材娇小力气不足,只能愤怒地大声哭泣。

很快,小人族的族人就得知了少女的遭遇,他们积聚了全族人的力量,深夜来到这个人的门外,并很顺利地从这个人的手上把少女抢了回去。

从此以后,小人族似乎消失得无影无踪,阿伊努村的人再也没有机会领略小人族善意的恶作剧了。

后来当阿伊努村人因为食物缺乏而饥饿难耐时,到处想找回曾经会在半夜时分给他们送食物的小人族,但是这也只是流传在世代相传的阿伊努村人脑海中的传说而已,那只透过窗口和门缝的小手永远没有再出现。

小知识

小人族传说的地域包括北海道、南千岛、库页岛,流传范围非常广泛,是原住民阿伊努人的民间传说。

小人族的模样,是身穿直筒袖上衣、直筒裤,男人和女人的服装明显有别,发型也各式各样。男人一般戴着类似眼镜的折光器,女人都是遮盖着自己的脸。小人族普遍都以鸟和鱼类及各种小型兽类为生,也能够生火和吃熟食。

小人族本来与阿伊努人和平相处,双方通常进行物品贸易。后来,双方在十胜发生了战争之后,小人族也就开始向北迁徙生活。

明治时期到大正时代初期,日本学界发生了一场有关小人族的论战。其中,一方坚持小人族是阿伊努人的先住民,另一方却不这样认为。这场论战不但牵涉到动物学、人类学、民族学,连考古学也卷入其中。因为这场论战,小人族的传说声名远播。

现在,根据小人族传说而制成的各种雕像,已经成为北海道最有人气的乡土玩具。

"分福"的茶壶

正通禅师是日本群马县馆林市茂林寺院的开山祖师。庆永三十三年,正通禅师终于云游全国,准备返回茂林寺。

返回寺院的路上,正通迎面遇上一位和尚。这个和尚背着沉重的铁锅,一脸诚恳的表情,来到正通禅师的眼前,和尚就马上跪倒在地,并高呼正通为"师父"。

正通看着这背着铁锅,一心要成为自己徒弟的和尚。他想到这次云游各国之余,有回到寺院收一个徒弟的打算。眼见这和尚诚恳坚定的样子,正通心想这或许是佛祖的有意安排,就很高兴地带着他一起返回了茂林寺。

回到寺院之后,正通热情地招待了这个新收的徒弟,并询问他的生平年岁,和尚一一回答。当得知和尚的名字叫做"四角"时,正通皱眉,觉得不怎么好听,就建议他重新改一个名字,和尚便请求师父赐给自己一个好听的名字。正通皱眉默想了一会儿说:"既然这样,以后我就称呼你为'守鹤'吧!"和尚大喜,连声称好。

守鹤来到寺院之后,待人热诚敦厚,而且办事勤快,正通禅师看在眼里,乐在心里,更是感激神明的佛祖。寺院附近的村民经常到寺院里为死去的亲人做法事。每当这个时候,寺院里非常热闹,守鹤总会给众人送上自己亲手炮制的茶水,味道非常鲜美。

后来正通禅师发现这味道鲜美的茶水，正是用守鹤当初随身带来的铁锅煮出来的。守鹤习惯先将铁锅放置在放满干柴的火盆上，等里面开水沸腾，再将准备好的茶叶取出，分别炮制茶水。令正通纳闷的是，同样的茶叶，用其他铁锅烧制的开水冲泡，并没有这么鲜美。

或许是因为守鹤有独得的炮制秘诀，正通心想。

守鹤就这样住在茂林寺里，服侍到正通禅师去世。正通去世之后，守鹤依然选择留在这里，为寺院做任何能力所及的事情。元龟一年，茂林寺的第七代住持是月舟禅师。此时，寺院里的僧人已经很多，住持决定要举行一千人左右的法会，并特意吩咐守鹤多准备一些茶水，分给那些前来参加的人们。

到了法会的当天，寺院的僧人都忙碌得不可开交。特别是要准备上千人喝的茶水，僧人们都非常发愁，不知道怎样才能及时烧好那么多开水。守鹤却丝毫没有着急的样子，他像平时一样面带微笑，端着泡好的茶来回穿梭于人群之中，送来递去。用去的开水已经足有一铁锅的了，奇怪的是，锅内的水却丝毫未减，从早到晚，每个来参加法事的人都品尝了好几杯寺院供应的茶水，而锅内的水一直满满的。

寺内的僧侣发现这件事情，就告诉月舟禅师。月舟听说后，也很惊讶，唤人将守鹤叫至面前，询问铁锅神奇的原因。守鹤解释说："具体怎么回事，我也不清楚，我也是今天才发现它的奇特之处。这个铁锅是一位行路的老人卖给我的，说可以带来福气，我还以为被欺骗了。"众人知道之后，都说这是佛祖对本寺的恩赐。

这个寺庙里的住持一代代地去世，但是守鹤却依然活着，不像常人那样显现任何的衰老之态。到了第十代住持天南禅师接管茂林寺院的时候，根据附近老一辈人的会议，有人推测，守鹤应该在寺院住了有一百五十多年。守鹤跟以前一样，精心打理寺院的事情，时常给大家煮上一杯上好的茶水。

天正十五年，某天，守鹤忙完寺院的事情，抬头一看已过了中午时间。他用过午饭困意十足，就靠着寺院里的一棵大树睡着了。寺院的住持有事出门，刚好从守鹤的身边经过，竟然发现守鹤全身长满了毛，身边还有一条大尾巴显露着。住持非常惊慌，小心翼翼地从守鹤的身边经过。之后，住持就急忙找来寺院里的僧侣，并商量对付守鹤的办法。

一个在寺院待了几十年的和尚说："我们之前就听说过跟守鹤有关的传奇事情。守鹤现在已经在我们寺院住了一百五十多年，却非常人一般仍然活着，没有任何衰老的迹象，这本身就很值得怀疑。但是大家都知道守鹤的为人，他全心全意在寺院工作，热心而憨厚，从来没有做过任何伤害他人的事情。我觉得应该找他当面问清楚。"

众人听后，都觉得很有道理。晚上住持命人叫来忙了一天的守鹤，并恳请他说出关于自己身世的实情。守鹤一听，就马上明白了住持的意图。他对住持说，自己本来是千年的狸猫，因为多年前寺院对自己的一次搭救，才幸免于难。为了报答寺院的恩德，这只狸猫就借机留在了茂林寺，希望能够为其多做贡献。

守鹤说完，就对着寺院再一次跪拜感谢，化成烟雾消失了。住持查找寺院纪录，得知多年前，有一只狸猫被一帮恶人追杀，多亏寺院住持的好心隐藏，才得以脱身。

守鹤虽然走了，但守鹤带到寺院的铁锅仍然存在。为了怀念守鹤，大家就将这个铁锅叫做"分福"，希望守鹤的好心可以被更多的人分享。

小知识

据说，茂林寺的这一"分福"茶壶四周长约1.2公尺，共重11.2公斤。现在，每年都有很多香客来到这里进行参观。在茂林寺的参拜道两旁，竖立有一排造型好玩的狸猫雕像，百殿旁就是"守鹤堂"。

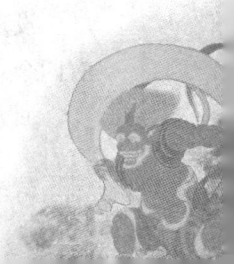

辘轳首怪谈

五百年前,一个名叫回龙的和尚先后周游了列国。据说,回龙在遁入佛门之前,是九州的一位大名的家臣,英勇无比,本来前途无限,却因大名败落而无处落脚,成为云游四处的僧人。

这天,回龙来到了肥厚国(也就是现在日本的熊本县)的一座深山。不觉天色已经黑暗,距离可以借宿的村落却很远,回龙索性在路边一处平坦的地方坐了下来,打算就这样度过一晚,明日接着赶路。

虽然是夏天,晚上的山林却格外阴冷,一阵风过,树叶哗哗作响,让人毛骨悚然。但是回龙早已经历过不少这样的事情,加上连日赶路,身体疲惫,他很快就进入了梦乡。

过了一会儿,一名路过的樵夫看到睡在路边的回龙,就热心地摇醒他说:"这位和尚大人,您怎么会在这里睡觉?山里的晚上有各种危险野兽出现,您待在这里会非常危险,如果您愿意的话,麻烦到我家里去吧!"

回龙睁开眼睛,蒙眬看到眼前身上背一大捆干柴的这个人,心想有可以借宿的地方当然更好了,就没多想地跟着这个樵夫走了。

没走多久,回龙就和来人到了一座茅屋里面。到了屋子里面,回龙发现里面还有四个人,虽然都是樵夫的穿着,但是都气质高雅,谈吐不凡。

回龙主动跟其中一位年龄最大的老人问道:"请问老人家,我看你们不像山林之人。你们应该都是身份比较高贵的人吧?"

这位老人微笑着回答说:"您说的没错。我们都曾经是一位京城大名的家臣,但是因为我们曾经做过不少坏事,就来到这深山里面忏悔,希望可以能力所及地帮助过往行人,以便我们早日赎罪。"回龙听到老人的回答,就欣慰地说:"真是这样,那太好了。今晚我在这里打扰,会为你们曾经所为诵经超度。"

这时,屋子里面的一个人告诉回龙说房间已经准备好。回龙跟着来人到了自己的房间,坐好之后,便开始诵读经文。大概到了深夜,回龙感到非常困倦,本想直接躺下入睡,但又口渴难耐,就轻声下床找水喝。

回龙来到屋外,天上明月朗照,一眼看到院子里竹管饮水的地方。喝了水之后,回龙返身回自己房间时,经过一间灯火明亮的房间,五具无头尸体赫然在目。回龙心想,难不成这里有盗贼闯进来?

但是,回龙仔细观察,没有发现屋内有任何血迹。而且,回龙蹑手蹑脚地来到尸体之前,竟然没有在尸体上看到任何斩杀或砍断的痕迹。

这时,回龙想到在深山里面,自己刚好见过茅屋里面的五个人,脑海里便浮现出以前听说的辘轳首怪事。

据说,有一种奇怪的人,他们身体可以自由分开。但是在肢体和头颅分开之后,如果将肢体移往别处,头颅就不能再和肢体复合。想到这里,回龙赶忙拖着一具尸体来到屋子后面扔掉。回到屋内,回龙发现屋子的窗户紧闭,唯独天窗开着,暗想这也许就是头颅来回的通道。于是,回龙躲到暗处,观察屋内动静。

凌晨时分,屋内还是寂静无声。回龙便躲到院子里面,正在纳闷时,听到隐约有说话声音传来。循声找去,回龙来到一棵大树下面。

将自己藏好身后,他注意到是离自己不远的地面半空,有五颗头颅在浮旋,仔细观察,正是茅屋内的五个人。

只听那个带领回龙来到茅屋的人说道:"我带回来的那个和尚长得可真是肥大,够我们几个好好吃一顿了。都怪你们告诉他什么忏悔的事,他整夜念经,害得我们都没有机会下手。"

说到这里,其中一颗头颅应声道:"但是时间过了这么久,想必他应该呼呼大睡了。你们等着,我回去看看。"

一眨眼的时间,那颗头颅就飞了来回,慌忙地叫道:"大事不好,那个和尚不见了,而且,老大的身体也没有了。"

这些头颅一听,非常震惊。那个老大的头颅大怒道:"肯定是那个可恶的和尚做的。等我找到他,一定要把他撕碎吃掉。大家分头找找,这么大的山林,他肯定跑不远。"

回龙没来得及逃跑,就被这几颗头颅发现。头颅们合力向回龙发动进攻,回龙慌忙应对,并开始诵读经文。

这些头颅很快就没有了力量,纷乱逃亡,只有那颗被回龙抛弃肢体的头颅,还在用最后一点气力撕咬着回龙的衣袖。回龙用尽全身力量,直到头颅没有任何反应,仍然无法摆脱这颗头颅的纠缠。

回龙返回茅屋,只见其他四颗头颅已经跟肢体复合,妖怪们浑身瑟缩着,在墙角处挤成一团。发觉回龙回来,吓得四处钻逃,很快消失在山林。

回龙觉得眼前这个地方再也不能停留,连忙收拾了行李,趁着月光匆忙赶路。他一口气走了很久,一刻也不停,直到遇到一个相貌凶恶的强盗。

强盗看到回龙一个人行路,形容疲惫,就威吓回龙把身上值钱的东西交出来。回龙再也在没有跟强盗争斗的精力,就立即把身上的衣服脱了下来,交给强盗。

强盗拿到衣服,看到上面挂着一颗血淋淋的头颅,心里惊颤不已,转念一想,有了主意,对回龙说:"我做了很多坏事,自认为自己已经是胆大妄为,没想到在这里碰上你,竟然可以挂着头颅走路。如果您愿意,能不能把这个头颅给我用?"

回龙告诫强盗,这是妖怪的头,还没有跟身体复合。强盗不信,坚持要这个头颅,方便自己抢夺财物。回龙无奈,只得将头颅和衣服给了强盗。

强盗带着头颅没走多久,就听说深山里辘轳首的怪事,真的害怕了,决定将头颅归还,但是怎么也没有找到妖怪的身体。于是,强盗就将头颅埋在人们传说发现辘轳首的山林,并为他竖立了石碑,找僧人为头颅超度。

小知识

"辘轳首"一般指脖子可以伸缩自如的妖怪,其操纵头颅跟井边打水时控制吊桶的辘轳相似。还有一种名叫"飞头蛮"的,可以称作广义的"辘轳首",特征是身体和头颅可以分离。

八郎太郎

很久以前,秋田县的鹿岛草木部落,有一户人家生下来一个很强壮的男孩。这个男孩一出生就能走路,家人都感到很惊奇,认为这是上天对他们家的青睐,因此也就非常疼爱孩子。他们为这个孩子取名叫八郎太郎。

男孩十八岁的时候,身高已经有六尺左右,尽管身体孔武有力,性情却格外温和。夏季来时,八郎多半帮家里种很多好吃的蔬菜;冬天来时,八郎又会跟同部落的其他两个同年龄的年轻人一起去山上狩猎或者剥树皮。

这一年冬天,八郎照常和两个朋友一起进山。三个年轻人在山里的饭食是轮流做的,这天刚好轮到八郎煮饭。他到河川边打水时,意外地发现,虽然时令是寒冬,这里的河里还有游动的鱼,是三条名叫岩的鱼类,看起来非常肥嫩。八郎就趁机抓起了岩鱼,并且没用多长时间就全部抓获。

八郎把抓到的岩鱼清理完毕后,撒上三人从家里带来的作料,用专门的东西串起来做成了串烤。很快,串烤就熟了,香飘四溢,令人胃口大开。

等八郎把整个饭食都准备好,看到另外两个朋友还没回来,就忍不住先把其中一条鱼吃进自己的肚子,他边吃边赞叹,口水夹杂着鱼肉,八郎那时已把全部的心思放在吃鱼这件事情上。一条鱼吃完了,八郎想等等其他两个朋友,一起回来吃剩下的两条鱼,但是左等右等还是没有等到他们回来。八郎情不自禁地把剩下的鱼一口气全吃了。

看着自己吃剩的一堆鱼骨,八郎这时才发觉自己刚才做了什么。在那时,他们部落有一条祖辈传下的禁忌,就是说做人要知道顾及他人,不能置自己的朋友或亲人不管,食物必须平分,所有收获的物品也要公平分配。

八郎犯了这样的禁忌心里非常恐慌。于是,他飞快地再次跑向刚才汲水捕鱼的地方,但是他无论怎么找,就是没有鱼出现。

朋友应该很快就回来吃饭,而且我又没有其他的办法可以补偿,我背叛了自己的朋友,太不知道羞耻了,八郎心里想。他非常丧气地望着冰冷的河水发愣,突然之间感到自己的胸口很闷,几乎快喘不过气来,而且喉咙里也渴得要命。

他马上低下身子,大口大口地喝着寒气逼人的河水。

就在他感觉自己的身体终于缓过来的时候,他抬头看到水面上自己的影子,大吃一惊,原来此时的八郎,全身布满了鳞片,两只眼睛也成为火红的珠子,他变成了一条龙!

当八郎的两个朋友从山林里返回他们住宿吃饭的地方,八郎已经不在了。

他们大声呼唤着八郎的名字,一路上到处打听,直到他们来到八郎打水的河边。他们惊奇地看到,此时的河面上卷起了一阵龙卷风,一条巨大的龙从水里飞腾而起。两个朋友早已被眼前的景象吓得魂飞魄散了。

这时,这条龙却开了口说话,它告诉两位目瞪口呆的朋友,自己所做的那些不应该的事情,并托付他们把自己带上山的斧子和斗笠带回去,一定要说明原委,让自己的父母相信自己身上所发生的事情。

两位朋友听了八郎变成龙的一番话,就收拾东西一起下山回到了部落。

再说八郎看到自己的两个朋友已经平安下山,回想自己已无法回到过去那种和父母相依的温暖日子,孤独而无奈,就不分昼夜地继续喝水,一连喝了有一个多月。

终于八郎变成了一条有三十多丈长的巨龙,八头十六只角。巨龙把附近的河流堵塞,得到了一个湖,然后自己沉在湖底,逍遥自在地生活。

这个湖泊,就是后来的十和田湖。本以为就这样不问世事,在湖里终老了,八郎没想到后来自己会被别人赶走。

过了不知道多少年。一天,八郎如平时一样,在湖底沉睡,却被一阵诵经声所吵醒。八郎非常气愤,就从湖底升到湖面,才发现有一个自称是南祖坊的人来挑衅。

原来这个南祖坊是京城某位公卿的儿子,是母亲在观音堂斋戒祈愿二十一日所生。南祖坊十三岁时,被父母送至现在的和歌山县熊野山上修行。修行六十年之后,一位白发老者托梦,告诉南祖坊说,十和田湖会是他永住之地。

南祖坊醒来后,按梦中所嘱,果然来到的就是十和田湖,并根据老者交代当场坐下诵读《法华经》。

也就是此时,沉在湖底的八郎被惊醒,从湖底升到湖面之上。八郎太郎很生气地说:"是谁在这里大吵大闹啊?"南祖坊礼貌地回答道:"我是南祖坊,按照熊野山神的旨意,从今天开始这里就是我的地方了。"

八郎大怒,"我八郎太郎在这里已经住了几千年,怎么可以让给你?"说着,八郎太郎从他的八头口中喷出了巨大的火焰。

南祖坊见此却并不慌张,按照梦里所闻,又开始念诵起《法华经》。于是双方开始在湖面上较量起来,一直持续了七天七夜。

最后,八郎还是败给了南祖坊,只好趁着大雨逃出,四处漂泊。八郎自此无处安身。他打算堵住岩手县的北上川来造出一个新的湖泊,但是当地的黑狗终日群吠不已;他试着搬运岩手山南部的八座山,想堵住河川,又被当地山神痛斥起来。

原来在八郎堵塞河川的同时,山下的当地居民遭受到了由此带来的灾难。河川堵塞,水流都涌进了天地和住居。八郎看到这样的惨相,又想起自己的父母和朋友,也就放弃了当初的念头。

八郎来到男鹿半岛,并计划在这里造湖。这次,八郎不仅顾及了周边的居民,而且在造湖过程中又及时救了一对老夫妇。终于,他有了新的住所,并因此声名大振。

后来,八郎与离此不远处的田泽湖的湖主,一位跟他有类似经历——因喝了过量泉水而变成龙的辰子姑娘,结成了伴侣,幸福安定地生活了下去。

小知识

在日本的东北地方,最有名的传说应该就算"三湖传说"了。这一传说跨越青森县、岩手县、秋田县等三个县。所谓"三湖",就是指青森县的十和田湖、秋田县的田泽湖以及八郎泻。其中,十和田湖位于青森县与秋田县的县境。如今,风和日丽的时候,十和田湖风景如画。站在十和田湖的旁边,很难想象传说中八郎太郎与南祖坊争斗时的那种狂暴而混乱的场面。

浦岛太郎

很久以前，北前大浦住着一个渔夫，名叫浦岛太郎。因为家境贫寒，加上母亲体弱多病，浦岛太郎直到四十岁时还是一个人。

这一年的秋天，天气非常不好，一连多日都是大风天气。风吹起狂涛巨浪，别说小船了，就是大型的货船也不敢轻易出航。好多天都没有办法捕鱼，家里仅存的一点钱很快就花完了。看着重病的母亲连饭都几乎吃不起，浦岛太郎心里很难受。望着母亲满是皱纹的脸，浦岛太郎对着大海祈祷：

"神明保佑这天气赶快好起来吧！我的母亲几乎要饿死了。"

说也奇怪，就在浦岛太郎祈祷完毕，天气转变成风和日丽的好天气。浦岛太郎心里感谢着神明，急忙收拾起东西，出海捕鱼。

浦岛太郎驾船来到平日鱼群经常出没的海域，抛下几乎生锈的鱼钩，希望可以大有收获。然而等了很久，却一点动静都没有。

正当浦岛太郎等得有点不耐烦的时候，他突然觉得似乎有大鱼上钩，就急忙拉起鱼竿，却发现一只乌龟被钓了上来。浦岛太郎看到这只乌龟非常失望，自语道：

"好不容易钓到了,我还以为是多大的一条鱼呢!没想到竟然是只硬壳乌龟。唉!"说着,浦岛太郎就随手一扔,将钓到的乌龟扔回了大海。

不相信自己竟然钓不到一条鱼,浦岛太郎继续摆好钓竿,等待鱼儿出现。又等了很长时间,当浦岛太郎感到似乎有鱼上钩,心里大喜,拉出一看,竟然还是之前那只乌龟,他将乌龟身上的鱼钩取下,失望地拍拍乌龟说:"我怎么总是遇上你呀?你就不能换个地方玩?真是的。"浦岛太郎重新将乌龟扔进大海。

仍是漫长的等待。第三次,浦岛太郎拉起了鱼竿,这次他还没看到鱼钩上的东西,就自语道:"不会还是你吧!"拉上来一看,浦岛太郎有点生气了,还是那只乌龟,而且还一副无所谓的样子,翻动着那两个绿豆似的小眼睛。浦岛太郎想也没想,就将它抛向了身后的海面。

眼看一天的时间就要结束了,浦岛太郎一条小鱼也没有捕到,他心里又急又乱,不知道该怎么办。无奈之下,他决定回家再想办法。慢慢地将船调转到回家的方向,准备返航。

就在这时,浦岛太郎看到有一条船正向自己驶近。他觉得这条船有点奇怪,害怕是强盗,他就慌忙驾船逃走。没有想到的是,浦岛太郎没走多远,就被那条船跟上了。此时,浦岛太郎心里害怕极了,他担心自己出了意外,家中的老母亲更加没有人照料。浦岛太郎用尽了全身的力气,希望自己可以摆脱厄运。

然后,那条追来的船成功地靠近了浦岛太郎的渔船,只听上面有人对浦岛太郎说道:"浦岛太郎,不要惊慌,我们不是坏人。现在已经要天黑了,你一无所获,不如跟我们去龙宫吧!公主正在等待接见你呢!"

浦岛太郎觉得不可思议,就以母亲在家无人照料为由,坚持早点赶回家中。对方告诉浦岛太郎说:"你放心好了,那个可怜的老人已经被我们照顾着呢!她现在很好。"听到来人说话这么诚恳,浦岛太郎再也没有理由推辞,就跟着这条船走。

来到海水最神秘的地方,浦岛太郎突然感到自己的身体轻盈了许多,这时,他才发现自己和那条船上的人正飞往海面以下,透明的蓝色海水非常耀眼,恍如正在通往一条神奇的仙路。

不一会儿,浦岛太郎就和带路的来人停在一座辉煌的宫殿外面。高贵又美丽的公主从宫殿里出来,身后跟着好几个装扮不同的女孩,面带微笑。浦岛太郎被眼前的景象惊愕住了,傻傻地盯着这几个女子观察。公主嫣然一笑,示意带浦岛太郎来龙宫的人退下,并吩咐身后的侍女为浦岛太郎设宴款待。

在惊为天人的公主陪伴下,浦岛太郎大吃了一顿海里的美味佳肴。公主在浦岛太郎吃饭的时候,坐在一旁,对他几次放生自己最尊敬的龟爷爷之事,表示衷心的感谢。这时的浦岛太郎已经忘记了自己在家孤苦多病的母亲。他原本打算到了龙宫当即返回,见到公主之后,就情不自禁地留了下来,一连住了三年。三年之后,浦岛太郎做梦梦到自己的母亲早已去世,化为一堆白骨,就向公主辞别。公主在浦岛太郎临走之前,赠予了一个装满东西的箱子作为留念。

浦岛太郎带着龙宫公主赠送的礼物,并在公主的帮助下,回到自己和母亲居住的地方。进了村子,浦岛太郎这才发现自己几乎认不出这个生活了几十年的地方。他边走边回想,自己对村子的印象,见前面有户人家,就停下询问。

浦岛太郎对屋里的人问道:"请问这是哪里啊?这里是不是住过一个叫浦岛太郎的人?"一个在屋内忙着编制竹具的白胡子老头抬头看了看浦岛太郎,回答道:"您怎么听说浦岛太郎这个名字的?我爷爷还活着的时候,给我讲过有关浦岛太郎的故事,就是我们这个村子的人。听说,他是去了龙宫,呵呵,不过,谁也不能肯定。"

浦岛太郎当即明白,自己在龙宫住了三年,人间已经经过三百年了,真是"恍如隔世"啊!

浦岛太郎有气无力地向自家的方向走着。来到自家所在的地方,浦岛太郎发现那里堆着几块绿苔斑斑的石头,依稀可以辨认出那里面有庭院所放的踏脚石。浦岛太郎对着庭院,想着自己可怜的母亲,放声大哭。

哭过之后,浦岛太郎的心情平静了很多。他想起公主所赠的礼物,就把随身携带的木箱放在地上,小心翼翼地打开了。浦岛太郎看到在箱子里面,还有三层的遮盖。第一层里面是两片白鹤的羽毛;第二层是一股白烟,白烟飘上浦岛太郎的身上,他就变成了一个白发苍苍的老者;第三层里面竟然是一面镜子。

并没有发觉自己变老的浦岛太郎,拿起镜子,一下子看到自己衰老的模样,吓呆了。这时,他感觉后背有点莫名的疼痛,一摸,他才发现是两只巨大的翅膀。浦岛太郎也才发现箱子第一层的羽毛已经不见了。

浦岛太郎飞了起来,像鹤一般。他飞到写好母亲名字的坟墓前,依依不舍地停留了好久。然后,只见他一飞冲天,消失在云朵后面。

狸猫大战

江户时代，天保十年，日本阿波国的小松岛日开野村，有一处大和屋染房，屋子的主人名叫茂右卫门。

有一天，茂右卫门从外面回来。刚进家门，他发现自己家铺子的一个伙计捉住了一只狸猫，正打算将它杀掉，以便熬成美味的狸猫汤，其他人围在一旁，新奇地观察着这个伙计手中的狸猫，闹成一团。

茂右卫门看到这里，非常同情这只狸猫的遭遇，对那个伙计的做法大为生气。他大声训斥道："你们怎么能这样？自古以来，狸猫就被视为我国四方的宠物，是不许杀生的。还不快放掉它，给这只可怜的小家伙吃点东西！"

本来非常得意的伙计一下子愣住了，他低下了头，无奈地看了手中的狸猫一眼，一松手，狸猫就顺势溜了下来，爬到茂右卫门的脚边。有个伙计连忙拿一些食物，茂右卫门将食物递到狸猫的嘴边，只见它兴奋地吃着，并发出奇怪的声响，似乎是在向茂右卫门道谢。吃饱以后，这只狸猫向茂右卫门感激地望了一眼，迅速地消失在众人的视线之外。

几天之后，茂右卫门的铺子里发生了一件非常奇怪的事情。这里的小学徒，一个名叫万吉的低能儿，突然来到茂右卫门的面前，口齿伶俐地对他讲述道："主人您好！我住在中田桂林寺的旁边，名叫金长狸。本来，您已经救过我一次性命。没想到，等我跟着您回到这个铺子，准备留在这附近，以便感谢您的救命之恩时，被您铺子里面的伙计捉住,这次,您又救了我一次。我非常感谢您,以后,我会住在您的铺子里,竭尽全力保护您和您的家人。"

听到万吉的这一番话,众人都以为这个小学徒发疯了,不可理喻。唯独茂右卫门自己暗自惊奇。原来在多年以前,当茂右卫门自己还是铺子伙计身份的时候,他曾经遇到过一次狸猫。那次,茂右卫门奉命出门办事。办事的过程中,他途经中田的桂林寺。走到寺院附近时,他听到一群孩子在大吵大闹,非常兴奋的样子。

茂右卫门好奇地走近了一看,才发现这些孩子正在用棍子捅一个狸猫穴,洞里面不时传来凄惨的叫声。于是,茂右卫门就从自己的行囊里拿出了一些钱,告诉那些正在兴头上的孩子,只要他们不再继续捅狸猫穴,这些钱就是给他们的。孩子们一看,顿时叽叽喳喳地围在了茂右卫门的身边,满口答应了茂右卫门的要求。

拿到钱的孩子们高兴地离开了,茂右卫门这才叹出一口气。他望着那个洞穴,心里希望洞里面的狸猫不会有什么生命危险。因为还有事情要办,他也匆忙地离开了那里。

令茂右卫门感到奇怪的是,等到他办完事情回家的时候,一路上他都感觉自己的双肩非常重,似乎有东西压在上面似的。他下意识地看了自己的肩膀,发现上面除了空空的行囊,什么也没有。"或许是忙了一天,太累了。"茂右卫门想到,然后继续赶路。

回到家中,家人看到茂右卫门的背上沾满了泥巴,以为他发生了什么意外。茂右卫门察觉此事,也觉得非常蹊跷,他左思右想,也不知道这些泥土是从哪时就沾在身上的。

想到这里,听到万吉一番奇怪的话之后,茂右卫门突然明白了。他这时才知道,那天回家时,身上所带的泥土,应该就是自己搭救的那只狸猫。狸猫悄悄地隐了身形,跟着茂右卫门一起回到了家中,并在自己的铺子周围住了下来。

而前几天,茂右卫门碰到伙计捉住的那只狸猫,应该就是同一只。此刻,这只感恩图报的狸猫附身到万吉的身上,也是为了引起自己的注意,并告诉自己所发生的一切。

不久之后,茂右卫门发现,自己经营的铺子生意极其兴隆,很快,就不断扩大经营,成为当地有名的染房。茂右卫门觉得,这一定是金长狸在暗中帮助自己。为了表示自己对金长狸的感激,茂右卫门便命人在自己的庭院里修建了一座小的神社,天天祭拜。

再说这只金长狸。多年之后,金长狸感觉自己已经回报了茂右卫门的恩情,打算前往津田浦的六右卫门狸那里继续修行。六右卫门狸是四国境内的狸猫首领,掌管全国狸猫分配官位的大权。到了六右卫门狸那里，金长狸如愿做了门下弟子，安心修行，技艺不断增长。

在六右卫门狸的家里，他有个女儿名叫鹿子姬，正值妙龄。在金长狸来到六右卫门狸家中修行之后，她渐渐喜欢父亲的这个弟子金长狸，因为金长狸不但外貌出众，才学也非常突出。当金长狸知道鹿子姬对自己的爱慕，他并没有感到高兴，相反，觉得自己目前还只是求艺的弟子，不能随便分散精力，断送了前程。

随着时间的过去，金长狸加倍用功，能力也增长很快。六右卫门狸眼看自己的徒弟本领不断进步，深恐会超过自己，并给自己造成威胁。于是一天，六右卫门狸就向金长狸建议，既然鹿子姬那么喜欢他，自己很希望金长狸和女儿结婚。

金长狸借口推辞说："在我来到这里之前，曾经有个名叫茂右卫门的人，多次救过我的性命，对我有天大的恩德。所以，我必须要回去报恩……"听到金长狸坚决的口气，六右卫门狸只好答应了。

在修行结束之后，金长狸就带着自己的手下藤木鹰狸向六右卫门狸告辞。这时，六右卫门狸手下的四大天王——川岛九右卫门狸及其弟弟作右卫门狸、多度津的役右卫门狸、屋岛的八兵卫狸，极力反对金长狸返回。他们认为，金长狸在这里学成之后，技艺非常精湛，日后如果集结新兴势力，会对他们自己在四国的统治非常不利。经过大家的商讨，六右卫门狸决定听取手下的意见，准备在金长狸动身离开之前，派人将他杀死。

谁知道，六右卫门狸决定暗杀金长狸的事情被鹿子姬得知，她急忙派人给金长狸报信。但是还是有点晚了。六右卫门狸派了数十位高手狸猫来到金长狸的住处，攻打他们。金长狸和藤木鹰狸寡不敌众，仓促应战。结果，藤木鹰狸在战斗中被杀死，金长狸带伤侥幸逃出。

金长狸逃出后，其他狸猫得知金长狸的遭遇，非常生气，觉得六右卫门狸的做法十分卑鄙。藤木鹰狸的两个儿子小鹰狸和熊鹰狸得知父亲被杀，更是怒发冲冠，发誓要为父亲讨回公道。双方大战，一触即发。

鹿子姬得知自己所派之人还没有到达金长狸的住处，金长狸已经被父亲围攻。虽然得知心上人已经逃出父亲的追杀，但还是为金长狸的处境忧虑不已。为此，她来到六右卫门狸的面前，苦苦相劝，希望父亲可以放过金长狸。六右卫门狸杀心已起，丝毫不理会女儿的阻拦。鹿子姬看到父亲不为所动，无奈之下，只好以死来阻止父亲，希望父亲可以为了自己停止对金长狸的战争。但是没想到会和她预想的恰恰相反，六右卫门狸看到自己的女儿也是因为金长狸而死去，更加生气，坚定了跟金长狸对战的决心。他召集了六百多兵力，准备对付金长狸。

金长狸得知鹿子姬是为了自己而死，非常伤心，决定为她报仇。于是，金长狸就召集了自己的其他狸猫朋友，并肩作战。一时间，四国各个地方的狸猫头目都来到金长狸的面前，加上藤木鹰狸的儿子和亲戚，也一共六百多兵力。

在狸猫间的第一次大战中，金长狸带领兵力共打了六右卫门狸所在的观音城。双方血战数日，终于，六右卫门狸被金长狸杀死。在这次战斗中，金长狸因为负伤过重，在六右卫门狸死后，没过几天，也相继死去。

根据金长狸死前的吩咐，由自己手下藤木鹰狸的儿子小鹰狸继承职位。然而，此时离家在外修行的千住太郎狸——六右卫门狸的儿子得知父亲去世的消息，也回到家中，继承了父亲的地位。所以双方的大战仍无可避免。

第二次大战，双方交战于胜浦川江田的河滩，经过了三天三夜，兵力相当的双方依然没有分出胜负。只见河水通红，到处都是狸猫的尸体。

最后，经过屋岛的狸猫从中调解，双方约定，将狸猫统治的国界一分为二，才终于停止了这场战争。

小知识

日本现代作家井上久曾由《狸猫大战》这个传说创作出长篇小说《腹鼓记》。在昭和十四年，日本导演蒲池正纪由这个故事改编的电影《阿波狸合战》风靡一时，据说，这部影片还拯救了一家当时正面临破产的电影公司。日本宫崎骏吉卜力工作室制作的《平成狸合战》，内容虽然不同，却仍然是根据这一传说而来。

力太郎

有这样一对不幸的夫妇,他们唯一的孩子五岁的时候,被一种奇怪的病夺走了生命。孩子死后,他的父母伤心欲绝,几欲寻死。

在邻居和亲人的劝慰下,随着时间的流逝,这对夫妇的忧伤逐渐减轻了很多。

这一天是孩子死去三周年的纪念日,悲伤了整整三年的这对夫妇,终于决定振作起来,好好生活。因为之前一直耽于忧伤,他们从来没有梳洗过,身体非常脏,满是污秽。夫妇两人把身体的泥灰洗净之后,决定把这些洗下的污垢捏成自己死去孩子的模样,以做留念。

这样,两人就认真地捏了起来。不一会儿,一个泥做的小孩子就活灵活现地出现在他们面前。让这对夫妇更为高兴的是,眼前的这个孩子简直跟自己死去的儿子一模一样。于是欣喜的两人非常郑重地把泥像放在了屋子里供奉起来,摆祭品,焚香烛,叩拜神明。

就在两人虔诚跪拜的时候,只听见案桌上有动静。抬头一看,竟然发现这个泥像动了起来。这孩子坐在案桌上,抓起祭拜的食物,就大吃了起来。这对夫妇愣愣地看着这孩子,一动也不动。

活过来的泥像似乎吃饱了,他满足地抿了一下嘴唇,从案桌上跳了下来,扑进母亲的怀里。这个激动的母亲紧紧地抱着孩子,说道:"我的儿子回来了,我的儿子回来了。"

夫妇两人高兴地望着孩子,他们开始商量这个孩子的名字。既然自己的儿子已经死去,说明原来的名字是不吉利的。两人希望这个孩子可以活得非常健壮,就亲切地称呼他为"力太郎"。

渐渐地,这对夫妇觉得眼前的这个孩子还真是取对了名字。他胃口似乎特别的好,一顿能吃下好多食物。很快,力太郎就在夫妇的关爱和期待下,成为一个非常强壮的小伙子。

有一天力太郎来到父母的面前,认真地说:"一直以来,父母大人为了我非常辛苦。现在,我已经长大成人,想要到外面闯荡一番,做出一些成就,报效你们。"

听到力太郎的话,夫妇两人非常欣慰。于是,他们就拿出全部的钱物,请当地最有名的工匠为儿子打造了一根铁棒,送与儿子,作为礼物。力太郎拿到父母赠送的铁棒,非常喜欢。然后力太郎和父母来到门外,依依惜别。

这天,力太郎正在路上走着,看着天空飞翔的鸟儿,感慨地自语,决心要做一只高飞的大鸟。就在这时,他看到迎面走来了一个非常高大的人,背上背着一座巨大的神庙,俨然挡住了整条马路。为此,来往的行人,怨声载道,但是那背着神庙的人丝毫不为所动。

看到这个情景,力太郎非常生气。他一下子就拿起自己的铁棍,向前捣去。只听到一声巨响,神庙就掉落在地,万般粉碎。这背神庙的人大为恼火,发疯地向力太郎扑了过来。力太郎从容应对,轻轻一下,就把这人甩到了半空,多亏落在了一棵大树的高枝上,他才没有像神庙一样碎裂。

力太郎来到大树前,又非常轻松地把这棵大树连根拔了起来,将落在树上的男子救下。这男子非常佩服力太郎的身手,当即跪求跟随力太郎。力太郎看男子不像坏人,就答应他的要求,两人一起上路。

没走多久,两人来到一条山路前。正准备行进时,只见巨石横飞,狂风大作。就在他们疑惑时,对面走来一个喝醉酒的人。这人跌跌撞撞,口里大喊大叫,挥舞着手里的拳头,所到之处,巨大的石头都碎成石块飞出。

力太郎对着迎面飞来的巨石,轻轻地吹了口气,只见那块巨石就向着酒醉之人飞去,撞在他的身上。这人一下子清醒过来,大呼疼痛。看到力太郎正站在他的前方,他马上清醒过来,大叫往力太郎扑去。

力太郎一把抓住这人冲过来的身体,轻轻一甩,刚好把他的头塞在一个有人头大小的缝隙里。这人吓坏了,在石缝里大叫"救命"。力太郎将其拉出,也被请求收为随从。

三人有说有笑，一路前行。转眼之间，他们来到了一个小镇。令人奇怪的是，这个貌似繁华的小镇，竟然看不到一个人。三人非常吃惊，四处查看时，走到了一户非常豪华的宅邸面前，一阵伤心的哭泣声从里面传来。

　　门是敞开的，三人试探着进入，只见一个衣着艳丽的姑娘正在掩面痛哭。力太郎向前询问，才得知了缘由。这个伤心的姑娘说，近日小镇上来了一个非常丑恶的妖怪，不但杀死了镇上全部武士，还要抢自己作为新娘，新婚之后，就会将自己吃掉。如果自己不愿意，这个妖怪说，一定会趁机把整个镇上的人统统吃光。

　　力太郎听到姑娘的诉说，非常气愤，当即表示一定会尽力消灭这个可恶的妖怪，还给镇上以前的欢乐。于是，三个人就埋伏在姑娘家里，等待妖怪出现。

　　第二天清早，天上刮起了一阵味道很奇怪的风，姑娘对力太郎解释说，妖怪即将来临。转眼之间，一只长有三只眼睛的妖怪就来到姑娘家的门口。只见这只妖怪用手一指，姑娘家本来关的很严实的大门就自己开了。妖怪直奔姑娘的房中，准备将她抓走。

　　就在那时，力太郎三人从姑娘房间里跳了出来，挡在妖怪的面前。看到面前多出来三个挡路的人，妖怪冷笑一声，张开大嘴，瞬间先后把跟随桃太郎的那两个人吞进了肚里。

　　力太郎大叫一声，"看我的！"抡起铁棒向妖怪打去。谁知，那妖怪对打到身上的铁棍一点也不在意，顺手一拉，力太郎的铁棍就被妖怪夺了过去，折成两截。

　　妖怪和力太郎空拳打了十几个回合，也看不出谁胜谁负。力太郎见状，心里猛地一惊。他迅速调整好自己的心态，快如闪电，对准妖怪的腹部就是重重的一击。妖怪一下子倒在地上，疼痛不已。这时，被妖怪吞在肚里的两个人也趁机从鼻孔里爬了出来。力太郎乘胜追击，骑在瘫坐在地的妖怪身上，雨点般的拳头落在妖怪头部、眼部和腹部。等到停止时，发现这妖怪早已断气。

　　姑娘看到妖怪死去，高兴极了，她带着自己的家人，对力太郎三人的表现感激不已。因为姑娘的父亲是小镇上的富翁，见到力太郎三人帮忙打死了妖怪，决定要重重的酬谢他们。力太郎对姑娘父亲的好意表示了谢意，不愿意收受任何财物。

　　富翁看到力太郎三人这样勇敢，又不贪恋钱财，非常感动，提出如果可以的话，愿意将自己家中的三个女儿嫁给他们。力太郎和另外两人商量，三人都非常同意。于是，他们各自高兴地和富翁家中三个漂亮的女儿结为夫妻。结婚之后，力太郎得到妻子一家的同意，将自己父母接到镇上一起生活。

桃太郎

在一个偏僻的村子,生活着一对年老的夫妇。

这一天,老爷爷一早起来,吃过妻子准备好的早饭,就到附近的山上捡拾做饭用的柴草。老奶奶则收拾好屋子,端着木盆,来到家附近的河边洗衣服。

就在老奶奶埋头洗衣服的时候,无意识地抬头一看,她发现一个巨大的桃子正向自己的方向漂来。她看到这么肥大的桃子,很惊奇。因为担心桃子会顺水漂走,老奶奶连忙跳进河边的浅水里,将桃子捞到岸边。

傍晚回到家中,一进门老奶奶就对正在休息的丈夫报告了这一喜讯:"快来看啊!我带回了一个好东西。"

老爷爷看到这个肥大的桃子,乐得合不拢嘴。忙了一天,辛苦的他建议妻子,赶快拿来菜刀,把这个巨大的桃子一分为二,再慢慢品尝。老奶奶欣然答应。

老爷爷接过菜刀,费了好大的气力,终于切到桃子的核心部分。就在那时,只见桃子自己轰然裂开,一个哇哇大哭的小男孩从里面蹦了出来。这小孩子有着大大的眼睛,长长的睫毛,皮肤白里透红。

看到眼前的景象,这老夫妇都呆住了。然而他们很快就高兴起来。他们将孩子抱在怀里,并一起跪在地上,感谢神明的恩赐。

老奶奶说:"这真是个惊喜。你说,我们该叫孩子什么名字呢?"

老爷爷看着怀中的孩子,说:"既然是从桃子中出生的,不如就叫他'桃太郎'好了。"

老奶奶试着逗孩子,非常的高兴,并不停地说着"桃太郎,呵呵,我们的孩子桃太郎"的话。跟这对夫妇认识的人知道这件事情,都为他们感到高兴。在这两个老人的精心照顾和疼爱下,桃太郎很快就长大了,结实而健壮。

一天,一个人从离村子很远的港口回来,见到桃太郎一家,就讲起了近日所发生的一件事情。

在不久前,村子对岸的岛上来了一群妖怪。这些妖怪无恶不作,专门欺负岛上的居民,不但烧掉居民的房子,还抢走他们的粮食和牲畜。更为可恶的是,这些妖怪还欺凌了好多岛上年轻貌美的女孩。

桃太郎听到这里,非常生气,立即表示要把这个岛上的妖怪除掉。心地善良的两位老人,见自己的儿子这么坚决为民除害,也就不再反对。

老奶奶连忙回到厨房,为儿子做了好多干粮,希望可以增加儿子的力量和勇气。老爷爷则耐心地交代,要桃太郎出门在外一切小心。桃太郎一一点头答应。

临行前,老爷爷和老奶奶为桃太郎准备好行囊,一再嘱咐,务必小心,安全返回。桃太郎肩上背着老奶奶做的干粮,一个人走向妖怪横行的小岛。

半路上,一只小狗对桃太郎讨吃的,他便将老奶奶做好的饭团拿出一个给了小狗。小狗吃完,非常满意,决定跟随桃太郎,以做酬谢。

没多久,走在蜿蜒曲折的山路上时,一只猴子来到桃太郎面前讨食物,他也毫不犹豫地把一个饭团给了猴子。猴子吃后,也非常高兴,决定跟随桃太郎左右。

桃太郎带着着一只小狗和一只猴子,赶往小岛。又没走多久,一只雉鸡来到他们的面前,也是讨要吃的。桃太郎跟先前一样,拿出饭团给雉鸡吃。雉鸡也被桃太郎的行为打动,问明桃太郎的去向和目的,决定跟随他们一起前往。

来到海边,对岸的岛屿近在咫尺,却没有见到可以渡海的船只。就在桃太郎着急的时候,一艘渔船向他们驶来。桃太郎对着船上渔夫大声说明自己的意图,渔夫被他的勇气感动,答应免费接送他们前去小岛。

经过巨大的海浪席卷,这艘小船终于驶抵岛上。桃太郎带着自己的随从:一只小狗、一只猴子和一只雉鸡,悄悄地观察着岛上的情况。这座岛屿地形非常险恶,桃太郎预感,接下来的战斗可能会十分艰苦。

打听到妖怪们住在岛上的一个城堡里,桃太郎带领随从来到城堡的门外。只见城堡大门非常高大,坚固无比。正当桃太郎烦恼要如何打开城门进入时,身后的猴子有了主意。

猴子凭借自己灵活的身躯,和雉鸡合作,轻松地跳进了城堡里面。看到城门的后面没有任何妖怪护卫,猴子连忙打开了城门,让桃太郎和小狗进入城内。

因为顺利地进入了城内,桃太郎自信了许多,他带领着自己的三个随从,声势浩荡地向里面冲去。

这时,城内的妖怪们都察觉到了桃太郎的到来,非常生气,并大声呵斥道:"一定要把这些自不量力之徒杀得一个不留。"

桃太郎心里还是有点害怕,那个看起来高大而凶恶的妖怪似乎非常强大。只见他拿出一个老奶奶做的饭团,吃了下去,大叫道:"神奇的饭团,我吃下后一定会强大无比。"

说着,他就做出迎战妖怪头目的阵势。这妖怪头目一看,气急败坏,拎起一根粗大的木棒,向着桃太郎打来。桃太郎巧妙地躲过了妖怪头目的棒击,绕到后头,用尽全身的力气,赤手空拳向妖怪的身体击去。没有想到的是,妖怪很快就不能招架,跪求桃太郎的饶恕。

这时,在桃太郎身旁迎战的三个随从也信心大增。猴子把那些妖怪的脸抓得血流满面;小狗拼命地咬住一个妖怪的脚,只听妖怪们惨叫声一片;雉鸡用它无比尖锐的嘴,把许多妖怪们的眼珠啄了出来。

没过多久,这些妖怪们被桃太郎和他的三个随从打的遍体鳞伤,大叫"饶命",不但主动打出了投降的白旗,还将使用的武器一一交出。桃太郎见此,就命令这些妖怪们发誓,离开小岛,再也不扰乱岛上的百姓,并交出抢夺的财物。妖怪们连忙点头答应。桃太郎带着妖怪们交出的一大堆财宝,高兴地返回了家中。

村民知道桃太郎归来,纷纷夹道欢迎。桃太郎把财宝悉数分给了村里的居民,得到村长和县官的大力嘉奖。除此之外,县官主动要将自己的女儿嫁给勇敢的桃太郎。得知这位县官的女儿不但长得出色,还非常贤淑,老爷爷和老奶奶十分高兴。从此,桃太郎一家人过着幸福的生活。

正 太 郎

吉备国的庭妹村里，住着一户富农，主人名叫井泽庄太夫。据说，井泽庄太夫的祖父曾经在兵库县守护大名赤松家做事。嘉吉元年（一四四四年），赤松家因战乱而衰败，井泽家便搬迁到了庭妹村。从此，井泽家艰苦创业，到了庄太夫这一代，家境明显好转，成为当地有名的富农。

庄太夫一直牢记祖辈的遗训，勤劳持家，事事精打细算，为人处事诚实可信。所以庭妹村的人都非常喜欢和庄太夫交往。但是，让庄太夫烦恼的是，他唯一儿子的性格和为人处世却和他相反。

庄太夫的儿子名叫正太郎，因为是中年得子，一家人对这个儿子自然宠爱加倍。谁知正太郎长大以后，虽然相貌仪表不凡，但极讨厌从事农田劳作，而且整天无所事事，沉溺于吃喝玩乐。

看到自己的儿子这样不求上进，庄太夫和妻子很担心。后来两人商定，试着给儿子找一个各方面都出色的妻子，他就可以把精神集中起来，继承家业，做出一番作为。于是，庄太夫就开始四处打听哪家的女儿要出嫁，并且才貌和德行兼备。

这天有人告诉他说，在吉备津神社的香央神主生有一个女儿，不仅天生丽质，而且才华横溢。尤其值得称赞的是，对长辈非常恭敬孝顺。香央神主家的先祖曾经是古代的鸭别命，也就是吉备津彦的曾孙，所以也可算得上是名门之后。

庄太夫听到这个消息非常高兴，觉得儿子如果可以娶到这样的姑娘做妻子，将来家里一定会兴旺发达，于是便赶快派人前去提亲。

香央神主家一听是庄太夫家的儿子，心想做父亲的那么出色能干，儿子应该也很优秀，于是满口答应。双方就这样讲定婚事，就等大婚的吉日来临。

香央神主这独生女儿，名叫矶良，从小就备受疼爱。这次为女儿觅得难得的丈夫，做为父亲的香央神主感到非常欣慰。离女儿出嫁还有一周时，香央神主根据当地习俗，为女儿问卜幸福，即所谓的"鸣釜神事"。

具体的办法是，用铁锅盛水烧煮，待水即将沸腾时，对着铁锅说出自己想要问卜的事情，如果铁锅里会有洪亮的声响传出，就说明一切顺利，必是好运；如果不响，必是凶相。

谁知道，兴致很高的香央神主对着即将沸腾的铁锅说了三遍自己的心愿，里面也没有任何响声传出。看到这番情景，香央神主突然显得很不安，神明显不同意这桩婚事。

同样忧虑的妻子安慰自己的丈夫说："井泽家也算是武士的后代，庄太夫为人处世都那么出色，应该不会有什么事吧？再说，前些天打听到他的儿子正太郎，长相非常英俊，女儿知道后更是百般愿意。"

正太郎和矶良到了结婚的日子，风风光光、顺顺利利地成为了夫妻。嫁到井泽家以后，矶良热心帮助料理家中大小事务，并无微不至地照顾自己的公公婆婆。正太郎看到自己的妻子不但贤惠有加，而且温柔漂亮，也非常满意，对矶良疼爱体贴。所以两人刚结婚，也是甜蜜幸福，令旁人羡慕。

然而，正太郎很快又厌倦了这种正常的夫妻生活。他慢慢地重返那些寻欢作乐的地方。并且这次正太郎又喜欢上了一个娇媚的妓女，名叫阿袖。阿袖虽然出身贫寒，但因为在风月场所时间很长，对征服男人很有自己的本领。

正太郎天天待在阿袖之处不回家，且他非常同情阿袖的处境。阿袖也经常在正太郎面前哭诉自己悲惨的命运。终于有一天，正太郎偷偷地从家里偷了大笔财物，为阿袖赎了身，并金屋藏娇在离家不远的一处精致的房子里。

矶良发现自己新婚不久的丈夫竟然爱上一个妓女，成日跟那名女子厮混在一起，每日以泪洗面，苦苦相劝，但丈夫仍不为所动。矶良害怕善良的公婆为这样的事情劳神伤心，只有把自己的苦楚藏在心底。

但庄太夫还是发现儿子的所作所为，并且非常生气，于是命人把正太郎关在一间堆放杂物的房间，不许他出门一步。被父亲关在屋子的正太郎，心里想念的只有离此不远居住的阿袖，他无论怎么哀求，庄太夫就是不答应放他出来。原来，庄太夫希望以这种方式将儿子的心收回，断了再回头找妓女阿袖的念头。

　　然后急于出门的正太郎，想出一个办法。这天他命人把自己的妻子矶良叫到门外，故作悔改地说："被关在这里这么久，我已经想通了。作为我的妻子，你这么全心全意地对待我和我的全家人，我却把你一个人丢在家里。我真的很惭愧。其实，我并不是喜欢阿袖，只是同情她的处境。如果我不帮助她，她一定会重新变为妓女，过着非人的生活。所以我想先请你理解我，我打算送阿袖到京都，已经为她联系好了一家不错的人家，她会到那里做事。我发誓，之后一定会好好跟你生活。但是现在父亲丝毫不能原谅我，你能不能帮我？"

　　矶良听到丈夫的话，非常欣喜。她便瞒着自己的公婆变卖了自己所有值钱的东西，还私下向自己娘家借钱。然后，矶良把凑好的钱全部交给了丈夫，并将正太郎放出门外，只希望他能早日回来，重温他们夫妻遗忘的恩爱。

　　正太郎拿到矶良所给的钱物，竟然带着阿袖私奔了。矶良后来得知丈夫的诡计，一下子就病倒了，再也没有生活的希望和勇气。她终日躺在床上，很少吃食物。公婆得知此事，怒斥自己不争气的儿子，悉心照料生病的矶良。但是，矶良依然日渐消瘦，病情未见好转，反而逐渐加重。

　　正太郎和阿袖一路来到了播磨印南郡荒井村，阿袖的亲戚彦六在这里。两人便商量住下。因为长途跋涉，又水土不服，阿袖很快就病倒了。

　　眼看阿袖来到荒井村之后，就一直发高烧，并不断说梦话，正太郎很着急。但是虽然用尽了各种办法，阿袖还是在七天后就病逝了。

　　把阿袖埋葬后，正太郎心里寂寞而悲伤。每天晚上，百无聊赖的正太郎都会来到阿袖的坟前凭吊，抒发自己怀念阿袖的愁绪。一转眼，两年的时间已经过去。

　　这天晚上，正太郎像往日一样来到阿袖的坟前。突然看见偌大的一片坟场里，一个女子正在一座新坟墓哭泣。正太郎暗暗惊讶。于是上前探问对方身份："请问这里是您的什么人啊？怎么哭得这么伤心。"

　　女子听到正太郎的问话，就转过头来，伤心地回答道："这是我家主人的坟墓。我家女主人，因为怀念丈夫哀伤过度已经卧病在床。我是代表我家女主人来烧香献花。主人本是这一带的世家，遭人陷害，失去了领地。女主人是远近驰名的美人，很多人都垂涎她的美色，企图得到她。我家主人就是因为这个原因被人陷害的。"

　　听到这里，正太郎马上有了想一目睹这位美人芳容的念头。

　　而这个女人听说正太郎想探望自己生病的女主人，她看对方恳切的表情想说应该不是坏人，就同意了。

正太郎跟着女子来到一处屋子里面。只见屋子里有一面屏风，女子告知，女主人就躺在屏风后面的床上。正太郎对着屏风询问这位女主人的病是否好转，并坦言对她的遭遇很同情。

只听屏风后面传来那位女主人的声音："我们在这里见面，真是天意啊。我所经历的痛苦，一定要让你同样品尝一下。"说着，女主人苍白的脸从屏风后面露了出来。正太郎一看，大吃一惊，眼前的这个女人正是自己家中的妻子矶良。正太郎大叫一声，昏倒在地。

醒来后，正太郎发现自己躺在一处荒凉的古庙里，周围什么没有，只有一尊古旧雕像。

后来正太郎回到家里，才得知矶良已经在一年前病逝。自此，正太郎整日浑浑噩噩，神志不清。父母看不过去，就将正太郎送入了附近的寺院，请得道高僧帮忙超度。正太郎在寺院里精神逐渐好转，在住持的启发下潜心修行，直至终老。

小知识

该传说记载于日本作家的江户怪谈名作《雨月夜语》，以吉备津神社的"鸣釜神事"为故事概要，标题为《吉备津之釜》。

五 妖 鬼

中国汉朝第六代皇帝汉武帝刘彻,是汉景帝之子,十六岁继承皇位。汉武帝在位时,不仅国家富强,经济繁盛,而且扩增了自己的版图。

据说,汉武帝的版图还延伸到过日本的秋田县男鹿半岛,并且在当地居住下来。这一传说认为,汉武帝是为了到此寻求长生不老之术。有人曾看到汉武帝来到这里的时候,是骑着洁白的仙鹿,身旁还跟随着五只化身为蝙蝠的妖鬼,他们分别叫做眉间、逆颊、眼光、首人和押领。

这五只妖鬼外貌丑陋却对汉武帝非常忠诚。汉武帝经常肆意地召唤他们,五只妖鬼不停地为自己的主人忙碌奔波。每年的一月十五日那天,汉武帝准许这五只妖鬼可以自由活动。他们终于可以不再听命做事,而变得非常嚣张。这五只妖鬼经常来到山下的村子里,肆意妄为,哄抢掠夺。村人对妖鬼的恶性非常痛恨,但是苦于没有解决的办法,只得任其欺凌。

这一年又快到了一月十五日,村人非常害怕,不知道妖鬼会在村里做多少坏事。第二天就是妖鬼前来闹事的时候,众人都非常担心。就在这村人最难熬的这天晚上,有一个其貌不扬的男子来到村长的家里。

男子对村长说他有对付妖鬼的办法,大家不必再担惊受怕。村人原以为,这个人不过是信口开河罢了。谁知,当村长要男子说明不用担心的原因时,他说得很有道理。众人听了之后，也觉得可以一试。于是大家就仔细筹划了应对妖鬼的策略。

就在这天晚上，五妖鬼如往年一样，正当他们大笑着来到村外，准备对村里胡作非为时，男子镇静地来到村外，看着那几个妖鬼说："既然你们都觉得自己很有本事，那么能跟我打个赌吗？如果你们可以赢了我，我答应以后会照你们的意愿办事，无论什么都可以。"

妖鬼们对男子的言行大吃一惊。其中一只妖鬼丝毫没有把眼前这个人当回事，他轻蔑地看了男子一下，哼了一声，回应道："怎么赌？"

男子继续说道："很简单。如果你们可以在明天天亮之前，用石头铺一千级石阶的话，我们全村人都会对你们俯首称臣，佩服十足。每年的一月十五日，我们都会提前准备好充足而丰盛的食物，在村外等候你们的到来。如果再有其他要求，我们也一定会全部设法办到。"

"但是，"男子说到这里，环视了一下妖鬼们得意的神色，变成严肃而低沉的声调，"如果你们自认为自己很有本事，却没有办成这件并不难的事情，就请不要再来我们村庄扰乱了。"

五妖鬼听后，觉得男子所说的赌并不是什么难事，觉得这样赢了村里的人，他们便可以安枕无忧地享受村里的招待和服务，于是妖鬼们满口答应男子的要求。之后便开始各显所长，施展自己的法力。只见这五只妖鬼全部化身为朱红色的蝙蝠，巨大无比，叫声非常恐怖，开始着手铺制石阶。

胆大的村人看着这些妖鬼们的行动，不多时，很多级石阶就出现在村子外面的山脊上。就在妖鬼们忙着完成最后十个石阶时，天色虽然有点发白，但是还没有完全亮起来。村人非常着急。

这时只见男子学了公鸡的鸣叫，全村的公鸡都听到这声响亮的鸣叫后大叫起来。大家高兴地说："太好了，天亮了！太好了，天亮了！"

本来以为自己肯定会在天亮之前，把这一千级石阶铺完的妖鬼，听到公鸡响亮的鸣叫，也只好无可奈何地认输了。

按照五妖鬼和村人的约定，他们只好放弃在村子里胡作非为的念头。村人高兴地欢呼着。在妖鬼们离开之后，男子带领村人爬上旁边的山峰，看到整齐的石阶从山脚下一直铺向了山顶。

"我们再也不用为天气下雨或下雪而不能上山苦恼了，这样坚实的石阶真是太有用了。"男子兴奋地对大家伙。

五妖鬼在懊丧地离开村子之后，才意识到自己上当了，但已经约定不再回到那个村子，他们便把村子附近的一棵千年杉树拔了起来，气呼呼地回到了汉武帝的身旁。

愛情奇緣篇

石 姑 娘

多年以前,中国的妙真师父前后六次东渡日本,历尽千辛万苦,终于抵达日本时,双目已经失明。

到达日本之后,妙真师父得到日本举国上下的热烈欢迎,日本女皇专门颁布了热诚款待他的三条谕旨,规定日本国内高官百姓对他的尊敬和前所未有的礼遇。妙真师父非常感激日本女皇和人民对自己的厚待,更加坚定在日本口授布道的决心。

一天早上,妙真老人带着从中国带来的稻种,出了寺门,希望可以找到适合的土地种下,吃自己亲手种植的稻米。可是,他摸了半天坎坷的山路之后,还是没有找到有泉水的地方。

就在他叹气时,忽然听到耳边有"哗哗"的泉水声传来,同时一阵凄凉的歌声传来:

我是石姑娘,
山里度春光。
嘴里流泉水,
滋润稻花香。

妙真老人听到歌声和泉水声,非常高兴,立即扔下拐杖和稻种,双手合十,向唱歌的姑娘询问她的名字,并确认这里是否真的有水。姑娘肯定地回答说是有水,并称自己是一个用石头做的姑娘。妙真老人有些惊讶地不知所以。

唱歌的姑娘回说,妙真老人不相信的话,可以伸手摸摸自己,让妙真师父非常为难,迟迟不敢伸出手臂。于是姑娘笑着说道:"哈哈,大法师,你不敢摸我啊!不过,这样也好,说不定你很快就可以看到我了。"

这时,妙真老人以为对方肯定是在跟自己开玩笑,也就没有在意。他捧起身边流淌的河水,喝了下去,顿时清凉甜美的味道沁人心肺。他怀着感激的心情,问姑娘家住哪里。

只听到对方答道:"我没有家,一直站在这岩石上吐水,已经有十年了,常年风里雨里站在这儿……"言语中,满是悲凉的意味。妙真老人听后,心里充满了莫名的怀疑和忧虑。姑娘手捧新吐的泉水,送至妙真的嘴边,请他品尝。

突然这时一阵风从山里吹来,飞溅的水花喷到妙真老人的眼睛。顿时,妙真觉得眼前的世界大放光明。

妙真师父欢喜若狂,失声大叫"石姑娘,石姑娘!"却没有任何回应。他环顾四周,见高高的山峦上,有一尊石像。走进一看,妙真发现,这是一个日本姑娘的石雕,眉清目秀,端庄美丽,嘴里吐出一股股清澈的泉水。石雕身上已经风尘斑斑,脸颊上依然泛出青春的光彩,只是,她的眸子里似乎隐含着无尽的哀伤。老人迷惑不解,站在石像面前,久久不肯离去,双手合十,仰视苍天。

待老人种好稻种时,夕阳已经落山。一路上,石姑娘哀怨的歌声时断时续,令妙真心潮起伏。回到寺院,妙真老人的徒弟秋荣迎上,看到师父的眼睛炯炯有神,重新复明,非常惊奇,连忙询问原因。妙真就将遇上石姑娘的事情讲了出来。秋荣也觉得不可思议,转身跑到经堂,为师父焚香跪拜,朗诵经文。

几天之后的清晨,妙真正在蒲团上诵经打坐,秋荣前来禀告,说这些天总有一个姑娘,天不亮就溜进寺里,偷听妙真诵经。妙真觉得奇怪,就让秋荣将姑娘请进来。

秋荣带着来人进来,妙真一看,马上认出她就是那天在山中所见到的石姑娘,只是脸上多出了几道鞭痕,眼中满是泪水。石姑娘望着面前的妙真师父,泣不成声,过了一会儿,终于说出自己的遭遇。

原来石姑娘笃信佛教,但是她的丈夫却坚决反对,并且只要听到她诵读经文,非打即骂。老人非常同情石姑娘,便问她丈夫到底是什么人,为什么会反对她信奉佛教。

石姑娘正准备回答时,只见一个面目狰狞的黑脸大汉旋风似的闯了进来,手拎一条带血的皮鞭。看到石姑娘,他就劈头盖脸地打了起来,连声叫骂。皮鞭抽了一阵,大汉揪住石姑娘的头发到了外面,只听到她声嘶力竭地大喊"师父救我!"

妙真和秋荣追到门外,却发现人已经不见了。后来每到凌晨,妙真就命令秋荣观察门外,可是一连很长时间过去了,还是没有再见到石姑娘的影子。

一天,秋荣担心地问师父,不知道石姑娘有没有被丈夫打死。妙真突然想起山上的石像,连忙带着秋荣上山。报恩心切的秋荣,当即准备了两把锋利的镰刀,跟着师父出了寺门。

看到石姑娘石像的秋荣,不禁惊叫起来,他仔细地打量着石姑娘的雕像,跪下连连磕头,念念有词。可是,那个打骂石姑娘的恶汉在哪里?妙真和秋荣在石像周围找了半天,没有任何收获。

师徒两人顺着羊肠小径下山坡时,天色已经变暗,下起了蒙蒙细雨。妙真师父和秋荣唉声叹气地往回走,耳畔又飘来了石姑娘哀怨的歌声。秋荣的心头升起愤怒的火焰,他顾不得师父的同意,手握镰刀,顺着歌声跑去。

爬过一座大山,秋荣看到一个鬼魅似的黑影,拖着一条皮鞭,闪电似的窜进了石姑娘背后的一个山洞。

走进之后,秋荣四处搜索,忽然发现山洞里有两只狡黠的眼睛,闪闪发光,往外窥视着。秋荣举起镰刀,对着眼睛四周,一阵猛扎猛砍。里面的怪物躲闪不及,哀号几声便倒了下去。

秋荣等了一会儿,将倒下的怪物拖出来一看,是一条又肥又大的黑山狼。这时,妙真师父赶了上来,看到秋荣,当即喟叹了一声,深深鞠躬,念道:"善有善报,恶有恶报,阿弥陀佛!"

当妙真师父和徒弟秋荣再次来到石姑娘的雕像面前,只见她嘴角含笑,脸上露出幸福的笑意。妙真师父摸着石姑娘那被秋雨淋湿了的肩膀,感慨地说:"你受了这么多苦,终于脱离苦海,阿弥陀佛……"

第二天清晨,妙真老人正在诵读经书,只见石姑娘悄悄地来到门外。石姑娘先后来到妙真师父和秋荣的面前,对他们表达了自己的感激之情。知道石姑娘喜欢诵读经书,妙真从案桌上抽出一卷《法华经》送给她。石姑娘接到经书,如获珍宝,欢喜不已。

从此,在妙真师父的帮助下,石姑娘礼敬诸佛,勤读经法,在佛经中寻找到了自己的极乐与幸福。

仙鹤奇缘

从前,有一个贫穷的年轻人,和唯一的亲人——七十岁的母亲生活在深山里面,以伐木烧炭为生。

这个年轻人性格善良,非常勤劳,特别是对自己的母亲非常孝顺。这年日本的冬天,天气特别寒冷,尽管家里留有卖剩的木炭,可以用来生活取暖,但母亲的手脚整日冰凉,几乎不能忍受。于是年轻人决定,拿近来卖炭赚得的钱,给母亲买一条暖和的新棉被。

这天年轻人来到城里,打算买棉被带回去给母亲。就在他寻找卖棉被地方的路上,看到路边有个猎网,里面有一只叫声凄惨的白鹤。听到白鹤的哀鸣,年轻人心里也跟着伤心。看到旁边站着的卖者,年轻人向前恳求希望可以放出这只可怜的白鹤。

卖者冷笑了一声,回答道:"这鹤是我费了好大的力气捕来的,你说放就放?除非卖给你,你想怎么处理都可以。"

看到卖者丝毫不为所动,年轻人答应愿意购买这只鹤。接到年轻人递来的钱,卖者高兴地把网中的白鹤给了年轻人,年轻人马上将可怜的白鹤放飞了。

看着白鹤一飞冲天,年轻人心里十分高兴。但是他马上就忧愁起来,好不容易赚到这一点钱,现在一点也不剩,怎么给母亲买棉被呢?

年轻人回到家里,对母亲说出了实情,看着母亲衰弱的身体,他觉得很对不起自己的母亲。谁知母亲听到他的叙述，反而高兴地夸奖起自己的儿子。这位年老体弱的老人告诉儿子："做人就应该多为别人着想。对于那些身陷困境的弱者，我们应该尽其所能。"儿子看到母亲慷慨的表情，重重地点了点头。

外面呼呼的寒风夹杂着雪花，给整个村庄增添了诗意的色彩。但是，诗意对穷人来说，什么也不是。年轻人抱着瘦弱的母亲，挨着漫漫的长夜，期待着春天早日来临。

第二天晚上，突然有敲门声传到了年轻人的耳朵里。这么冷的晚上，怎么还有人来？他疑惑地来到门口，只见一个满身雪花的姑娘立在寒风里，希望能在年轻人家中借宿。年轻人赶忙带着姑娘来到家里的火堆旁边。

坐在燃烧的木炭旁边，姑娘很快恢复了知觉。她感激地望着年轻人，并对他讲明来意。原来她听说年轻人勤劳而善良，希望可以托付终身，深夜来到这里，其实也是因为这个原因。年轻人一听愣住了，他张大了嘴，仿佛没有听懂姑娘的话。

姑娘羞涩地说："如果你愿意的话，我可以做你的妻子，照顾你和你的母亲。"年轻人惊讶极了，他望着眼前这位姑娘，火光映红了她俏丽的脸颊，像春天里满山的桃花。他几乎不相信自己的耳朵，犹豫地说："可是我太穷了，家里除了年老的母亲之外，几乎一无所有。"

姑娘立即回答："没关系，只要你愿意就可以。"她明亮的大眼睛，像夜空中的星星，望着年轻人也羞红了脸。

卧在一旁的母亲说话了，她看着火堆旁的姑娘，高兴地说："我儿子是个好孩子，我不骗你。如果你愿意做我们家的儿媳妇，我老太婆真是要谢天谢地了。"

就这样在母亲的张罗下，年轻人和送上门的新娘子结成了夫妇。婚后，尽管生活并不富裕，但两人还是非常恩爱，而且年轻人的母亲也因此精神好了很多。

这一天，妻子对丈夫说自己有特别的事情，必须藏在家里的橱柜里面，三天之后，方能出来，只是一定不要随便打开橱柜，自己会出来的。听到妻子的话，年轻人很疑惑，但他还是嘱咐妻子，有事就叫自己的名字。就这样，年轻人的妻子真的藏在橱柜三天，出来后一切如常。

看到妻子安然无恙，年轻人悬着的心终于落了下来。他刚想招呼一直没有吃饭的妻子坐下来，只听妻子说道："这三天里，我在橱柜里面织好了一匹布，家里没钱用的时候，就拿去卖了吧！"

年轻人来到橱柜一看，果然有一批上等的布放在那里，他觉得非常惊奇。就在这时，母亲的旧病复发了，急需大量的钱用。

年轻人急忙将布匹拿到市集上，卖给了当地的领主。谁知领主看到年轻人的布匹之后,叹为观止,非要多几匹。

年轻人回家告诉妻子,妻子满口答应,嘱咐丈夫不要打扰橱柜里面的自己。这次,妻子藏到橱柜一个多星期了,年轻人非常担心妻子的身体。无论他在橱柜外怎样呼唤,妻子一直没有应声。心急的年轻人一下子打开了橱柜的门,只见一只脱落了很多羽毛的鹤正在织布,用的材料正是从自己身上叼下的羽毛。

鹤看见年轻人,就伤心地说:"你竟然偷看了我。现在布已织好,你拿去卖了吧!只是我必须走了。对了,我就是你曾经救过的那只鹤。"说完,这只鹤就从橱柜里面出来,深情地望了丈夫一眼,向着西方飞走了。年轻人后悔地望着妻子飞行的方向,只见天空中突然多出来很多白鹤,鸣叫着,围绕着自己的妻子,慢慢消失了。

望着妻子做好的那几匹鲜亮的布,年轻人伤心欲绝。

他将布匹卖掉,换来了很多的钱。拿到钱的年轻人顺利地将母亲的病治好了。这时的他,更加想念自己善解人意的妻子。

听说后来年轻人在海边遇到一个捕鱼的老者。在老人的帮助下,他终于来到妻子所在的仙岛,名字叫仙鹤雨衣。到了仙鹤雨衣的岛的年轻人,见到了自己的妻子。他发现自己妻子还是那样美丽。

经过妻子的说明,年轻人得知原来她就是这个岛上的百鹤之王。因为误入捕鹤者的圈套,她几乎丢掉了性命,多亏年轻人的救助,她才能得以脱险。

为了感谢他,她告别家中的仙鹤姊妹,独自一人来到年轻人家里报恩。没想到的是,他们的缘分很快就结束了。

和妻子互吐了相思之苦,年轻人知道妻子已经不能再跟自己回到以前的生活,就无奈地离开小岛,回到家中,和母亲相依相守,直至去世。

小知识

民间传说中,有一种专门描写异类妻子的。在这一类传说中,出现的动物有蛇、鱼、鸟或者狐狸、猫等。可以说,世界上日本与其邻近的民族比较多这样异类妻子的故事,在日本全国各地几乎都有此类的传说分布。

楠木雕人

古时候，日本北海道有一个叫做村夫的虾夷人，原是一名奴隶，老实厚道，心灵手巧。为了摆脱奴隶的命运，在一个风雨交加的夜晚，村夫偷到一艘小船，顺着北海道一直向南漂流。

这一天，正在海上漂流的村夫，突遇狂风巨浪。转眼之间，村夫就被大浪吹打得晕头转向，小船也被吹翻。落水的村夫大喊"救命"，拼命挣扎。就在那时，村夫惊喜地听到，有人在大叫自己的名字。随即，村夫看到一个有着鱼尾的姑娘来到自己身边。姑娘拉起几乎快昏倒的村夫，闪电般的游到了岸边。

过了一会儿，村夫终于醒了过来。他看到自己躺在岸边柔软的沙滩上，而这沙滩位于一个小岛上，山峰耸立，草木葱茏。那个搭救自己的姑娘正浮在不远处的海面，黑色的长发披在细嫩白皙的肩膀上，用大而明亮的眼睛温柔而调皮地看着自己。

看到村夫醒来，姑娘热情地跟他交谈。这时村夫才知道，姑娘名叫阿芳。姑娘得知村夫的身份和去向后，就轻快地摇摇尾巴，告诉自己该回家了，于是就将轻盈美丽的身体划向了大海深处。望着阿芳远去的身影，村夫感到心情前所未有的愉悦和轻松。他拿起随身携带的尺八，高兴地吹了起来。

因为没有了船，村夫只得在岛上待了下来，并期望可以有机会离开。他在岛上找到各种珍异美味的果子,很容易就填饱了自己的肚子。无聊时,村夫就吹起自己的尺八,回想救了自己的阿芳那美丽的脸庞。

一天,正吹得高兴的村夫意外地听到了非常悦耳的歌声。每到村夫的演奏开始,那歌声就会哼唱起来。正当村夫发愣时,阿芳走到村夫面前,望着他手中紫色竹子做成的尺八,眨着明珠似的大眼,忍不住称赞道:"你吹的真好听!这支竹箫真漂亮。"村夫摇头说:"这不叫竹箫,而是日本的乐器尺八。"

这时,村夫才从阿芳的口中得知,她来自中国,并不知道尺八是什么。村夫看到阿芳非常喜欢尺八,就把它递到阿芳手中。阿芳脸上露出兴奋的红晕,把精巧的尺八放入口中,越吹越喜欢,爱不释手。

看到自己救命恩人这么喜欢自己的尺八,村夫便决定要把尺八送给阿芳。知道村夫决定的阿芳高兴极了,手握尺八,开心地频频点头。只见她轻咬嘴唇,思索片刻,就顺手将耳垂上的翡翠耳环摘了下来,塞到村夫手中,娇声说道:"我也没有什么特别的东西,就把它们回赠给你吧!"

村夫定睛一看,手中的耳环上镶嵌着碧绿透亮的翡翠,在阳光下发出夺目的光彩。正当他想拒绝阿芳这么贵重的礼物时,阿芳又如上次一样,说:"哎呀,时间不早了,我必须赶快回去。"说完,阿芳就跑离开了。瞬间,村夫看到阿芳已跑到了海边,轻盈的身影一闪,在礁石后面飞溅的水花中消失。

第二天清晨,原本平静的海湾突然卷起风暴,狂涛拍打着海岸,怒啸不已。村夫听到一声低沉的怒吼,似乎是从大海深处发出:"阿芳,快唱歌!听到没有?快给我唱歌!"

接着,海面上果然飘来了阿芳那熟悉而凄凉的歌声。村夫不禁一惊,蹙眉听着。阿芳唱完一段之后,就会吹一阵尺八,之后,又接着唱了起来。过了一会儿,海上的风暴渐渐平息,阿芳的歌声也逐渐停止。村夫怅然若失地望着大海,大惑不解,并开始为阿芳的处境担心。

果然,村夫等到了阿芳的不幸消息。风暴之后的第二天,阿芳脸色苍白、衣着凌乱地出现在村夫的面前,断断续续地向村夫倾诉了自己的遭遇。

原来阿芳是中国的一个皇妃,不仅容貌出众,而且能歌善舞,是皇帝最为宠幸的一个妃子。阿芳陪伴皇帝,在皇宫中过着逍遥自在的生活,唱歌跳舞,喝酒嬉戏。不料一年边疆大乱,皇帝率兵出征,奋力厮杀,还是惨败而归,血战数日,负伤逃回京城。

垂头丧气的皇帝回到宫中,不思进取,命令阿芳继续唱歌跳舞。让阿芳没有想到的是,皇帝就在她的歌声中,饮毒酒自杀身亡。阿芳做了敌人的俘虏。不肯被敌人玷污的阿芳,面对破碎的山河,决然跳入大海,含恨而死。

阿芳死后,上天怜悯她的美丽和忠贞,封她为鲛人,也就是美人鱼,自由地悠游在南海。南海的海神听说了这件事,就强迫阿芳每天唱歌,而且不准重复,一旦阿芳的歌唱完,大海就会将她吞没。这天,阿芳已经唱完了自己的最后一首歌,即将面临毁灭的命运。

村夫听说阿芳的悲惨遭遇,非常同情。他绞尽脑汁,想帮助阿芳逃生,却没有任何办法。就在这时,满天的乌云向大海压来,潮水如疯狂的野兽,怒吼着向阿芳扑来。村夫拉起阿芳,向着巨浪卷来的相反方向,转身就跑。只见卷起的海浪一跃而起,劈头向阿芳扑来。村夫回头一看,阿芳一下子被冲到了海里。接着,一层层的大浪接踵而至,彻底将阿芳推向海水深处。

村夫的泪水夺眶而出,撕心裂肺地哭喊着"阿芳!阿芳!……"

可是,大海依然呼啸着,阿芳没有踪影了。村夫绝望地望着大海,直至第二天早晨,大海再次涨潮,村夫意外地得到尺八——就是他赠送给阿芳的那支尺八。村夫这才接受了阿芳已经不在人世的事实。为了纪念阿芳,村夫在海岛上砍下一块楠木,精心刻下阿芳的相貌,并放在阿芳经常出现的那块礁石之上,日日守护。

不知道过了多少年,一艘大船经过村夫所在的海岛。交谈当中,大船上的人告诉村夫,现在他逃离的地方已经摆脱了奴隶的命运,奴隶们都当家做了主人。得知这个令人兴奋的好消息,村夫开始思念自己的家乡,打算离开海岛。

村夫对着木雕上的阿芳,说出自己的心愿,只见她随即表现出忧伤的表情。等村夫登上准备好的小船,驶离海岛时,马上就听到有人在海岛上呼唤村夫,祈求他不要留下自己一个人。

村夫知道海岛上一直就他一个人,听到呼唤,非常吃惊,回头一看,只见阿芳正站在那块礁石上,向他招手示意。村夫急忙调转船头,飞奔上岸,却发现那里只有阿芳的雕像。看着雕像上的阿芳,村夫百感交集,终于决定陪伴阿芳,永远留在海岛。

物换星移,村夫年老死去,海岛上的呼唤和守候也随之停止。后人知道了村夫和阿芳相恋的故事,非常感动,就用楠木刻下了村夫的相貌,放在大礁石上的阿芳身旁,让这一对恋人可以永远相守。

从此,这一对历尽千辛万苦的恋人,化作一对楠木雕人,朝夕相伴,并肩眺望着无边的大海。听说每到晚上,他们就会化成人形,来到海边,一个彻夜吹着尺八,一个通宵轻声歌唱。

阿根与杜鹃

远古时候,琼州(中国海南岛)有一个年轻人,名叫阿根,以捕鱼为生。

这一天,阿根划着自制的小船出海没多远,就遇上了少见的风暴。风暴过后,阿根的船翻桨折,被巨浪拍打着四处漂流。他咬牙坚持着,三天三夜之后,被海浪冲到了一个名叫安渡滩的岛上。

阿根醒来后,觉得脑袋还是昏昏沉沉的,又冷又饿。他挣扎着站起来,希望可以找到填饱肚子的东西。

来到这个陌生的小岛上,阿根觉得耳边满是海涛的飞溅声与松林的吼鸣声,眼前别是一番天地。正在好奇地东张西望时,阿根发现离此不远的海滩上竟然堆放了好多鲜艳的衣服。走近之后,阿根注意到,这是一些短衫和短裤:短衫淡绿色,都是薄纱做成;短裤为粉红色,均是红丝绒。

这时远处的海滨里传来一阵娇笑声。

阿根向笑声传来的方向看去,只见一群有着黑色长发的姑娘正在海水里面洗澡嬉闹。她们雪白的肌肤映着头顶的太阳,看得阿根目不转睛。他心想:"世界上竟然有这么美丽的姑娘,如果其中的一个可以成为我的妻子,那该有多好!"

看着眼前那些漂亮的衣服,阿根突然有个主意。他悄悄地拿起这些衣服中最为耀眼的一套,爬到一棵附近的老树上,将衣服藏在上面。阿根从树上下来之后,躲在礁石的后面,小心地观察这些姑娘们的动静。

太阳逐渐隐没在海岸周围的大山,落日的余晖洒满蔚蓝的海面。一个姑娘从海水里探出头来,抬头看了看天,娇声问道:"天要黑了,大家洗得怎么样了?"

其他姑娘纷纷高兴应声,有的说是该准备回家了,有的撒娇地表示要再多洗一会儿。刹那间,好多漂亮的脸蛋露了出来,吵闹着,嬉笑着。

只见那个最先露出头来的姑娘大声地说道:"姊妹们,趁着天色还没有变暗,我们赶快上岸吧,穿好自己的衣服,再吃上一颗长春果,该飞回老家喽!"

这些姑娘们便顺从地从海水里出来。她们继续打闹着,让海风吹干身体,然后来到堆放衣服的地方,挑出自己的那一套穿了起来。

阿根惊奇地看到,这些穿上衣服的姑娘,都变成了花翅膀的杜鹃鸟。杜鹃们争先恐后地飞上海滩附近长满长春果子的树上,快乐地吃了起来。吃完长春果的杜鹃,满意地对着天空鸣叫了几声,展翅飞向了远方,唯独有一个姑娘例外。

这个姑娘站在岸边浅水里,四下张望着,寻找着自己的衣服。此刻,海滩上已经空空如也,而其他杜鹃们也已经飞得无影无踪。她着急地哭了起来,越来越伤心。

看着姑娘那尴尬而焦急的模样,阿根便从礁石后面走了出来。正在哭泣的姑娘一看,羞得满脸通红。阿根故作同情地问道:"这位姑娘,你没事吧?怎么哭得这么伤心?"又羞又急的姑娘慌忙说:"我,我的衣服不见了,怎么也找不着。你有看到吗?"

阿根做出一副很无奈的表情,摇头走开了。姑娘连忙在后面叫住了阿根:"请不要走,请不要走!"

阿根停了看着那姑娘,以眼神询问她还有什么事情,姑娘不好意思地开口请求阿根借件衣服给她穿。阿根闻言心里暗喜,却故意装作一副很为难的样子,对姑娘说道:"想借我的衣服穿也可以,但是我有一个条件,你必须答应做我的妻子。否则,认识我的人发现了这件事,我该怎么解释啊!"

这个姑娘一听,脸蛋变得更红了。她低头想了一会儿,又抬头看了看阿根那俊朗的五官和强健的身材,点头答应了。就这样,阿根连忙脱下自己的衣服,低头递给了姑娘。穿上衣服的姑娘看着阿根那热情的眼睛,羞涩地跟在他的后面。

两人结成了夫妻,生活也非常美满。大约一年之后,阿根和这个姑娘生下了一个儿子,都非常高兴。尽管如此,细心的阿根总觉得妻子有些不对。每到秋天的时候,她总是显得很哀伤。自此,阿根开始担心妻子会离开自己。

又是一年秋天,一群花翅膀的杜鹃鸟从日本的近畿飞来,原本冷清的沙滩瞬间热闹起来。正在海滩上忙着结网的阿根妻子,突然看到远处飞来的杜鹃,兴奋极了,一口气跑到了这些正在洗澡的杜鹃姑娘身边,热情地叫喊着自己的姊妹。

可是,因为时间已经过去了七年,没有杜鹃姑娘记得曾经脱队的她。不管阿根的妻子怎么呼唤,也没有一个杜鹃姑娘理会。阿根妻子非常难过,回到家中,一连好几天都愁眉不展。

碰巧的是,没过几天,阿根的儿子来到海滩边的树林边玩,发现了藏在大榕树上的衣服,便回家告诉了母亲。阿根妻子听后,立即带着儿子来到藏衣服的树下,发现那正是自己七年前遗失的衣服。她急忙让儿子爬上大树,取下了自己的衣服。

捧着这些衣服,忽然她全都明白自己的衣服为什么会莫名其妙地遗失,而自己的丈夫阿根为何会刚好及时出现,这一切都巧合得像个阴谋。

带着衣服回到家中,阿根的妻子悄悄地将自己的衣服藏了起来。

第二年的春天,一群花翅膀的杜鹃像往常一样来到海滩。阿根的妻子发现之后,便给自己的丈夫留下了一封信,然后取出自己的衣服穿上,又变成了一只轻盈美丽的杜鹃鸟,随着其他杜鹃飞向了远方。

阿根发现妻子不见之后,四处寻找,却没有找到。后来他看到妻子留下的那封信,打开之后,只见上面写道:"为什么要欺骗我?我已经找回了自己原来的衣服,跟着伙伴飞向了久别的故乡。"阿根悔恨极了。他带着儿子来到和妻子遇见的沙滩,抬头向天空望去,只见高空中有一群美丽的杜鹃,展翅飞过云端,刹那间,消失得无影无踪。

小知识

在日本的古代神话传说中,有一种仙果,女子只要吃下去,就可以怀有身孕。这和中国神话传说中的"神水"相似。在《西游记》当中,这种传说还被保留着。女儿国中没有男子,那些女孩子成年之后,只需要喝一些国内子母河之水,就可以怀胎生育。

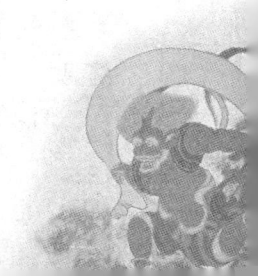

微笑的头颅

宇奈五山（位于现在日本神户市）的山丘上有一处村落，村民多以酿酒为生。

在这个村子里，五曾次家是最富裕的家。五曾次虽然财富众多，但为人却吝啬而冷漠，跟村子的其他人很少交往。五曾次有一个儿子，叫五藏，五曾次非常疼爱他。五藏生来就跟父亲的性情相反，不但心地异常善良，而且乐于救济穷困的村民。五藏爱好和平，最擅长的是和歌与书法。

曾次一族里面，有一个人名叫元助，靠耕田为生，尽管非常勤劳，但是所得也难以维持家里的支出。元助有一个年老的母亲和漂亮的妹妹，她们忙于织布，以此贴补家里拮据的经济。

元助的妹妹名叫阿宗，一人承担了所有的家务，勤俭持家，空闲时间喜欢读书，并经常练习写字。阿宗不但人长得漂亮，而且心灵手巧，每天能织不少布匹出来。

在村里，五曾次家和元助家离得非常近，加上两家算是亲戚，所以年龄相仿的五藏和阿宗从小就非常熟悉，青梅竹马，两小无猜。随着时间的流逝，两人感情越来越好。两个情投意合的年轻人，等到彼此成年之后，就私下迫不及待地私订了终身。

两人表面上装作很少来往，但终是瞒不住的。一天傍晚，五藏和阿宗跟平时一样约好来到村子外面的后山,不巧刚好被上山采药的人撞上,这个人很快认出他们。原来这人也是曾次族人,从医已经三十年,在当地很有名气。

两个约会的年轻人没想到竟然这时被来人认出,而且对方就是本族颇有名望的长辈,脸红地低头沉默不语。看到他们紧张的样子,这位好心的老人就主动开口说:"我老人家什么也没有看到。这天怎么黑得这么快? 呵呵,回家喽,回家喽。"

原来,这位老人平时就非常喜欢这两个孩子,五藏是同族全男孩子里最有才学也是心地最善良的一个;阿宗是全村公认的好姑娘,不但长得特别漂亮,而且心灵手巧,孝敬老人,被很多年轻人爱慕。得知这么优秀的两个孩子这样彼此相爱,这位好心的老人感到非常高兴。第二天,老人就来到阿宗的家里,对阿宗的家人说出阿宗和五藏的相爱事实,并主动向元助的母亲提出,愿意到五曾次的家里提亲。

元助的母亲听到这个消息,有感自家太穷困,跟富裕的五曾次家不相配。但看到来人这么热情且愿意帮助自己家的女儿,她也就高兴地答应了。阿宗的母亲眼看自己出色的女儿到了出嫁的年龄,也暗地里挑选合适的年轻人,但独独不敢想把同样出色的五藏作为人选。

得到元助母亲的同意,老人随即就来到了五曾次的家里。五曾次一听老人是来为自己儿子提亲的,非常高兴,热情地招呼老人坐下用茶。但当老人说到自己提亲的女孩子是阿宗时,五曾次马上就面露不悦之色。老人想到五曾次会这样反应,就劝说道:"俗话说得好,美丽黄莺总是栖息在挺拔的梅树上,它肯定不会在其他任何树上垒筑窝巢。五藏这个孩子从小就惹人疼爱,现在长大成人也非常优秀,跟元助家漂亮能干的阿宗彼此爱慕,很相配。相较之下,元助家是没有你们家富裕,但是元助勤劳守分,阿宗孝敬老人。他们如果可以喜结连理,这样也是难得的姻缘。"

谁知五曾次听到这里,非常不屑于老人的见解,嘲笑着说:"我们家一直富裕有福,是福神的青睐和赐予,如果把元助家的穷姑娘娶进家门,会得罪了福神。这样以后我们家就别想再有好日子过了。"五曾次冷漠看了一眼老人,直接回绝道,"我看,你可以回去了,以后不要再提这样让我生气的事情。"

老人一脸失望,但是没有办法,只得离开,把事情的前后告知元助家。五藏得知这件事后,既为老人的提亲感到高兴,又为父亲的回绝感到悲伤。尽管此后父亲也经常当面告诫他不要再和阿宗来往,五藏却不为所动,依然偷偷地和阿宗来往着。

终于有一次,五藏和阿宗私下约会的事情被家里的一个仆人发现,并立即告诉了五曾次。五曾次知道自己的儿子竟然丝毫不听自己的话,就把五藏叫到面前,当着全家人的面,勃然大怒,训斥道:"五藏,你听着,你胆敢把那个穷姑娘阿宗娶到我们家来，我立即跟你断绝父子关系。除此之外，你再也别想从家里得到一文钱。以后怎么做，你自己看着办吧！"

看到这样的情景，五藏的母亲也担心起自己疼爱的儿子。她苦口婆心地劝说五藏，并且故意说自己晚上睡不好，要儿子每天夜里到自己屋子读书给自己听。

五藏心里明白，母亲要自己每晚去读书给她听，不过是一种变相阻止自己见阿宗的方法。但是因为多病的母亲一直最疼爱自己，五藏听到母亲的吩咐只得应允，不能再随便出门了。阿宗一连一个月没有见到五藏，思念不已，不久就病倒了。看到躺在床上的妹妹这么憔悴，不吃不喝，元助就劝说妹妹，不要再想五藏了，两家差距太大，根本就不可能。但是不论元助怎么劝说，阿宗都是闭眼沉默。无奈心疼妹妹的元助托人给五藏捎去消息，希望他可以前来看一眼阿宗，要不然阿宗就会这样而死。

这天傍晚，得到消息的五藏来到了阿宗的家里。看到眼前的阿宗，为了思念自己而面目全非，大为痛心。他上前紧握阿宗瘦弱的双手，真诚地说："阿宗，你放心，我一定会坚守我们彼此相爱到老的诺言。至于我的父亲，我想他终有被我们的感情打动的时候。人生苦短，找到自己相爱的人，并且跟她一起自由自在地生活下去，是件多么幸福的事情。所以我非常希望能够早日跟你一起生活，就算一两年也会感到满足。实在不行，我觉得我们可以逃到深山里面，隐居起来，尽管会没有钱，我们却可以依靠自己的力量快乐地生活着。"

阿宗听到五藏的这一番话，所有的疑虑都消失，欣慰地笑了。她马上从床上爬了起来，迅速地穿上自己喜爱的衣服，装扮完毕。阿宗发现五藏来时，还给她带来最喜欢吃的鲜鱼，更加高兴了，她轻声哼起熟悉的歌谣，着手料理这些美味的鱼。这天晚上，久别的五藏和阿宗聊了好久，不知不觉就到了天亮。第二天，五藏和阿宗依依惜别。

五藏回到家中，刚好被等在房间的父亲看见。五曾次大发雷霆，呵斥五藏的母亲没有好好教育自己的儿子。五曾次决绝地说，如果五藏再偷偷出门见阿宗就立即到官府了断两人父子关系。五藏温顺的母亲这时也吓坏了，她把儿子拉到一旁，连声哀劝五藏，再也不要违背父亲的决定。

此刻的五藏，想起刚才答应阿宗的誓言，又看到母亲可怜的深情，矛盾不已。最后，他答应母亲会听从父亲的话，每天专心帮助父亲操持家业，以待时间一长，父亲的气可以消解。这样阿宗和五藏一别又是半年了。

自从上次见过五藏之后，阿宗翘盼着他能够再次前来看望自己，没想到日子一天天流逝，五藏再也没有出现。阿宗的相思病复发，很快病情加重。阿宗的哥哥元助看到病入膏肓的妹妹只得再次托人让五藏前来。五藏听到这个消息，瞒着父母，再一次悄悄溜进阿宗的家中。

五藏看到病床上奄奄一息的阿宗，非常伤心。他心痛而无奈地告诉元助："元助哥哥，看到阿宗为我这样折磨自己，我真是痛恨自己不能早点做出决定。这样吧！请你明天送阿宗到我家拜见我的父母，我一定要让他们答应我们的婚事。就算我们不能生活得太长久，也总比这样彼此绝望憔悴而死要好。我不能违背自己当初的誓言，让可怜的阿宗一个人承受两个人的痛苦。"

当天晚上，在阿宗的家里，五藏和阿宗当着元助和阿宗母亲的面举行了简陋的婚礼。第二天的早上，衰弱的阿宗在母亲的帮助下，穿上自己很早就准备好的新娘礼服，佩戴上母亲结婚时的贵重首饰。哥哥元助也换上很少穿的礼服，佩带好长刀与短刀，等待着送妹妹前往五藏家。

五曾次一大早看到阿宗的轿子停在自家的门口，不禁大为惊讶，他早已听说阿宗已病的垂死挣扎。看到五曾次惊讶的表情，元助上前一步，解释说："您的儿子五藏和我的妹妹阿宗从小青梅竹马，情投意合。但是作为五藏父亲的您却一直阻拦他们的婚事，致使他们虽然两情相悦，却只能孤独致死。现在我的妹妹阿宗因为思念被你关在家中的五藏，已经患了重病，不可挽回。五藏昨天已经来到我的家中，跟我的妹妹喝了交杯酒，成为夫妻。现在，阿宗只是希望能够死在您的家中，以便可以跟五藏长相厮守。这点银子，是我辛苦攒下来的，等我妹妹死后，希望您可以用这些钱为她置办丧事，让她的骨灰可以埋在您家的菩提寺。希望可怜的阿宗，能在死后顺利地跟心上人在一起。"

听完元助的这一番话，五曾次暴跳如雷。他大声叫出五藏，并一脚把五藏从屋子踹到了院子里面。只见五藏静静地擦去嘴角的血迹，伏在地上，坚决地对父亲说："阿宗已经是我的妻子了，这已经是事实，不容改变。你要不答应我，并赶她走的话，我就跟她一起走！"说到这里，元助竟然出手阻止了五藏。元助说："阿宗的病情已经很严重了，如果你真的爱阿宗，就帮助她达成心愿吧！"说完，元助热泪盈眶，按照之前妹妹的嘱咐，拔刀斩下妹妹的头颅。

衰弱的阿宗在哥哥杀死自己之前和之后，都是微笑着，或许她觉得自己终于可以跟五藏在一起，并且不再分离了吧！五曾次吓得魂飞魄散，一人逃出家中，再也没有回来。五藏的母亲则回了娘家，不久落发为尼，终日念佛度日。

安葬过阿宗，五藏的脑海一直是阿宗那神秘的微笑。他看破红尘，落发为僧。元助则和自己年老的母亲继续过着原本贫困的生活。

阿樵与阿伊努

在台湾的合欢山上，曾生活着一个贫穷的年轻人，名叫阿樵，他忠厚善良，勤劳朴实。

这一天，阿樵到山上砍柴。木柴砍完后，阿樵就顺着原来的路回家。但是，他绕来绕去，始终没有找到自己回家的路。山林里的夜晚很快就来临。累得浑身酸痛的阿樵靠着一棵老树，坐下休息，失望至极。可能是太累的缘故，阿樵一会儿就睡着了。

第二天，阿樵在山林清脆悦耳的鸟鸣声中醒来。这时他才发现，身边长满了各种花草，阵阵幽香扑鼻而来，晶莹的露珠在花瓣上晶莹剔透。远处高大的树木密密麻麻，俨然成了一道绿色的天然屏障，只有对着大海的一面非常空旷，可以一眼看到海面流动的海水。

顺利回家之后，阿樵还是留恋着山林中这个美丽的地方。从此每次到山上打柴，阿樵总会到老树下面休息一会儿。

这是一个有薄雾的天气，上午阿樵砍完了柴，来到大树底下休息。他看到海面上一片蒙眬，非常迷人。就在那时，一个红色的身影乘着小船，慢慢地进入了他的视线。接着一阵优美的乐声伴着娇媚的歌声传了过来，阿樵听到来人唱道：

"我是日本阿伊努，坐着小船海上浮。……"

阿樵对这个唱歌的姑娘非常好奇。但是他始终没有看清船上人的样貌。很快,雾散尽了,阿樵连忙向海面上寻找,却什么也没有发现。

以后几次,阿樵虽然也有再次听到这动人的歌声,等他跑到海边的时候,却始终没有见到阿伊努的身影。

终于有一天,阿樵听到了阿伊努刚唱起第一个字,阿樵就连忙跑向了海边。他看到小船上的阿伊努,穿了一身红色的衣服,头发盘成了莲花状的发髻,腰间还挂着一面小皮鼓。阿伊努轻轻吹响红唇间的"尺八"。

阿樵热情地跟阿伊努打了招呼,两个人年轻人愉快地交谈了几句。从阿伊努俏皮的回答中,阿樵得知她家在千岛群岛。没多久,阿伊努就向阿樵告别,驾着小船消失在茫茫的大海上。而见过阿伊努后的阿樵,更是对她思慕不已。

又过了一年,日日在海边等待的阿樵又看到了阿伊努。看到阿伊努还是一年前的美丽和娇笑,阿樵心里非常兴奋。他迫不及待地跟船上的阿伊努招手,希望她能下来,两人好好聊聊。但是,当阿伊努划着小船即将来到阿樵的身边时,只见她从发间取下一株装饰的金鱼草,扔到阿樵的身边,羞涩地笑了一下,就驾船走远。

阿樵立刻俯身拾起金鱼草,看着上面金鱼似的小红花,非常高兴。拿到阿伊努赠送的金鱼草,一连很多天,阿樵都显得很兴奋。但是,金鱼草还是枯萎了,阿伊努却迟迟没有再出现。阿樵决定,这次自己要到千岛群岛,看望阿伊努。临行前,他把枯萎的金鱼草埋进泥土,并洒上清水。

阿樵驾着自己简陋的小船,在无边的大海里拼命地划行,历经无数的狂风巨浪之后,来到了一群美丽的海中小岛。来到岛上,阿樵看到这里青山绿水,红花碧海,美丽极了。就在他思考要怎么找到阿伊努时,一个声音喊住了他。只见一个衣着艳丽、气质高贵的女人用惊讶而严厉的眼光望着阿樵。

阿樵对这个女人说明了来意,并详细地描述了阿伊努的相貌。谁知对方听到后,冷漠地回答阿樵,这里有很多如阿伊努打扮的女孩。在阿樵的一再请求下,女人才答应把岛上的女孩们叫来,方便阿樵寻找。

很快,这些女孩们就从岛上的樱花丛里钻了出来,叽叽喳喳地站成了一排。阿樵看到这些女孩还真是一个模样。正在他犹豫不决时,看到其中一个女孩,头上没有像其他女孩那样,戴着金鱼草。女孩用那种害羞而神秘的眼光望着阿樵,跟其他女孩的眼神迥然不同。

高兴的阿樵正准备向女人说明自己的发现时,却发现阿伊努的眼睛里满是阻止和害怕,就改变了主意。女人听到阿樵说没有找到人,就将他狠狠地训斥了一顿并赶走。

就在阿樵返回的途中,海上突然刮起了大风,一阵巨浪涌来,一只小金鱼被抛到了阿樵的怀里。阿樵看到金鱼惹人喜爱的样子，就将它放进了船上的一个水罐子，带回了家中。

登上陆地，善良的阿樵觉得必须给金鱼找一个更适合它生存的地方，想起自己经常砍柴的合欢山下，有一片清澈的湖水。于是，阿樵就将金鱼放入了湖水之中。

当阿樵像平时一样到山上砍柴时，惊喜地听到了阿伊努的歌声。他急忙寻找，发现歌声是从湖水上面传来，可是湖面上什么也没有，只看到那只美丽的金鱼在游玩。这时阿樵的心里疑问道："难道阿伊努就是这只小金鱼吗？"不管怎样，阿樵觉得可以天天听到阿伊努的声音，就是件很幸福的事情。

突然有一天，阿樵听到湖面传来的歌声非常凄凉。然后阿樵看到阿伊努披头散发似乎从湖边的石块后面走了出来。看到阿樵，阿伊努就扑进了他的怀里，痛哭起来。

原来之前阿樵在千岛群岛上所见的那个盛气凌人的女人，就是阿伊努的继母。为了将女儿永远留在家中，以便帮助自己做更多的事，她就阻止阿伊努和阿樵的相见，更不用说让他们相爱了。现在继母就追到了湖里，伺机将阿伊努抓回家。

阿樵顺着阿伊努所指的方向，看到不远处正有一只大黑鱼凶狠地注视着阿伊努和自己。听到阿伊努伤心的描述，阿樵也非常难过。突然他想到一个办法。他拿出自己的小罐子，灌满了水，让阿伊努变成金鱼，藏了起来，带回家中。阿伊努马上变得很快活，在水罐中自由地游来游去。这正是她想要的结果，因为她再也不用担心被继母抓住了。

从此以后，阿樵将阿伊努好好地照顾，两人快乐地生活在了一起。

小知识

阿伊努，日本的少数民族，旧称"虾夷"，属于千岛人种类型。在体形上，阿伊努人具有蒙古人种的基本特征，略微兼有赤道人种的某些特征：肤色黑黄，体毛浓密，腿长腰阔，头大颧高。他们不仅拥有自己的语言——阿伊努语，而且还具有独特的文学和独特的音乐和舞蹈。阿伊努人信奉一种带有浓厚的萨满教色彩的宗教，经常举行"熊祭"、"鲸祭"等宗教仪式——这与他们自古以来一直过着以渔猎、采集为主要生存方式的自给自足的生活有密切关系。

龙伯与凤子

太古洪荒时代,中国北方的灵山一带,暴发了非常严重的自然灾害。在那里,不少人被迫离乡背井,流离失所。

劫后余生的人们听说有一个名叫龙伯的年轻人善于治水,就非常希望能够请他前来,但是没有人知道他住在哪里。

就在众人焦急地等待龙伯前来治水的时候,他竟然自己就来了。原来龙伯听说这里遭受了洪水灾害,就立即奔赴而至。只见他驾着一艘木筏,从洪水大浪里面一路漂流来到。

来到这里,龙伯四处查看地形。一番检查之后,一天的时间已经过去。傍晚,龙伯对众人说着自己的看法。

他认为,如果想治理这里肆虐的洪水,只有把洪水包围着的这座灵山移开,搬到东海。这样一来洪水自然就会退去。但是把这么高大的一座灵山搬移东海,谁有这样的能力?

本来兴奋的众人,听到龙伯这样一说,都低头沉默不语。这时一个须发花白的老人,用颤抖而失望的语气问龙伯:"这不是痴人说梦吗?我活了这么大的年纪,也没有听说过搬山的事情。难道就没有其他的办法吗?"

"对啊!说的是,难道没有其他办法了吗?"其他人听到老人的话,纷纷应和道。龙伯无奈地摇摇头,长叹了一口气。

龙伯和众人发愁的时候，只见远处的灵山之上，从幽暗的月色中，一团非常耀眼的光芒出现。眨眼间，光芒来到龙伯和众人面前。龙伯抬头一看，原来是一个美丽的姑娘，脚蹬木屐，衣着亮丽，头梳发髻，风姿迷人。

龙伯问了姑娘的身份，才知道她是来自日本野尻湖的凤子。凤子见龙伯一直眉头紧锁，便问发生了什么事情。龙伯看了看眼前这个娇弱的姑娘，只是连声叹气。

凤子看到龙伯这样的反应，不禁嫣然一笑，说道："你可不要小看我呀！虽然我不是个男人，也照样有力气，手能搬山，脚能翻海。"

龙伯听此一说，不禁对凤子姑娘暗暗称奇。他迟疑地反问道："你刚说什么？"

凤子还是微笑着，认真地说："我能把灵山搬入东海，你信吗？"龙伯目瞪口呆，不知道对方怎么摸透了自己的心事。

看到这里，只见凤子转身走向了附近的山坡，迎着山顶皎洁的月光，变成一只巨大的凤凰，金光四射，亮丽无比。紧接着，夜空中的这只凤凰，飞向月亮，并一口将山衔住。龙伯高兴极了，众人看到这个情景，一起欢呼雀跃。

很快凤子就返回龙伯的身边，故作生气地问道："龙伯，你觉得我怎么样？"

龙伯看着晨曦中娇媚的凤子，额头上渗出了密密的汗珠，恍然如梦，一脸疑惑地说："原来——原来你是一只凤凰啊……可是，你怎么认识我？"

只见凤子含情脉脉地望着龙伯，嬉笑着说："你可是声名远播呢！在中国，提到治水，没有人比你更有名气了。你这人不但老实，心肠也特别好，整日为了受洪水肆虐的人们忙来忙去。我说得没错吧？可惜的是，现在你这个有名的龙伯竟然为治理洪水发愁了，呵呵。"

这时刚好有两行大雁鸣叫着从他们的头顶飞过。凤子对龙伯说："太好了！龙伯，来！"示意他爬到自己已经变为凤凰的身上。

龙伯跟凤子一起腾空飞舞。来到灵山，只见这只巨大的凤凰张开自己长而尖锐的嘴巴，狠狠地咬住了灵山的山顶，然后，只听到巨大的一声"轰隆"，大半个灵山已经衔在了凤凰的嘴里。骑在凤凰身上的龙伯，看到灵山被衔去大半个之后，洪水便如脱缰的野马，狂奔向东，直泻入东海。然后，凤凰把衔着的半个灵山丢进东海。

洪水退了，当地的老百姓都非常感谢龙伯和凤子的帮忙。两人虽然非常疲惫，但是无不感到非常愉快。龙伯和凤子轻松地来到黄河边上，并排坐下休息。

望着夜幕下的大地，不禁一阵沉默。凤子姑娘望着龙伯坚毅而俊朗的脸庞，想起他为百姓所做的那些好事，更是爱慕不已。正当她鼓起勇气，向近在眼前的龙伯表达自己的心意时，突然间电闪雷鸣，一阵撕心裂肺的哭泣声传了过来。

龙伯听后，忧心忡忡地说："大事不好，黄河发大水了，我要去救他们。"然后，龙伯站起身来，拔腿就跑。

只听到天地间回荡着凤子的话音："龙伯哥哥，我就在这里等你回来，一定要回来。"

龙伯这一走之后，好几年就没有回来。凤子天天等在他们分离的黄河边，望穿秋水。但是有一天，无尽的洪水竟然冲到了黄海平原，一日之间，中国和日本诸列岛就被分割开了。凤子没有办法，只好迁到了本州上生存。

离开了黄河边的凤子，日夜对着波涛汹涌的大海，呼唤着心上人的名字。日复一日，年复一年，转眼间，二十年过去了。就在凤子伤心绝望的时候，突然这一天，她借着从海岸对面吹来的飓风，隐隐约约听到有人在大声呼喊自己。

兴奋的凤子立即变作凤凰，展翅飞过海洋，来到对岸，一眼看到了龙伯的身影。望着龙伯瘦弱的脸庞、满是血丝的眼睛以及满是伤痕的身体，凤子一下子扑到了龙伯的怀里，低声哭了起来。龙伯伸出满是老茧的手，轻轻抚摸着凤子白净馨香的脸庞，开心地笑了。

小知识

凤凰，是中国神话传说中的神异动物和百鸟之王；亦称为朱鸟、丹鸟、火鸟、鹍鸡等，在西方神话里又叫火鸟、不死鸟，模样一般为尾巴比较长的火烈鸟，并且全身是火，应该是人们对火烈鸟加以神话加工、演化而来的。神话中说，凤凰每次死后，会全身燃起大火，然后在烈火中获得重生，并获得比以前更强大的生命力，称之为"凤凰涅槃"。

樱花女神

在中国古代,辽东的千朵莲花山里,住着一个少年,名叫青青。青青从小就是孤儿,靠着大海和青山为生。青青或是以出海捕鱼为生,或是在山地开垦种菜,又或者是上山采药,生活得非常清苦。

这一天早上,青青吃完早餐,像平常一样出海捕鱼。船行到半路,乌云密布,狂风突起,海浪狂涌。没多久青青的小船被海浪吹到一个陌生的海岛。青青把小船固定在一块礁石上,登上小岛。环顾四周,青青发现岛上的山水格外秀丽,一丛丛的樱花,红色、白色、粉色,争相斗艳。

正当青青感叹岛上仙境般的景色时,一个身穿鲜艳衣服的少女从樱花丛中走了出来,头顶上盘着黑亮的发髻,脚上拖着能发出"咯哒"脆响的木屐。少女面带疑惑的表情来到青青的面前,睁着美丽的大眼睛看着他,似乎在询问他的身份。

青青见状,慌忙地解释自己的身份和遭遇,为自己的打扰向少女请求原谅。少女听到青青的话,就告诉他说:"你不要惊慌,这里是日本的邪马台国,一座樱花之岛。欢迎你来到这里。"

和少女的交谈中,青青得知少女名叫萨古拉,也就是樱花的意思。两个人一见如故,聊得特别开心。萨古拉高兴地带着青青在岛上参观,一路笑声不断。

傍晚,天气好转,岛上显得温馨而静谧。青青在萨古拉的招待下,吃了非常美味的晚餐,枕着如雪的月光,伴着花香树影,很快睡着了。

　　半夜时分,青青被一阵哭闹声惊醒。青青悄悄坐起身来,在明亮的月色映照下,看到不远处一个凶神恶煞的老太婆,正在厉声训斥着一个少女。老太婆怒斥少女道:"我只准你嫁给黑哥哥,其他人你想也不要想。否则,看我不打断你的腿。"少女拼命反对,大喊大叫。只听惨叫一声,少女在老太婆的棍棒之下昏了过去。之后哭闹声就消失了。青青非常震惊,他抬头一看,竟然发现头顶的樱花树像是突然凋零了,枝断叶残,一片萧瑟。因为不明对方身份,青青只好待在原地,心潮起伏,昏昏睡去。

　　第二天一大早,青青就被眼前的景象吓呆了。只见萨古拉满脸泪痕,血迹斑斑,眼睛红肿。青青忙问发生了什么事情。萨古拉就对青青哭诉起来。原来在很久以前,本来是连在一起的中国和日本分开了。漂流的邪马台国这块海岛上,突然之间,长满了樱花,非常美丽。此后不久,一个丑陋的老太婆带着一个麻脸的丑男人到了岛上。

　　老太婆自称是大仙,白天趴在岛上的樟树之上,晚上就出来危害樱花,从此就霸占了岛上的一切。岛上的樱花本是为了点缀人间的下凡女神,个个美貌无比,没有任何法力。丑男人发现岛上住有这么多的美人,就请求老太婆,让他娶最漂亮的少女作为妻子。老太婆一眼看出萨古拉的美貌,就命令她嫁给丑男人,但是萨古拉一直抵抗,没有答应。

　　如今,萨古拉等到了青青的到来,希望青青能够帮助自己逃离苦海。

　　青青听到萨古拉的故事,非常同情她的遭遇,可是他不知道怎么对付老太婆,并且应该逃亡到哪里。正在这时,萨古拉问青青道:"你家所在的地方,有没有生长莲花?"青青不知所以,回答道:"当然有了,要不怎么会叫做千多莲花山?"

　　萨古拉听后大喜,连忙要青青带着自己寻找莲花。青青答应了萨古拉,找到自己的小船,回到故乡。在回家的路上,青青得知,原来樱花和莲花是一对非常要好的姊妹,因为地壳的运动,两者才各分东西。

　　即将回到家中的时候,已是黄昏。萨古拉突然提出要青青一个人回家,自己在海边歇会儿再回去。青青一个人回家,还没有打开院门,就听到里面非常热闹。他奇怪地打开门一看,骤然发现家中灯火通明,一群花枝招展的少女彼此寒暄嬉笑。青青非常惊奇,不敢惊动她们,就躲在院子的角落里观察。

　　就在这时,青青听到少女们纷纷喊着"莲花姐姐"的名字。只见一个腰间佩带短剑、语声洪亮的姑娘从门外的轿中下来,来到少女们中间。她神色肃穆地对少女们说:"我们的客人樱花女神还没有到吗?"少女们纷纷抢答:"没有!"这位莲花姐姐继续说:"以后樱花女神就要住在我们千多莲花山了。"少女们听后,拍手称快,并七嘴八舌地议论起樱花女神的身份和容貌。

没过多久,有人禀告说樱花女神来了。青青仔细一看,发现正是萨古拉,只见她已经焕然一新,风采卓绝。莲花姐姐和樱花女神相见,非常高兴,她们亲切地交谈着。

莲花姐姐询问樱花女神是怎么到这里,樱花女神扫视了一下院子,发现早已站在角落里的青青,羞涩地指了指他,说:"我和他一起乘船来的。"少女们看到这个景象,纷纷掩面嬉笑。

在莲花姐姐的建议下,少女们为樱花女神和青青举办了隆重的婚宴,非常热闹。婚礼当中,一个老太婆突然闯了进来,青青认出就是那个凶恶的老太婆,而老太婆后面还跟着一个满脸疙瘩的丑男人。老太婆看到萨古拉,破口大骂,并命令她赶快乖乖嫁给丑男人。

莲花姐姐见状,俊眉紧皱,脸色发青。只见她镇定地来到老太婆的面前,抓起老太婆的衣领,迅速从腰间拔出短剑,大喝一声,老太婆的头就滚在了地上。大家一看,发现这竟然是一条巨大的黑色毛虫。

丑男人吓得转身就逃,但被早已拦在门口的少女们拦了下来。莲花姐姐来到瑟瑟发抖的丑男人面前,一剑刺向了他的心脏。丑男人断气之后,众人发现,原来是一只癞蛤蟆。

清理掉这个可恶的家伙,莲花姐姐大喜,跟少女们一起继续举行萨古拉和青青的婚礼。鼓乐齐鸣,觥筹交错。被少女们簇拥着的这一对新人,心里十分高兴,特别是樱花女神萨古拉,含羞的笑靥,就像一朵即将绽放的樱花,娇媚而不失清秀。

小知识

樱花,花与叶互生,椭圆形或倒卵状椭圆形,边缘有芒齿,先端尖而有腺体,表面深绿色,有光泽,背面稍淡。花每支三五朵,成伞状花序,萼片水平开展,花瓣先端有缺刻,分白色和红色两种。樱花于三月与叶同放或叶后开花,核球形,初呈红色,后变紫褐色,七月成熟。樱花是日本国花,日本因此又被称为"樱花之国"。

日本的樱花多数在三月下旬至四月上旬开花,花朵极其美丽,盛开时节,满树烂漫,如云似霞,是早春开花的著名观赏花木。但近年因全球暖化的影响,令樱花开放的时间有所提前。而且太平洋的气候变暖,亦导致花开后被风吹至散落。大大缩短了人们欣赏樱花的时间。

山 茶 花

日本古代有一个地方,名叫奥羽。那里生活着一个名叫小春太郎的年轻人,他唯一的爱好就是种植花草。

有一天,小春太郎来到海边,准备捕鱼。忽然他注意到一艘小船对着自己驶了过来,上面坐着一个白胡子的老人,独自摇着木桨。

转眼间,小船来到小春太郎的面前。只听到小船上的老人对着小春太郎打招呼:"小春太郎,你好!……"小春太郎抬头仔细观察眼前的这位来人,发现他白色的长须垂至胸前,浓眉大眼,一脸的慈爱之情。小春太郎呆呆地看着老人,不知道应该怎么回答。

老人看到小春太郎惊讶的样子,就解释说,听说他很喜欢养殖花草,自己就想送给他一棵山茶花。说着,老人就把手中含苞待放的花苗递给了小春太郎。

小春太郎看到眼前娇嫩清秀的山茶花,心想自己家中的花园里正好缺茶花,于是他便抬头向老人致谢,没想到老人连同小船一起消失了。

回到家里,小春太郎马上找了一块向阳的空地,将花苗种植起来。山茶花在小春太郎的培育下,茁壮成长,生机勃勃。

第二年春天，一阵巨大的海风刮过小春太郎的花园，过后，小春太郎伤心地发现，满园的花草无不凋零枯萎，枝残叶落，一片狼藉。唯有那棵山茶，迎风伫立，蔓吐幽香。于是小春太郎更加觉得这棵山茶花不寻常。

这天他来到海边，准备乘着自己的小船出海捕鱼。突然，他发现小船已经不见了踪影，只见留在礁石上的断绳。小春太郎判断，小船应该是被海边的大风吹走了。

回到家里，小春太郎想起自己清贫的生活，这下子没有船可以捕鱼，就伤心地掉下了眼泪。就在这时，他听到门外有一个女孩伤心的哭泣声。他连忙出门，只见园中空荡荡的，除了那些衰败的花草，什么人也没有。小春太郎仔细地听着，来到了山茶花面前，惊奇地发现，茶花的叶子上滴落着一颗颗露珠，还不时有低微的哭泣声发出。

第二天，小春太郎来到山上砍柴。砍柴时，他听到耳边传来了甜美的山歌，非常好听。就在那时，一个身材娇小的姑娘走到了小春太郎的面前，面容丽质，眼睛黑亮。小春太郎注意到，姑娘的手中满是各种花草，五颜六色。

小春太郎看到姑娘有这么多的花草，就跟她打招呼，想索取一些种在自己的花园里。谁知道，姑娘坚持说，这花是要栽种在自己家中受损的花园里面。更为奇怪的是，小春太郎听到姑娘描述的家中花园，居然跟自己家里的一模一样。告别的时候，小春太郎得知她是中国姑娘阿茶。

小春太郎回到家里，发现花园中重新充满了生机。他低头细看，发现这些花草的根部还留有新鲜的泥土。想起山中那个美丽的姑娘，小春太郎简直不敢相信自己的眼睛：难道自己家中的花草是阿茶帮忙种的？

他怎么也想不明白。这时，他看到地上有一只小巧别致的发簪，绿色的翡翠，分外剔透，定睛一看，小春太郎认出，这真的是阿茶发髻上的那支。

小春太郎家中的花园又重现了往日繁茂的景象，一年四季，总有鲜花绽放，非常漂亮。美中不足的是阿茶姑娘始终没有出现。每天小春太郎都会看望山茶花，对其倾诉着自己对阿茶姑娘的思念。

一天清晨，小春太郎忙着在花园里种花的时候，一个人来到小春太郎的家里。看着来人那慈爱的眼睛，垂直胸前的白色胡须，小春太郎一下子就认出，他正是赠送茶花给自己的那位老人。

老人望着花丛中满头大汗的小春太郎，微笑着说："小春太郎，我送你的那棵山茶花怎么样了？现在还给我吧！"

"你是来要回山茶花——？"小春太郎听到老人的话，又惊又急。

老人回答说:"是啊!我们在海上相遇的时候,我曾经送给你的。你应该养得不错吧?"

小春太郎一时不知道怎么回答,他觉得这棵山茶花应该跟阿茶姑娘有重要的关系,如果还给老人,自己更别想见到她了;可是既然老人前来索取,他又不好意思不归还。

老人看到小春太郎迟疑的表情,就径直来到了小春太郎的花园里面。但是,过了一会儿,老人就从花丛中钻了出来,生气地说:"这里的山茶花真的不见了,真是奇怪!"说着,老人就拂袖而去。

小春太郎急忙来到山茶花种植的地方,果然,那棵山茶花没有了,只留下一个新鲜的土坑,松软的土壤里,散落着几颗黑色的花籽。小春太郎望着这几颗花籽,又是一阵伤心。

四季更迭,时间飞逝。很快就到了来年的春天。小春太郎把那几颗黑色的花籽精心种下,浇水,培土。一场春雨过后,一棵棵惹人怜爱的山茶花迎着春日的暖阳,生机盎然。

这一年的秋天,海边的山披上了金黄色的外衣,非常美丽。夜晚小春太郎望着院子上空的一轮圆月,想起阿茶姑娘,独自伤感。

就在那时,他听到院子里有窸窸窣窣的声响。小春太郎来到花园,他欣喜地发现,阿茶姑娘正在山茶花处,飞快地采摘着山茶的叶子。春太郎兴奋地跑上前去,大声叫着自己心底一直呼唤着的那个名字。阿茶应声回头,故意嗔怪小春太郎,为什么不好好照料这些山茶花。小春太郎发愣地看着阿茶,不知道她为什么一见自己,会说出这样的话。

后来小春太郎才知道,阿茶说的是,正值采茶的季节,他应该把鲜嫩的茶叶摘采起来,这样可以做成名贵醇香的茶叶,不但可以饮用,而且可以卖钱。小春太郎听到阿茶埋怨自己的原因,对阿茶既爱慕又敬佩,非常高兴。他拿出一直藏在自己身上的发簪,递给阿茶。

阿茶一看,低头不语,只是轻声说:"这是我的发簪……"小春太郎正疑惑阿茶为什么不收回自己的东西时,只听阿茶说,她早已决定把它送给小春太郎作为定情信物。小春太郎听后,欣喜若狂。

两人以园中的百花为证,生活在一起,并种出了更多的山茶花。婚后,小春太郎得知,那个老人就是山茶仙子的父亲。阿茶因为对精心照顾自己的小春太郎产生了好感,所以她故意在答应跟父亲回去的时候,偷偷溜走。

花　神

在日本的西京城住着一个种药草的年轻人,名叫园太郎。园太郎为人忠厚老实,喜欢助人,常常拿自己种植的草药为乡亲们治病救灾,为此左邻右里都称他为"西医小药王"。

有一天,一个老婆婆手里拿着一棵豆蔻花来到园太郎的面前。据说豆蔻花也是一种药草,对脾胃非常好,园太郎已经在荒山里寻找它好几年了。看到眼前的豆蔻花,园太郎高兴极了。他立即向老婆婆请求,卖豆蔻花给自己。

老婆婆立即提出,要园太郎全部的家产作为交换条件。园太郎听了,犹豫了一下后才答应老婆婆的条件。

当天晚上,园太郎就兴致勃勃地将豆蔻花栽种在自己的药园里。只见这棵新栽种的豆蔻花枝叶摇摆,花瓣抖动,一副非常高兴的样子。

看到眼前的情景,园太郎就凑到豆蔻花前,开玩笑说:"你可真是千金不换的小姐呀!两町步水田加上一只老水牛,才把你买来!"

只见豆蔻化摇摇叶尖儿,调皮地说道:"太郎哥哥,这算什么啊?你不还有一间小草屋的吗?"说完,它还发出了一阵清脆的笑声。

园太郎大吃一惊,不知所措。从此,他坐卧不宁,早晚来到药园的豆蔻花旁,故意逗它。可是这时它却一直沉默着。时间过得很快,转眼就是半年过去。

园太郎听说，在距离住处很远的地方有一座山，山上生有一种名叫菊花的药草，有清热去瘟的功效，就决定立即前往。让他失望的是，尽管他历尽千辛万苦，终于到达那座高山，但是翻遍了整座山也没有找到菊花。

无奈园太郎只好沮丧地回到家中。他正准备推开院门，突然听到里面传来嬉笑声。园太郎躲在暗处，仔细一看，发现药园里面正站着一个美丽的少妇，一身浅绿色的和服，高雅大方。她站在那，查点着药园里面的各种药草名，随着她的叫声，有各种清脆的回答，听起来就是一群孩子，有男孩也有女孩。

忽然园太郎听到一阵熟悉的声音，原来是豆蔻花。只见一个漂亮的小姑娘，眉开眼笑地说："丁香姐姐，你好。我是刚来的豆蔻花，被一个贪财的老婆婆从大山里采来，多亏西医小药王，用了全部家当，才把我换来。"

园太郎听后，更加惊奇。那个丁香姐姐和豆蔻花开心地聊了一会儿，继续点名。点到最后，只见她四下望了望，对着药园问道："大家发现我们园子有菊花吗？"

一阵沉默后，陆续有人回答"没有"，这令丁香姐姐失望起来："我们这里，兄弟姊妹越来越多，可是就唯独还没有菊花姐姐。而且，她住的地方非常远，住在中原一个叫菊水的地方……"说到这里，有个小姑娘跑到丁香姐姐的耳边说了什么，仿佛察觉到了园太郎在外面，顿时药园里面空无一人。

园太郎疑惑地走进园子，只见花影在月光下摇曳生姿，晚风吹着叶子"沙沙"作响，刚才的一切仿佛梦境一般。这天晚上，园太郎辗转难眠。接近黎明的时候，他听到有人在屋外呼唤他的名字，便穿起衣服，来到院子。接着院子里皎洁的月光，园太郎发现眼前的正是那丁香姐姐。

丁香姐姐轻声问园太郎，之前去了哪里，做了什么。园太郎便将自己前去采菊花的事情告诉了她。看着园太郎那哭丧的神情，丁香姐姐热情地说道："没有关系，园太郎，不要难过了，我会帮你采来菊花的。"说完这句话，丁香姐姐便消失了。

园太郎回到药园，发现紧挨房檐的紫丁香不见了，才明白，它就是所谓的"丁香姐姐"。也是在这时，园太郎才知道，自己的药园里面住了这么多花神。之后，园太郎整天留在家里，细心地观察着药园里面的动静，有时他甚至连木屐都不敢穿，蹑手蹑脚，竖耳倾听。但是，他什么也没有发现。

这一天的西京城，风雨大作，乌云密布，暴雨下了一天一夜。第二天园太郎早早起床，来到药园，发现那棵紫丁香已经回来了，迎着朝阳，花朵如笑脸般绽放。就在离紫丁香不远的地方，一棵菊花跃入园太郎的视线，娇艳的黄花随风起舞，尽显端庄。园太郎使劲嗅着鼻孔中菊花的清香，兴奋极了。回头看看那棵紫丁香，园太郎真是感激不尽。

从此园太郎对这棵菊花精心照料,不辞辛苦。天旱的时候,他就赶快给菊花挑水浇灌;天热的时候,他就用稻草给菊花搭起凉棚。若是遇上狂风暴雨,园太郎更是茶饭不思,日夜呵护。

面对园太郎的细心照顾,菊花表面上沉默不语,暗地里对他报以体贴。每当园太郎外出,她不但帮助园太郎烧饭,还帮他整理床铺等等。园太郎对着一切却并不知情,只能在心底默默感激这个帮助自己的好心人。

直到有一天,园太郎听到院子里传来一阵狗的狂吠,随即一个身穿黄色和服的姑娘跑进了园太郎的屋子,瑟瑟发抖对园太郎说:"太郎哥哥,我是菊花。请你救救我,快把我藏起来。"

园太郎不明所以,顺着菊花姑娘的手指,他看到外面有一只凶神恶煞的野狗扑了进来。园太郎随手拿起一把药铲,拼了全身的力气,对准黑狗一阵猛砍。黑狗惨叫连连,直至断气。

这时菊花姑娘才对园太郎说出隐情。这只黑狗本来是菊花姑娘所在菊园的花精之子,为了追回被丁香姐姐偷走的自己,一路追到了这里。她非常感谢园太郎对自己的呵护,并在暗地里悄悄帮助他的衣食起居。但是,她害怕这只野狗会追到这里,连累园太郎,就一直没有对他表露真情。

园太郎终于明白,一直默默照顾自己的正是菊花姑娘。两人良久地凝视着彼此,流露出心底埋藏已久的爱慕之心。很快的园太郎和菊花姑娘欢喜地住在一起。丁香姐姐知道此事,也为菊花姑娘的归宿感到高兴。她带领药园的其他兄弟姊妹,一起为这对相爱的两人祝福。

有了幸福家庭的园太郎,在花神姑娘们的帮助下,为更多的乡亲医治疾病,被当地人广为传颂。

小知识

传说菊花在一千多年前由中国传入日本。菊花可入药,分为黄菊花、白菊花、甘菊等品种。菊花的药用价值在于,主治疏散风热、清热解毒,还可以壮胆明目。相传,"菊水"是菊花的故乡,位于今天中国的河南省。当地有一个非常高的山谷,谷中蔓生着各种大大小小朵的菊花。从菊花下面流出的一股清泉,其味甘美,人喝了之后,有长寿的功效。

娟　娘

飞鸟时代,日本有一个非常喜欢演奏乐器的年轻人,名叫贞敏。因为所有乐器样样精通,且技艺卓绝,被人们称为贞敏乐师。

贞敏听说中国有一种名叫琵琶的乐器,弹奏起来,不但音色响亮,而且气势非同一般,就决心前去学艺。

一番艰辛的跋山涉水,贞敏来到了长安城,中国唐朝的京都。来到繁华的朱雀大街上,贞敏逢人就问长安城有没有学琵琶的地方,可是都没有人告诉他。

有一天晚上,贞敏经过一条幽僻的小巷,忽然一家小院里传来悠扬的乐器声,时而高昂,时而婉转,妙不可言。

贞敏站在小院的门外,听得如痴如醉。透过小院虚掩的大门,贞敏看见院子里面站着一个老人,怀里抱着一种乐器。看到这里,贞敏对老人高超的琴技无比钦佩。后来贞敏向人打听,才知道老人所弹奏的乐器便是琵琶。

从此,贞敏就夜夜来到小院门外,悄悄地倾听着里面传来的琵琶声,一听就是三年。

这天傍晚,听到入神的地方,贞敏情不自禁拍手叫好。听到叫好声,老人有些生气地大声问谁在外面。

贞敏见自己暴露了身份,急得满头大汗,结结巴巴地回答。

老人看到贞敏,问道:"你是什么人?"

贞敏便将自己前来学艺的事情一一道来。老人听说贞敏为了听自己弹琵琶,每天晚上来到这里,并且已经三年,非常惊讶。看到眼前贞敏诚恳的眼神以及他那坚毅的神情,老人仿佛看到了这个年轻人很不一般的学艺精神,不禁暗暗赞赏。

这时,贞敏非常尊敬而且万般恳切地请求:"老人家,您弹得实在太好了,无论如何,请您做我的师父,可以吗?"老人被贞敏的诚心所打动,立即答应了收贞敏为徒。

两人回到屋内,贞敏在老人的要求下试弹琵琶,从没有弹奏过的他居然也弹得缠绵悱恻,异常动听。老人更是对这个国外的年轻人刮目相看。

后来贞敏才得知,自己的师父名叫刘二郎,是长安有名的琴师。因为看破红尘,便隐居起来。

贞敏随师父学艺的时候,常看见内室的垂帘里面,有一个少女的身影,婀娜美丽。特别是贞敏弹琵琶时,少女总是在帘边伫立倾听,久久不肯离去。

这天贞敏听到内室里传来一阵绝妙的古筝,忍不住向老人询问弹奏者的身份。老人告诉贞敏,这是自己的独生女儿娟娘在弹。说着,老人叫出娟娘,并让她为贞敏弹奏一曲。娟娘羞涩地点头答应。

娟娘捧着古筝,闭上双眼,弹起一段前奏之后,便跟着旋律抑扬顿挫地唱了起来:

浩浩白水,回波如流。
皎皎明月,浮云掩之。
清清之水,冬夏有时。
失时不种,禾豆不滋。
万物吐花,不违天时。
久不相见,心中有思。
……

只听到琴声略微忧伤,歌词分外情真意切,贞敏被娟娘的表演所打动,出神地盯着娟娘。一曲终了,娟娘抬起泪水点点的眼睛,深情地望着贞敏。

看到这里,老人便建议贞敏也回应女儿一曲。贞敏便回奏了一曲《田乐》。娟娘听得入神,再三要求贞敏教自己弹奏这首曲子,贞敏高兴应允。就这样贞敏和娟娘的感情越来越深,直至两情相悦,互许终身。

这时的长安正值唐朝全盛时期,皇帝厌倦了皇宫内的莺歌燕舞,突然非常想听古筝之声。知道皇帝的心愿,有人便提出,刘二郎女儿娟娘的古筝弹得最好。皇帝一听,便急召娟娘进宫,为自己演奏。

娟娘随即被召入宫。皇帝看到娟娘的美貌,惊为天人。他眼珠一动也不动地盯着娟娘看了半天,并眉飞色舞地称赞娟娘姿色出众。娟娘心感不满,便主动提出开始弹奏古筝。

皇帝满口叫好,并声称自己听惯了那些靡靡之音,希望娟娘可以弹奏一首惊天动地的大气魄曲子。娟娘一听,脸上露出一丝冷笑,卷起袖口,弹起古筝。刹那间,满朝大臣无不默然肃立,凝神倾听,如痴如醉。皇帝也听得着了迷,微微闭上了眼睛,沉醉其中。

就在这时,只见娟娘的指尖在琴弦上轻轻一挑,风声雨声交织在一起。随后,天色骤然变暗,电闪雷鸣,下起了从未有过的大雨。而且随着古筝的弹奏,雨越下越大,雷越来越响。皇帝见状,大叫娟娘停下。娟娘置之不理,越弹越兴奋。忽然天空中划过"咔嚓"一声脆响,一条青龙驾雾腾云,俯身冲下。

皇帝吓得浑身发抖,大叫娟娘停下。可是娟娘依然故我。青龙来到皇宫,张牙舞爪,两眼发出绿色的凶光,吓得皇帝魂飞魄散,昏死在地。弹奏终于停止,青龙随即消失,一切恢复如初。

皇帝醒后,不禁大为恼怒,暴跳如雷,下令严惩娟娘。娟娘被众人押解着推入蛇牢,发出令人心寒的惨叫,片刻丧丢了性命。

贞敏得知娟娘的遭遇,非常难过,伤心欲绝。痛哭之后,他亲手做了一个"绘马",到庙里为娟娘祈祷,希望娟娘可以在九泉之下安心上路。

归期已至,贞敏到了返回日本时,渭河之上,一艘小船载着贞敏,即将扬帆起航。刘二郎热泪盈眶,失声恸哭,向贞敏挥手告别。贞敏也噙着泪水,断断续续地嘱咐师父保重身体。

就在船起航的那一刻,只见一只美丽的鸾鸟拖着一把古筝,紧随着小船飞行。贞敏看到鸾鸟,便惊喜地叫道:"娟娘,是你吗?我知道,一定是你!"

鸾鸟舒展着美丽而巨大的翅膀,两只眼睛紧紧盯着贞敏,发出愉快的鸣叫声。接着,贞敏看到这只鸾鸟越飞越低,翩然落在了自己的眼前。

刘二郎也在岸边看到了拖着古筝的鸾鸟,他眯起眼睛,对着天空,为女儿和贞敏默默祝福。

图书在版编目(CIP)数据

流传千年的日本神话故事 / 钟怡阳编著.—南京：南京大学出版社,2013.3(2021.9重印)
(公众人文素养读本/奚爱国总主编)
ISBN 978-7-305-10908-9

Ⅰ.①流… Ⅱ.①钟… Ⅲ.①神话—作品集—日本 Ⅳ.①I313.73

中国版本图书馆 CIP 数据核字(2012)第 300178 号

本书经上海青山文化传播有限公司授权独家出版中文简体字版

出版发行	南京大学出版社		
社　址	南京市汉口路22号	邮　编	210093
网　址	http://www.NjupCo.com		
出版人	金鑫荣		

丛 书 名　公众人文素养读本
总 主 编　奚爱国
书　名　**流传千年的日本神话故事**
编　著　钟怡阳
责任编辑　王薇薇　冯晓哲
照　排　南京紫藤制版印务中心
印　刷　南京人文印务有限公司
开　本　787×960　1/16　印张13.5　字数242千
版　次　2013年3月第1版　2021年9月第4次印刷
ISBN　978-7-305-10908-9
定　价　29.00元

发行热线　025-83594756　83686452
电子邮箱　jryang@nju.edu.cn
　　　　　Sales@NjupCo.com（市场部）

＊ 版权所有,侵权必究
＊ 凡购买南大版图书,如有印装质量问题,请与所购
　图书销售部门联系调换